ullstein

PAUL LÜDICKE stammt aus Bielefeld und hat jeden Witz über diese Stadt, genauer gesagt: den einen, den es gibt, schon tausendmal gehört. Auch deswegen ist er ausgebrochen und hat als Stangentänzer, Bienenzüchter, Einsiedler, Doppelagent und Ornithologe gearbeitet. Paul Lüdicke lebt heute unter einem Pseudonym in einer anderen Stadt, hat zwei Kinder und verdient sein Geld damit, dass er Drehbücher schreibt.

Von dem Autor sind in unserem Hause außerdem erschienen:
*Sarg niemals nie* • *Sarg jetzt nichts*

PAUL LÜDICKE

# AKTIV STERBEN

Ein Kur-Krimi

Ullstein

Besuchen Sie uns im Internet:
www.ullstein.de

**Wir verpflichten uns zu Nachhaltigkeit**
- Papiere aus nachhaltiger Waldwirtschaft und anderen kontrollierten Quellen
- ullstein.de/nachhaltigkeit

FSC
www.fsc.org
MIX
Papier | Fördert gute Waldnutzung
FSC® C021394

Originalausgabe im Ullstein Taschenbuch
1. Auflage Dezember 2023

Umschlaggestaltung: Sabine Kwauka, München
Titelabbildung: © mauritius images / © Shaun Higson / Alamy Stock Photos (Hotel); arcangel images / © Roberta Murray (Landschaft); shutterstock / © Macrovector (Brunnen) ; shutterstock / © effrosyni (Struktur)
Gesetzt aus der Quadraat powered by pepyrus
Druck und Bindearbeiten: ScandBook, Litauen
ISBN 978-3-548-06736-0

# 1

Klaus Kindermanns Augen waren geschlossen. Ein sanftes Surren erfüllte den Raum. Darunter lag ein leises elektrisches Brummen. Wie das lang gezogene Om der Yogis. Ein einziger langer, warmer Ton in dieser dunklen Eishölle. Nur der Knopf des Thermostats leuchtete grün, flackerte ab und zu.

Die Zeit war ein einziger kontinuierlicher Brei. Kindermann lag ganz entspannt da. Trotz der Kälte. Ganz friedlich sah er aus.

In diesem Moment öffnete sich die Tür des Kühlraums, und Hamid, der marokkanische Küchenjunge, kam herein, um den Schinken und die Käseplatte für das Frühstück zu holen. Dazu noch die Eier, die Sahne und das Obst, aus dem er gleich einen Obstsalat schnippeln würde. Und eigentlich wusste er jetzt schon, dass er später die Hälfte der großen Schüssel würde entsorgen müssen oder wieder Frau und Kind mitbringen würde. Die liebten das, aber zu viele Vitamine konnten ja auch nicht gut sein. Jeden Tag Obstsalat, immer wieder. Hamid hatte manchmal das Gefühl, als ob ihm die Fruchtsäure den Magen zerfraß. Er mochte Getreide. Kohlenhydrate. Am liebsten Waffeln. Aber am allerliebsten Waffeln mit Sahne. Eine seltsame Erfindung dieser Deutschen, das hatte es zu Hause nicht gegeben, aber Hamid liebte es. Obstsalat musste er trotzdem essen, seine Frau bestand darauf. Nun ja.

Hamid tastete nach dem Lichtschalter. Er kannte sich aus, seit vier Jahren war dies sein morgendlicher Gang, und er hätte sich sogar im Dunkeln zurechtfinden können.

Das Licht im Kühlraum ging an ... Hamid riss Mund und Augen gleichzeitig auf, und dann schrie er, wie er noch nie zuvor in seinem Leben geschrien hatte.

Unberührt von diesem plötzlichen Lärm blieb einzig Kindermann.

Denn Kindermann war längst tot.

# 2

Die Stadt Galgen war viel freundlicher und lauschiger, als der Name es vermuten ließ. Sie hatte viel Grün, es gab Alleen, mehrere Parks, eine kleine Flaniermeile. Galgen fügte sich ganz vortrefflich in das Tal einer wunderschönen bewaldeten Hügelkette ein. Der Fluss, der sich durch den Ort schlängelte, tat sein Übriges. Es gab ein kleines Museum der Stadtgeschichte, eine überraschend gut ausgestattete kleine Bibliothek und ein paar gute Restaurants. Darunter sogar eines, das ständig kurz davor war, mit einem Stern dekoriert zu werden. Galgen war eine kleine, sympathische Stadt. Und wollte man den Gerüchten, die man allerorten aufschnappte, Glauben schenken, sollte sie bald sogar Kurstadt werden.

Das Wasser in Galgen, das aus einer unterirdischen Quelle nahe der Hügel sprudelte und dafür sorgte, dass die umliegenden Felder äußerst fruchtbar waren, war von besonderer Qualität. Es besaß eine heilende Wirkung, sagte man. Das hatte mit einer besonderen Zusammensetzung von Mineralstoffen und Spurenelementen zu tun, die von dem Salzgestein unterhalb der Hügel herrührte. Ein paar Bewohner der Stadt waren der Meinung, dass in diesem Salzgestein auch ein paar heilende Steine wie Sugilit, Turmalin oder Jaspis verborgen waren, weswegen der Anteil an Salzkristalllampen und esoterischen Läden in Galgen relativ groß war. Immer im Verhältnis zur Stadtgröße gesehen, denn Galgen war eigentlich relativ klein.

Andere Bewohner wiederum waren der Meinung, dass das besondere Wasser in Galgen daher rührte, dass im Zentrum der Stadt, neben dem Brunnen, aus dem das kostbare Nass sprudelte, früher einmal der Galgen gestanden hatte. Deswegen hieß Galgen ja auch Galgen. Vielleicht waren die Bewohner im Mittelalter, als Galgen gegründet wurde, etwas fantasielos gewesen, und ihnen war nichts anderes eingefallen. Roterde, Winterdorf, Grünaue oder Fliederbusch wären auch passende und darüber hinaus viel schönere Namen gewesen, aber sie hatten sich nun mal für Galgen entschieden. Möglich, dass die Bewohner von Galgen ein besonderes Faible für handfeste Justiz gehabt hatten. Die Stadtbücher sind da etwas uneindeutig. Jedenfalls, einem Teil der Bewohner gefiel diese Erklärung, und sie führten das besondere Wasser in Galgen auf das Blut und die Tränen, auf die Seelen und die magischen Kräfte der Gerichteten zurück.

Die Stadtverwaltung unter der Leitung von Bürgermeisterin Philine Binder-Mahnke kümmerten die genauen Ursachen für das Heilwasser wenig. Was nicht weiter verwunderlich war, denn Philine Binder-Mahnke eilte der Ruf voraus, noch nie eine klare Meinung oder Position vertreten zu haben.

Genau deswegen, sagten böse Zungen, war sie auch in die Leitungsposition gespült worden, glitschig wie ein Fisch, nicht zu greifen, schwer zu attackieren. Philine Binder-Mahnke wusste: Das Wasser in Galgen war etwas Besonderes und besaß Heilkräfte. Aufgrund der besonderen Wasserqualität erwog der Fachausschuss für Kur-, Erholungs- und Tourismusorte beim Regierungspräsidium die offizielle Ernennung von Galgen zu Bad Galgen.

Bad Galgen klang nicht nur viel schöner als das wenig prosaische und profane Galgen. Wer Bad Galgen hörte, der hörte auch die Kasse klingeln und malte sich schon aus, wie das etwas marode Städtchen durch den zu erwartenden Tourismus endlich modernisiert und auf gesunde finanzielle Beine gestellt werden konnte.

Was insbesondere für das *Hotel Waldfrieden* galt. Das Hotel war seit Jahrzehnten im Besitz der Familie Bernstein. Von all den Bernsteins, die das Haus bislang geführt hatten, war Rolf Bernstein der am wenigsten erfolgreiche. Natürlich, das Hotel war immer schon ein bisschen zu groß gewesen. Man hätte solch ein Haus wohl eher in Cannes oder an der Côte d'Azur vermutet und nicht in einem Städtchen in der Mitte Deutschlands, obendrein abseits aller touristischen Kernregionen. Das Hotel war überdimensioniert, und bei der Sanierung vor ein paar Jahren hatte Rolf Bernstein irgendwie aufs falsche ästhetische Konzept gesetzt. Die Einrichtung wirkte nicht zeitgemäß, der Innenarchitekt war ein Kind der Achtziger gewesen. Rolf Bernstein hingegen eins der Sechziger. Und die Mischung der beiden Stile und der knappe Finanzrahmen hatten dafür gesorgt, dass das Hotel schon am Tag seiner Neueröffnung nach seiner Sanierung veraltet wirkte. Die vorherrschenden Farben waren Orange und Dunkelrot. Die Zimmer waren mit Resopalmöbeln ausgestattet, und die kleinen, aber klobigen Fernseher stammten aus den Restbeständen eines ungarischen Fernsehherstellers, der wohl zu Recht pleitegegangen war, denn auf keiner der Fernbedienungen gab es die Taste »1«.

Zudem hatte Rolf Bernstein noch ein paar weitere nicht ganz glückliche Entscheidungen getroffen. Zum Beispiel den Ausbau zum Wellnesshotel. Er hatte in den vergangenen zwei Jahren noch mal massiv investiert, hatte einen Sauna-Bereich und einen Pool bauen lassen, zudem den Außenbereich hergerichtet und Massageräume geschaffen. Das Hotel *Waldfrieden* sollte zum Wellnesstempel werden. Doch es hatte sich nicht ausgezahlt. Es gab einfach zu wenig Touristen in Galgen. Und die, die kamen, schienen aus für Rolf Bernstein unerfindlichen Gründen das *Hotel Hück* am anderen Ende der Straße vorzuziehen.

Die Schulden erdrückten Bernstein. Er hatte große Mühe, die Strom-, Wasser- und Personalkosten einzuspielen und die Kredite für den Umbau und die Sanierung zu bedienen. Mit anderen Worten: Das Hotel soff allmählich ab, trotz Heilwasser.

Von alldem unbehelligt, hatte der neunzehnjährige Leon Fußangel, Concierge und Rezeptionist des *Hotels Waldfrieden*, auch heute wieder um Punkt sechs Uhr Stellung hinterm Empfangstresen bezogen und sein morgendliches Strahlen aufgesetzt. Leon war immer guter Laune. Er liebte seinen

Beruf und genoss es, als einer der Ersten wach zu sein, die Kaffeetasse mit der albernen *Ich bin der Boss*-Aufschrift auf den wuchtigen braunen Empfangstresen vor sich zu stellen und für einen kurzen Moment allein mit sich und seinen Gedanken zu sein. Früher hatte Leon davon geträumt, einmal in einem mondänen Hotel in der Karibik zu arbeiten. Aber das leicht in die Jahre gekommene *Waldfrieden* mit seinem veralteten Chic und seinen klobigen Fernsehern, die noch aus den Achtzigern stammten, war ihm ans Herz gewachsen. Die Rezeption lag links von der schweren gläsernen Eingangstür mit einem goldenen Griff, mit der manche Gäste aufgrund ihres Gewichts so ihre Schwierigkeiten hatten. An der Fensterfront standen zwei schwere dunkelbraune Sessel, daneben ein Coffeetable, auf dem Leon immer die örtliche Zeitung auslegte. Die Wände waren grün tapeziert, was dem Ganzen einen gewissen britischen Charme verlieh. Einige Grünpflanzen, Antiquitäten und Gipsstatuen schmückten die Lobby. Aus einem für Leon immer noch nicht nachvollziehbaren Grund stand ein großer hölzerner Löwe neben der Tür, der wie ein Überbleibsel aus der Kolonialzeit wirkte. Große Bilder in schweren Holzrahmen hingen an den Wänden. Es war gemütlich. Und Leon liebte seine Lobby.

Er legte die Anmeldebögen vor sich auf den Tresen. Kaffeeduft stieg ihm in die Nase.

Es war halb sieben, und ein spannender Tag lag vor ihm. Ein perfekter Moment ... bis er den Schrei hörte. Er spurtete sofort los. Der Schrei war aus Richtung der Küche gekommen war. Leon war alarmiert.

Hamids Schrei war sehr laut gewesen, regelrecht markerschütternd. Und Leon hatte berechtigte Angst, dass die Gäste in ihrer Bettruhe gestört werden könnten. Und natürlich auch, dass sich Hamid etwas getan haben könnte. Da Leon ziemlich dünn war, waren seine Schritte auf dem dicken roten Teppich mit der Goldkante kaum zu hören ...

Er stürmte in die Küche, dann eilte er weiter in den Kühlraum. Dort sah er Hamid vor der Leiche. Er blieb abrupt stehen. Ihm klappte die Kinnlade herunter, denn er erkannte sofort, wer die Leiche war: Klaus Kindermann aus Zimmer 13, der vorgestern eingecheckt hatte. Er hatte dem etwas gestresst und abwesend wirkenden Mann ein gutes Zimmer gegeben, nicht Leons Lieblingszimmer Nummer 21 mit dem Erker zur Straße hin. dennoch ein helles, schönes Zimmer, in dem sich der angespannte ältere Herr sicherlich gut würde erholen und ausruhen können.

Das war jetzt nicht mehr nötig, denn Kindermann war tot. Erstochen. Mit einem Blick machte Leon mindestens drei Stichwunden aus – eine links oberhalb des Rippenbogens und zwei weitere im Bauchraum. Alles war voller Blut um die Leiche herum, die mit dem Rücken halb an einer Palette Milch lehnte. Kindermanns Mund stand offen, ein rötlicher Speichelfaden hing heraus. Seine Augen waren halb geöffnet, die Pupillen leicht nach oben gedreht.

Kindermann trug eine altmodische grün-blau gestreifte Schlafanzughose und die weißen Hotelschlappen, auf denen das Logo vom *Waldfrieden* in Gold prangte.

»Was ist hier los?«, fragte Leon – was auch anderes sollte man in solchen Momenten fragen.

Hamid drehte sich zu Leon um, er war leichenblass und wirkte verwirrt. Irritiert schaute er Leon an, wusste nicht, was er darauf antworten sollte.

»Alles gut«, sagte Leon beruhigend. Eigentlich konnte Leon Hamid nicht wirklich leiden. Die beiden begegneten sich kaum, und wenn, dann grüßte Hamid nur selten. Aber gut, auch das war Leon gewohnt. Er wurde selten gegrüßt, außer von den Gästen am Empfang natürlich. Sonst übersah man ihn meist.

Hamid drehte sich um und rannte hinaus. Leon Fußangel dagegen kniete sich hin, in sicherem Abstand zur Leiche, er wollte schließlich keine Spuren verwischen. Er sah sich den Toten an und versuchte sich alles einzuprägen, denn er wusste genau, was zu tun war. Leon war ein begeisterter Krimi-Fan.

»WAS IST DENN DAS FÜR EINE SCHEISSE?«, brüllte es plötzlich hinter ihm. Leon fuhr herum.

# 3

Carlo Hörl hatte wie immer schlecht geschlafen. Sein Zimmer am Ende des Personaltrakts war eng und muffig. Vor allem aber war das Bett zu klein für seinen großen, massigen Körper. Früher war er muskulös gewesen, aber mittlerweile wölbte sich ein Bauch über den Hosenbund, der je nach Carlos innerer Tagesform Himalaja- oder Sandhügel-Größe hatte. In letzter Zeit fühlte sich Carlo meistens, was den Bauch anging, alpenmäßig. Und das machte ihm wirklich zu schaffen. Täglich stand er vor dem schmalen Spiegel in der Zimmerecke, betrachtete seinen Bauch und schwor sich, bald irgendeine Diät zu machen. Und dass er dann, aber auch erst dann, den verdammten schlierigen Spiegel putzen würde, wenn es da wirklich etwas Positives zu sehen gab.

Meistens folgte auf den Diät-Gedanken jedoch ein Trotz-Impuls. Erstens gab es niemanden, der sich dafür interessierte, welche Körperform Carlo gerade hatte. Und zweitens: Er war Koch, verdammt noch mal! Irgendjemand musste die Sachen ja abschmecken, und außerdem liebte es Carlo, zu essen.

»Was ist denn das für eine Scheiße?«, wiederholte Carlo entgeistert, als er in der offenen Tür des Kühlhauses stand und Leon vor einer Leiche hocken sah, die ihm das ganze Kühlhaus vollgeblutet hatte.

Leon zuckte zusammen und schnellte wie eine Sprungfeder hoch.

»Ich hab nichts angerührt«, sagte er schnell. »Natürlich nicht.«

»Was für eine Sauerei!«, blaffte Carlo, als er sich neben Leon aufbaute, die Hände in die Hüften stemmte und auf das Blut blickte, das neben der Kiste mit den Champignons und den Austernpilzen in einem Rinnsal in den Ausguss im Steinboden geflossen war.

»Die Pilze kann ich wegschmeißen«, erklärte Carlo grimmig.

»Bitte, was?«, fragte Leon ganz perplex.

»Und die Salate auch. Hier«, Carlo deutete auf die Gemüsekiste neben der Leiche und der Milchpalette, »da ist auch Blut.«

Leon schaute Carlo entgeistert an.

»Da ist ... eine Leiche«, stammelte er.

»Sehe ich«, gab Carlo zurück. Er wirkte völlig unbeeindruckt. »Das ist doch nicht zu fassen. Ausgerechnet hier.«

»Bitte?«

»Ausgerechnet hier! In meinem Kühlhaus. In MEINEM Kühlhaus. Das gibt's doch nicht«, polterte Carlo.

»Äh, ja«, sagte Leon verdattert. »Ich denke, also, wir sollten mal dem Chef Bescheid sagen.«

»Na dann mach mal.«

»Und der Polizei.«

»Muss ja wohl.« Carlo sah aus, als würde er das gar nicht gut finden. Aber gut, das war der Lauf der Dinge, da ging wohl kein Weg dran vorbei.

Leon ging zur Tür und drehte sich noch mal zu Carlo um. »Bitte fass nichts an. Wegen der Spuren.«

»Willst du mir in meiner Küche sagen, was ich zu tun habe?« Carlo warf dem erschrockenen Leon einen strengen Blick zu. Dann fügte er etwas milder hinzu: »Natürlich mach ich das nicht. Und jetzt hau ab hier.«

Und Leon machte, dass er rauskam.

# 4

Eine halbe Stunde später war die Polizei da. Die beiden Streifenbeamten sahen völlig austauschbar aus. Beide mit Kurzhaarfrisuren, ansatzweise sportlich und mit einem angespannten Zug um den Mund. Es passierte nicht sehr oft, dass sie mit einem Mord konfrontiert waren. Und wie Leon aus einer Bemerkung des einen heraushörte, war es für ihn das erste Mal überhaupt.

»Faszinierend, oder?«, fragte Leon den Polizisten. Und auf dessen befremdeten Blick hin fügte er schnell hinzu: »Also, ich meine, fürchterlich ist das. Aber auch ... spannend.« Er lächelte die beiden Beamten an.

»Und ... wie gehen Sie jetzt vor?«

»Zunächst einmal bitten wir Sie, den Tatort zu verlassen«, sagte der Polizist genervt.

Leon war enttäuscht. Irgendwie war es doch *seine* Leiche, *er* hatte sie gefunden. Na gut, Hamid war es gewesen, der hatte jedoch, wie es schien, kein Interesse an dem Verbrechen. Aber Leon schon.

»Was vermuten Sie denn? Ich meine, ein Kühlhaus ... wie kommt ein Hotelgast ausgerechnet in ein Kühlhaus? Also beziehungsweise, warum wurde er überhaupt ermordet? Und fand das hier statt?« Es sprudelte nur so aus Leon heraus.

Die beiden Polizisten wechselten abfällige Blicke.

»Du bist so ein Krimi-Nerd, oder?«, fragte der eine.

»Zu viel Tatort geschaut, oder?«, ergänzte der andere.

»Nee, das ist mir zu unglaubwürdig alles«, erwiderte Leon. »Ich lese.«

»Ahaa!«

»Ich kenne die Handlungen und Plots von 781 Kriminalromanen auswendig. Buch Nummer 782 liegt gerade auf meinem Nachttisch. Aber ich muss sagen, die Handlung ist ziemlich vorhersehbar. Ich bin auf Seite 211 von 390, und ich weiß jetzt schon, wer der Täter ist.«

»Und ich weiß, dass du jetzt sofort den Tatort verlässt, alles klar?! Raus hier!«, schnauzte der eine Polizist.

Düpiert verließ Leon das Kühlhaus und die Küche. Er ging in den Speisesaal. Dort lümmelte Carlo auf einem der samtbezogenen Stühle und spielte auf seinem Handy herum. Hamid saß still und aufrecht neben ihm und schaute bekümmert drein.

Ein erster Frühstücksgast kam herein. Es war der durchtrainierte Wanderer aus der 11, der nach dem Frühstück abreisen würde. Das wusste Leon, denn er kannte alle Gäste und Buchungen auswendig. Aber was sollte er jetzt mit den Frühstücksgästen tun?

Leon trat auf den Wanderer zu und bat ihn freundlich: »Entschuldigung, es gibt hier eine kleine … Unpässlichkeit.

Könnten Sie erst noch mal auf Ihr Zimmer gehen? Ich komme gleich, um mit Ihnen das Frühstück zu besprechen.«

Der Wanderer warf einen irritierten Blick auf den missmutigen Carlo in seiner Kochjacke, der auf seinem Handy herumspielte. Aber schließlich drehte er sich um und ging hinaus.

Die Gäste sollten am besten nichts von der Leiche und dem Polizeieinsatz erfahren. Doch was sollte Leon jetzt tun? Ihnen stand schließlich ein Frühstück zu. Wie sollte er sie ablenken? Die Lage war angespannt. Eine Krisensituation. Und Leon merkte, wie er zu Hochform auflief. Er würde es schaffen! Er würde das regeln! Er allein – denn als er eben versucht hatte, mit dem Chef zu reden, war der völlig abwesend gewesen, unerreichbar für Leons Fragen. Rolf Bernstein, mit dem Leichenfund in seinem Hotel konfrontiert, war in eine Art Schockstarre verfallen.

»Ein Mord?«, hatte er gesagt. Und dann: »In meinem Hotel?«

Und danach hatte er gar nichts mehr gesagt. Bernstein hatte sein sonst so weiches Gesicht zu einer Grimasse verzogen. Seine grauen Haare, die er von der Seite über seine immer kahler werdende Kopfmitte kämmte, standen an diesem Morgen zu den Seiten ab und entblößten eine für Leon überraschend große Stirnglatze. Insgesamt sah sein Chef ein bisschen aus wie Einstein. Nur dass er wohl keine kreative Idee hatte. Vor allem nicht, wie sie mit dieser katastrophalen Frühstück-Polizei-Leiche-im-Kühlhaus-war-es-eventuell-Mord-Situation umgehen sollten.

Leon entschied autark und sehr schlau, wie er fand. Er rief das *Hotel Hück* an, das am Ende der Straße lag, und sprach mit der Concierge. Sie waren auf freundlich-distanzierter Augenhöhe, obwohl Leon fand, dass Carina ruhig etwas freundlicher und weniger abweisend sein könnte, schließlich machten sie beide denselben Job, und das sollte sie doch einen, Brüder im Geiste, also vielmehr, Geschwister im Geiste.

Carina vom *Hotel Hück* war zehn Jahre älter als er und schon ein alter Hase in dem Job. Obgleich sie irgendwie pikiert gewesen war, als er ihr das mal gesagt hatte. War es wegen der Anspielung auf ihr Alter? Oder weil er sie Hase genannt hatte? Leon wusste es bis heute nicht. In jedem Fall vereinbarten er und Carina, dass er seine Hotelgäste – es waren nur acht an diesem Morgen – rüber zu *Hück* schicken würde, damit sie dort frühstücken konnten. Verrechnen würden sie das später. Alles klar, vielen Dank. Und tschüs. Leon legte auf und strahlte den Gast aus Nummer 24 an, der vor ihm stand und etwas erregt war, weil er einen harten Tag vor sich hatte und verdammt noch mal ein richtiges Frühstück brauchte, und zwar schnell. Leon wies ihm den Weg zum *Hotel Hück* und erfand eine Ausrede für den gesperrten Speiseraum.

Wie der Wasserrohrdurchbruch im Küchentrakt mit dem deutlich sichtbaren Streifenwagen vor der Tür und dem Polizeiabsperrband vor dem Flur zum Speisesaal in Zusammenhang stand, konnte Leon zwar nicht überzeugend erklären, aber der Gast ging schließlich, und Leon blieb erleichtert zurück.

Das Gefühl der Erleichterung hätte nicht weiter von dem entfernt sein können, was Bernstein gerade durchmachte. Es half auch nichts, dass sein Sohn Samuel jetzt dazugekommen war. Verschlafen zwar, aber immerhin trug er im Gegensatz zu seinem Vater keinen Bademantel, sondern Hemd und Anzughose. Er hatte die warmen braunen Augen seines Vaters, zudem aber glücklicherweise die elegante Nase seiner verstorbenen Mutter. Und er legte seinem Vater sanft die Hand auf die Schulter, als der fassungslos in dem Speisesaal vor den Beamten stand und nicht wusste, was zu tun war.

»Wer ist der Tote?«

»Der Gast aus Zimmer 13«, sagte Bernstein.

Aber wie konnte das sein? Was war passiert?

»Das ist eine Katastrophe. Wenn das die Runde macht ...«, Bernstein schluckte hart, als müsste er einen viel zu großen Kloß herunterschlucken.

»Willst du mal hochgehen und dir etwas anziehen?«, fragte Samuel seinen Vater sanft, aber bestimmt.

Bernstein warf einen hilflosen Blick auf Carlo, auf Hamid, auf den Beikoch, die Kellnerin Louise und die beiden Zimmermädchen Eleni und Maria, die aufgereiht auf Stühlen neben dem halb vorbereiteten Buffet saßen. Carlo nickte Bernstein zu, der sich daraufhin umdrehte und nach oben ging.

Kurz darauf traf die Kriminalpolizei ein, und die beiden Polizisten wirkten plötzlich noch angespannter.

»Markus Vey«, stellte sich der Kriminalbeamte der Hotelbelegschaft vor und fügte dann hinzu: »Leitender Kriminaloberkommissar.« Das schien ihm wichtig zu sein.

Markus Vey war Ende dreißig, Anfang vierzig, durchtrainiert und braun gebrannt. Sein Gesicht war scharf geschnitten, ebenso seine Haare. Er wirkte wie ein Mittelstreckenläufer, der sein Geld als Laufstegmodel verdiente. Carlo konnte ihn auf der Stelle nicht leiden.

»Sie haben die Leiche entdeckt?«, fragte Markus Vey, als er nach ein paar Minuten aus dem Kühlhaus zurückgekommen war. Er wandte sich an den Beikoch. Was Carlo sofort zeigte, dass der Bulle keine Ahnung hatte. Der Beikoch! Was für eine Schnapsidee!

Der Beikoch nickte in Richtung Carlo.

»Sie sind?«, fragte Vey.

»Der Koch.«

»Aha! Und haben Sie auch einen Namen?«

»Carlo Hörl. Alter siebenunddreißig. Sternzeichen Widder. St. Pauli-Fan. Was wollen Sie noch wissen?«

Vey lächelte ihn mit einem höhnischen Zug um die Lippen an.

»Soso. Wunderbar. Ihr Gewicht und Ihre Größe bräuchte ich noch.«

»Bitte, was???«, platzte Carlo wütend heraus.

Vey ging darüber hinweg.

»Sie haben also den Toten gefunden?«

»Nein, Hamid war's. Unsere Küchenhilfe.«

»Aha!« Vey wandte sich an Hamid. »Und wann war das?«

»Um 06:32 Uhr«, sagte Leon, der genau in diesem Moment auf die Uhr an seiner Rezeption geschaut hatte.

»Prima, danke.« Vey wandte sich weiter an Hamid. »Haben Sie zuvor etwas Seltsames bemerkt? Haben Sie jemanden weglaufen sehen oder so was?«

Hamid schüttelte den Kopf. »Er war einfach da. Tot …«

Es nagte offensichtlich schwer an Hamid.

»Wann kann ich wieder in die Küche?«, wollte Carlo wissen.

»Wenn wir mit den Ermittlungen fertig sind.«

»Und wann wird das sein? Einfach nur, damit ich planen kann. Ich habe hier ein Hotel zu versorgen.«

»Ich gebe Ihnen Bescheid«, erwiderte Markus Vey, der Carlo mittlerweile ebenfalls nicht leiden konnte.

»Und wann wäre das?« Carlo ließ nicht locker.

»Sie sind also als Zweiter ins Kühlhaus gekommen …«, begann Vey, der offensichtlich nicht vorhatte, Carlo zu antworten.

»Als Dritter«, berichtigte Carlo.

»Kannten Sie das Opfer?«, fragte Vey.

»Bitte, was???« Carlo konnte es nicht fassen, dass dieser dämliche Beamte ihm so eine Frage stellte.

Ähnlich fassungslos schaute auch Katja Kassowitz drein, die jetzt in der offenen Terrassentür stand und nicht fassen konnte, was sie da sah. Und vor allem: wen!

# 5

Fünf Minuten zuvor hatte Katja Kassowitz noch im großen Hotelgarten gestanden und versucht, die widerspenstige Wurzel einer mittelgroßen Tanne aus dem harten Boden zu bekommen. Es war Spätsommer, seit Wochen hatte es nicht geregnet, und der Boden war total trocken. Sie zerrte am rissigen Holz. Vergeblich.

Katja Kassowitz war achtundvierzig Jahre alt, hatte dunkle lange Haare und trug einen Pferdeschwanz und einen Pony, den sie sich aus rein praktischen Gründen hatte schneiden lassen. Sodass ihr zum Beispiel jetzt, da sie mit der Wurzel kämpfte, keine Haare ins Gesicht fielen. Katja zog am groben Holz und stöhnte dabei laut und überraschend tief.

»Du verdammtes ...!«, brüllte Katja die Tannenwurzel an, die wahrscheinlich erschrocken klein beigegeben hätte, wenn sie ein Gehirn oder Muskeln gehabt hätte, die sie hätte loslassen können, damit diese wütende Frau endlich aufhörte, an ihr zu zerren.

Katja war immer schon ruppig, verbissen und unnachgiebig gewesen. Und wenn sich diese Tannenwurzel derart sträubte, würde Katja ihr jetzt zeigen, wer der Herr beziehungsweise die Frau im Hause war. Sie stemmte beide Beine fest in den Boden, beugte die Knie und zog mit aller Kraft, keuchte auf und schnaufte. Und als sie merkte, dass sich die Wurzel immer noch nicht bewegte, brüllte sie voller Wut und Zorn los: »Waaahhhhhhhh!«

Katja hatte sich immer schon an Widerständen gerieben. Je mehr Widerstände, desto besser. Und desto mehr hängte Katja sich rein. Sie musste gewinnen, und sie musste die Aufgabe zu einem Abschluss bringen. Koste es, was es wolle. Wenn Katja etwas tat, dann mit Haut und Haar. Und immer mit dem Kopf voran. Sie war ein verdammter Endorphin-Junkie, der seine Bedürfnisse nicht wahrnimmt und Schwierigkeiten hat, sich abzugrenzen.

Das alles stand, natürlich besser formuliert, in dem psychologischen Gutachten, das nach Katjas Burn-out ihre aktive Karriere als Kommissarin beendet hatte.

Das war nunmehr fünf Jahre her. Katja hatte ihr komplettes Leben umgekrempelt, alles weggeworfen und neu angefangen.

Seit drei Jahren arbeitete sie jetzt als Gärtnerin im *Hotel Waldfrieden*. Es hatte gedauert, bis sie sich darauf besonnen hatte. Ihre Großmutter, die hatte auch ein Händchen fürs Gärtnern gehabt, einen grünen Daumen. Die Pflanzen, die Natur, diese Entschleunigung, all das entspannte Katja. Und bei der Arbeit im Hotelgarten hatte sie endlich Ruhe gefunden.

Die Wurzel wollte einfach nicht nachgeben. Die Tanne

hatte Katja schon kniehoch angesägt und das Erdreich um die Wurzeln gelockert, aber nichts tat sich.

Je länger der Abschied vom alten Job dauerte, je weiter der Burn-out in die Ferne rückte, je mehr Zeit Katja draußen in der Natur mit den Pflanzen verbrachte, desto besser ging es ihr. Ihre Gesichtszüge glätteten sich, ihre Haut wurde reiner, ihr Blutdruck sank.

Katja wirkte wie eine Frau, die ihren Frieden gefunden hatte.

Als der Tannenstumpf durch ihre Hände rutschte und sie beinahe nach hinten gefallen wäre, war es so weit. Sie würde aus dem Hotel die große, lange Axt holen, um der Wurzel zu zeigen, was eine Harke, nein, was eine Axt war!

Katja stapfte quer durch den großen Garten, keuchend, erdverschmiert und ziemlich geladen.

Als sie dann in der Terrassentür des *Waldfriedens* stand und auf die ungewohnte Szenerie blickte, entgleisten ihr die Gesichtszüge.

Markus. Markus Vey.

Von allen Personen auf der Welt, die sie am wenigsten sehen wollte, stand Markus Vey auf Platz eins.

Wieso war der hier? Ausgerechnet hier?

Vielleicht hätte Katja auswandern sollen. Thailand oder so. Aber wahrscheinlich würde Markus Vey ausgerechnet da Urlaub machen, so ein Pauschalding, zu mehr brachte der es nicht. Und wahrscheinlich würde der ihr da am Strand über den Weg laufen. Oder wäre Australien besser gewesen? Punjab? Weltraum? Wahrscheinlich würde Vey sie auch dort finden.

Markus Vey war ein widerlicher, arroganter und dazu völlig unfähiger Idiot, der nur deshalb als Kriminalkommissar Erfolg hatte, weil er rücksichtslos seine Ellbogen einsetzte, Kollegen düpierte, Informationen verschwieg oder Erfolge in der Arbeit von Kollegen als seine eigenen ausgab. Vey war der Lord Voldemort der Kriminalkommissare.

Katja musste es wissen. Sie hatte mit ihm zusammengearbeitet. Und als sie Vey jetzt dort stehen sah, in seinem smarten Anzug, durchtrainiert, sonnengebräunt – wer bitte war im Februar sonnengebräunt? Wie eitel und selbstverliebt konnte man sein! –, fiel ihr noch etwas anderes ein, was sie gerne vergessen hätte. Aber bevor Katja diesen Gedanken, diese Erinnerung zuließ, machte sie auf dem Absatz kehrt und verschwand, so leise, wie sie gekommen war, wieder im Garten.

Der Einzige, der sie und ihren erschrockenen Blick auf Markus Vey gesehen hatte, war Carlo. Er wunderte sich. Aber nur kurz. Dann stand er auf, ignorierte den unangenehm schnöseligen Kommissar und erklärte seinen Leuten: »Ich hau mich noch mal hin. Weckt mich, wenn die Küche freigegeben ist.« Er nickte dem Beikoch Igor und auch Hamid zu. Vey bedachte er mit keinem Blick und ging hinaus.

# 6

Leon stand vorn am Empfang und war hin- und hergerissen. Es war ein Desaster, mitansehen zu müssen, wie Polizisten, Spurensicherer und Pathologen ins Hotel drängten und immer mehr Hotelgäste in einer provozierenden Gegenbewegung das Hotel verließen. Natürlich erst, nachdem ihre Personalien festgestellt worden waren. Sie verschwanden und verließen das sinkende Schiff. Da konnte Leon ihnen beim Auschecken noch so freundlich nahelegen, dass sie bitte bleiben sollten. Es half nichts. Die Gäste ignorierten sein bittendes Lächeln und seinen Hundeblick, ignorierten seine ausgestreckte Hand und sein Angebot, eine zweite Nacht für die Hälfte des Preises dranzuhängen (zum Glück ignorierten sie es, denn solche Angebote zu machen war Leon gar nicht befugt). Auch wollte niemand seinen Flyer, der auf die Sehenswürdigkeiten in Galgen, die ruhige Umgebung und die Wandermöglichkeiten und die Entspannungsbäder im Wellnessbereich des Hotels hinwies.

Alles, was Leon zuteilwurde, waren hochgezogene Augenbrauen, spöttisches Lächeln und angewiderte Blicke. Und kalte Schultern. Es war fürchterlich. Leon litt beinahe körperlich. Vor allem, weil ein Mord geschehen war, in seinem Hotel. Und er wurde völlig von den Ermittlungen ausgeschlossen. Also, nicht, dass man ihn zurate ziehen würde, das war Leon klar. Aber dass er nicht das kleinste bisschen Information bekam. Und nicht mal der arrogante Vey hatte ihn irgendwie anhören, geschweige denn befragen wollen.

Nur fünf Gäste blieben: eine junge Frau, die durch den Mord im Hotel offensichtlich so schockiert war, dass sie sich mit tränennassem Gesicht in ihr Zimmer zurückzog und es nicht mehr verließ. Des Weiteren ein sehr abgeklärter Vertreter, dem alles egal zu sein schien und der sich eine Kanne Kaffee aufs Zimmer bestellte. Und eine Geschäftsfrau und ein rüstiges Rentnerpärchen, das zum Wandern gekommen war, aber von dem Polizistenauflauf hier fasziniert zu sein schien. Leon war ihnen allen dankbar.

Leon fragte sich zweierlei. Erstens: War Kriminaloberkommissar Markus Vey wahnsinnig? Die Gäste, das war Leon erst nach den ersten Schockmomenten klar geworden, waren doch potenzielle Verdächtige?! Wie konnte er die also gehen lassen?

Und zweitens: Was geschah dahinten in der Küche? Was ermittelte die Polizei? Wie ermittelte die Polizei? Was waren deren Theorien, was die Spekulationen?

Leon versuchte natürlich, Mäuschen zu spielen. Aber jeder Vorstoß von ihm in Richtung Küchenbereich wurde hart abgeblockt. Der kleine Streifenpolizist, der vor dem Eingang zum Speisesaal stand, von dem der Küchentrakt abging, wurde irgendwann sogar ungehalten.

»Zum letzten Mal: Dieser Bereich hier ist abgesperrt. Mir ist egal, ob du hinten Personalakten, Zimmerschlüssel oder die Handkasse holen musst. Und erklär mir mal, warum dieses Zeug ausgerechnet hinten in der Küche sein soll?«

Wäre Leon mutiger gewesen, dann hätte er sich beschwert. Dass der Polizist ihn ungefragt duzte, war eine Unverschämtheit. Aber Leon sagte nichts, denn er hatte zudem auch keine Antwort auf die Frage des Polizisten. Aber ihm war leider nichts anderes eingefallen, um sich am Polizisten vorbeizustehlen. Mist!

Leon war zum Nichtstun verdammt. Es brodelte in ihm. Erst recht, als er Bernstein mit fahlem Gesicht durch die Empfangshalle schleichen sah. Leon eilte zu ihm.

»Chef! Was tun wir? Was meinen Sie?«, sprudelte es aus Leon heraus, aber Bernstein winkte nur müde ab und ging weiter.

Leon sah ihm betroffen nach. Er wusste, dass es dem Chef seit Langem nicht gut ging. Körperlich vor allem. Leon hatte ihm immer wieder Magenmittel aus der Apotheke besorgt. So etwas gehörte zwar nicht unbedingt zu seinen Aufgaben, aber Leon mochte die Geschichten aus den großen New Yorker und Londoner Hotels, in denen die Concierges den Gästen auch die ausgefallensten Wünsche erfüllten. Einen Trüffelburger nachts um halb vier? Kein Problem. Eine Privataudienz bei dem Broadway-Star, um den sich alle rissen? Sagen Sie das doch gleich, ich habe seine Privatnummer und rufe direkt an. Soll ich ihn dann aufs Zimmer schicken? Ein lebendiges Wildschwein? Bitte sehr.

Das Verrückteste, um das man Leon einmal gebeten hatte, war, dem Gast bei der Sortierung seiner Steuerbelege behilflich zu sein, die der am nächsten Morgen beim Amtsgericht abgeben musste.

Da war es ja nun wirklich ein Leichtes, dem Chef Botengänge abzunehmen und für ihn zur Apotheke zu gehen.

Doch auch seelisch konnte es Bernstein nicht gut gehen. Die geringe Auslastung und dann der Umbau. Was das gekostet haben muss! Und dann der ewige Streit mit seinem Sohn, der das *Waldfrieden* schon wieder umbauen, ein Konferenzhotel aus diesem wunderbar heimeligen Boutiquehotel machen wollte. Ein Konferenzhotel? In Galgen? Wer hier über was konferieren sollte, wollte Leon nicht in den Kopf.

»Hey, Sie da«, riss ihn eine Stimme aus seinen Gedanken.

Leon konnte sein Glück kaum fassen. Der Kommissar höchstpersönlich stand vor seinem Tresen. Jetzt könnte er endlich mit ihm sprechen!

»Haben Sie sich mal überlegt, warum der Tote ausgerechnet im Kühlraum war?«, begann Leon. Aber Vey unterbrach ihn sofort:

»Wo sind die Videoaufnahmen.«

»Welche Videoaufnahmen?« Leon war perplex.

Markus Vey deutete auf die beiden Kameras, die der Hausmeister Hardy in der Eingangshalle und im großen Flur zum Speiseraum angebracht hatte.

»Ach so«, sagte Leon.

»Und?« Vey war ungeduldig.

»Das sind nur Attrappen. Wir haben kein Videosystem«, gab Leon schließlich zu. Es war ihm ein wenig peinlich.

»Echt jetzt?« Markus Vey sah ihn missbilligend an.

»Das steht auf der To-do-Liste. Wirklich. Aber ...«

»Aber?«

»Bislang waren die finanziellen Mittel anderweitig gebunden.«

Markus Vey seufzte. »Okay. Und was ist mit dem Nachtportier?«

»Welcher Nachtportier?« Leon war überrascht.

»Sie sind ein bisschen schwer von Begriff, oder?« Markus Vey sah Leon herablassend an.

»Wir haben keinen Nachtportier. Das Hotel ist nachts geschlossen. Die Gäste können über ihre Schlüsselkarte ...«

Leon hörte Vey aufstöhnen und abwinken, dann drehte der Kommissar sich um und ging ohne ein weiteres Wort davon.

Was für ein arroganter Schnösel!

Mittlerweile war es später Nachmittag geworden. Vor dem Hotel hatten sich ein paar Schaulustige versammelt, waren aber immer wieder von der Polizei vertrieben worden. Die örtliche Presse war vor Ort und lungerte in der Eingangshalle des Hotels herum.

»Das ist der erste Mord seit fünfzehn Jahren«, sagte der Journalist Günter Bossmann, der im braunen Lehnsessel in der Eingangshalle saß und darauf wartete, dass er mit der Polizei sprechen konnte. Der Endfünfziger hatte die Hände über seinem Bauch verschränkt und wirkte insgesamt relativ zufrieden.

»Seit zwölfeinhalb Jahren«, korrigierte ihn Annika Bela von der anderen Seite der Eingangshalle aus scharf. Die verhärmt aussehende Frau hatte auf dem Sofa Platz genommen, so weit weg von Bossmann wie nur möglich. Sie konnte ihren Kollegen nicht leiden. Bossmann sie genauso wenig. »Die Leiche im Fluss«, fügte Annika Bela hinzu.

»Das war fahrlässige Tötung.«

»Durch Unterlassung.«

Ein Betrunkener war damals in den Fluss gefallen. Seine beiden Saufkumpane hatten ihm nicht geholfen, sondern ihm beim Ertrinken zugesehen. Und der eine hatte, wie sich später herausstellte, auch noch Steine nach dem Ertrinkenden geworfen, um ihn vom rettenden Ufer abzuhalten. Eine grausige Tat.

Leon wusste genau, wovon die Journalistin sprach. Er hatte Annika Bela gerade einen Kaffee serviert, stand möglichst unauffällig in ihrer Nähe herum und hoffte, dass er wenigstens durch sie etwas über den Stand der Ermittlungen erfuhr. Aber die Journalisten wussten genauso viel wie Leon selbst. Oder noch weniger.

»Die Ratssitzung morgen früh, wegen des Kur-Dingens«, begann Bossmann. »Gehst du da hin?«

Annika Bela verzog das Gesicht. »Warum sollte ich?«

»Irgendjemand muss hier die Stellung halten.«

»Wie kommst du darauf, dass ich das nicht bin?«

»Weil ich denke, dass ich das sein werde.«

»Glaubst du.«

»Weiß ich.«

»Wissen ist eine Illusion, die von einem subjektiv reflektierten mentalen Zustand …«, begann Annika Bela, bis Bossmann ihr das Wort abschnitt: »Jetzt hör auf mit deinem Akademikerscheiß. Gewöhn dich dran, dass du über regionale, handfeste Themen schreibst. Zum Beispiel über die Ratssitzung.«

»Pffhhh. Ich rede mit Becker.«

Thomas Becker war, wie Leon wusste, der Redaktionsleiter der örtlichen Zeitung und damit der Vorgesetzte von Bossmann und Bela. Er war aber wohl auch, wie Leon jetzt ahnte, eher so was wie der Kindergärtner, der seine beiden Journalisten besänftigen und voneinander fernhalten musste.

»Tu, was du nicht lassen kannst.«

»Mach ich.«

»Na dann.«

»Genau.«

Es ging ewig so weiter. Leon war beinahe froh, als Rolf Bernstein wieder am Empfang erschien. Der Chef war an diesem Tag um Jahre gealtert. Als er die Journalisten in der Halle mit ihren Grünpflanzen, den alten Teppichen und den großen Gemälden sitzen sah, zuckte er erschrocken zusammen. Am liebsten hätte er auf der Stelle umgedreht, aber Annika Bela hatte ihn sofort gesehen.

»Herr Bernstein! Was sagen Sie zu dem Mord in Ihrem Hotel?« Annika war mit drei Sätzen am Empfangstresen.

»Wir … wir sind natürlich erschüttert und mit unseren Herzen bei den Hinterbliebenen des Toten …«

»Wer ist der Tote?«

»Dazu kann ich keine Angaben machen, tut mir leid. Da müssen Sie mit den ermittelnden Beamten sprechen.«

»Wie ist es passiert? Wie wurde das Opfer ermordet?«

»Wie gesagt, dazu darf ich keine Angaben machen, aber ich würde jetzt nicht davon ausgehen, dass hier unbedingt ein Mord vorliegt …«

Leon fand, dass sein Chef die Sache vielleicht etwas zu positiv deutete: drei Stichwunden? Mitten im Körper? Was anderes als Mord könnte das sein?

»… sondern vielleicht eher eine Kette unglücklicher Zufälle.«

»Anscheinend ist er erstochen worden? Was soll das für eine Verkettung von unglücklichen Umständen sein?«, hakte Annika Bela kritisch nach.

»Tut mir leid, mehr kann ich dazu nicht sagen. Und vor allem wäre ich Ihnen dankbar, wenn Sie in Ihrem Artikel den Namen unseres Hotels nicht erwähnen.«

»Die Freiheit der Presse ist unantastbar«, erwiderte Annika Bela.

»Natürlich. Aber sehen Sie, wenn Sie schreiben ›ein Hotel in Galgen‹, dann würden Sie ja auch Ihrer Informationspflicht nachkommen. Sie müssen verstehen, dass diese … Sache hier eine Katastrophe für unser Hotel ist.«

»Wir sind stets bemüht, unseren Gästen einen ruhigen und heimeligen Aufenthalt zu gewähren«, warf Leon ein.

»Genau. Man kann sich sicher sein, dass das Hotel *Waldfrieden* seine Gäste familiär und warm aufnimmt und dass …«

»Sparen Sie sich den Scheiß«, sagte Günter Bossmann. »Ich werde doch nicht Ihren Werbeprospekt hier abschreiben.«

Er nickte in Richtung des kleinen Displays auf dem Tresen, in dem die Prospekte des Hotels standen.

»Ich auch nicht«, erklärte Annika Bela.

Bernstein griff sich einen der Flyer und schob ihn der Journalistin hin. »Aber wenn wir schon davon reden, vielleicht wollen Sie einmal einen Blick hineinwerfen? Unser Wellnessbereich ist wirklich hervorragend. Sie könnten ihn einmal ausprobieren …«

»Vorsicht, Annika, er versucht dich zu bestechen«, warf Bossmann von hinten ein. Er hatte es gar nicht für nötig befunden, überhaupt aufzustehen.

»Du glaubst doch nicht im Ernst, dass ich mich mit einer Wellnessbehandlung bestechen lassen würde?«

»Vielleicht?« Bossmanns Schweinsäuglein zogen sich jetzt hinterhältig grinsend zusammen.

»Völlig klar, dass bei dir Wasser und Wellness keine Rolle spielen«, blaffte Annika zurück.

Bernstein wandte sich leise an Leon. »Und? Wie sieht es aus?«

»Die Spurensicherung ist noch in Zimmer 13. Klaus Kindermann kommt aus Essen und …« Leon zog die Buchungsbestätigung des Gastes hervor, aber Bernstein wollte nichts davon wissen.

»Das meine ich nicht. Die Buchungen. Was ist mit den Gästen?«

»Acht haben bereits ausgecheckt. Davon hatten aber ohnehin fünf nur für eine Nacht gebucht. Noch vier Zimmer sind belegt, und ich bin mir sicher, dass wir diese Gäste auch halten können.«

»Entschuldigung.« Vor dem Tresen stand die Geschäftsfrau, die Leon in das Eckzimmer im zweiten Stock eingebucht hatte. Sie wirkte wenig freundlich, als sie den Zimmerschlüssel auf den Tresen legte.

»Ich möchte auschecken.«

»Aber … aber … Sie haben doch noch bis Ende der Woche gebucht?« Leon war ganz verdattert.

»Sie werden verstehen, dass ich unter diesen Umständen hier nicht bleiben kann.«

»Es handelt sich um einen Unfall …«

»Ich fühle mich hier nicht mehr sicher«, erklärte die Frau mit knallharter Stimme. Sie wirkte, als ließe sie sich durch gar nichts verunsichern.

»Ich ziehe ins *Hotel Hück*.«

»Bitte, was?« Rolf Bernstein sah sie erschrocken an.

»Der freundliche Hotelier hatte mir heute Morgen beim Frühstück ein Angebot gemacht.«

»Beim Frühstück?« Rolf Bernstein sah sie fassungslos an.

Leon ahnte plötzlich, dass seine Idee, die Gäste zum Frühstück zu *Hück* zu schicken, womöglich nicht gut durchdacht gewesen war. Schnell sagte er: »Wir verstehen natürlich Ihr Ungemach, aber seien Sie gewiss, dass wir Ihnen hier natürlich entgegenkommen würden, wenn …«

»Mein Entschluss steht fest. Würden Sie dann mein Gepäck bitte rüberbringen? Ich muss jetzt zu meinem Termin.«

»Wir sollen Ihr Gepäck ins *Hotel Hück* bringen???« Rolf Bernstein schaute die Frau völlig überfordert an. Das war mehr als eine Ohrfeige. Das war ein Tiefschlag. Peter Hück war sein größter Konkurrent. Dass der jetzt Profit aus seiner Misere schlagen würde, konnte Bernstein kaum ertragen.

»Oh, zum *Hotel Hück*? Könnten Sie unser Gepäck auch gleich mitnehmen?«

Das war das freundliche Wandererpärchen aus Zimmer 17, das sich unbemerkt dem Tresen genähert hatte, den Zimmerschlüssel und die Geldbörse bereits in der Hand.

Rolf Bernstein hatte Tränen in den Augen. Doch er konnte nichts machen. Die Gäste waren durch nichts zu überzeugen. Nachdem die Formalitäten erledigt waren und die Gäste das Hotel verlassen hatten, lehnte sich Bernstein völlig erschöpft an den Türrahmen zu Leons Büronische.

»Es ist eine Katastrophe.«

»Aber Chef, das wird bestimmt wieder. Wenn die Polizei weg ist und die Ermittlungen abgeschlossen …«

»Glaubst du, die Menschen kommen in das *Mörderhotel* zurück?«

»Aber Chef …«, sagte Leon verzweifelt.

»Wie meinen Sie das, Chef?«

»Hast du dir mal die Buchungen angesehen? Auch abgesehen von diesem fürchterlichen Mord … wenn nicht bald mehr Touristen kommen, dann …«

»Dann?«

»Wenn Galgen kein Kurort wird, müssen wir schließen«, sagte Bernstein leise.

# 7

Bernsteins Satz hallte in Leon nach. Er war voller Sorge. Traurig spielte er mit dem Dessertlöffel, den er aus seiner Beerencreme gezogen hatte. Es war Abend, die Polizei hatte einen Teil des Tatorts freigegeben, und Leon hatte Hunger gehabt. Er saß am langen Tisch in der Personalküche und starrte durch das kleine Fenster hinaus in die Dunkelheit. Es gab auch nicht viel anderes zu sehen. Die Wände der Küche waren kahl, stellenweise war der Putz abgeblättert, und an der weißen Tapete konnte man schwarze Flecken entdecken, die die Stuhllehnen hinterlassen hatten. Vor allem die von Leon, denn der mochte es, mit seinem Stuhl zu kippeln und sich an die Wand zu lehnen.

Plötzlich flog die Tür ihm gegenüber auf, und Carlo kam hereingepoltert. Er schien ein bisschen angetrunken zu sein.

»Schmeckt's?«, fragte Carlo, aber es sah nicht so aus, als hätte er wirklich Interesse an einer ehrlichen Antwort.

»Ganz toll«, sagte Leon. »Diese Creme ist … fantastisch. Diese Vanille …«

»Das ist Tonkabohne.«

»Genau. Natürlich.«

Leon sah zu, wie Carlo zum Kühlschrank ging. Links vom Personaltisch öffnete sich die Hotelküche zu einem großen, schmucklosen Raum. Alles hier war aus Stahl, bis auf eine Pinnwand, an der die Dienstpläne hingen. Der Herd mit seinem Abzug und den Regalen darüber stand in der Mitte des Raumes, die Seiten waren von Regalen und Arbeitsflächen gesäumt. An der linken Seite des Raumes stand der große Kühlschrank, der mehrere Dellen in der Tür hatte. Carlo nahm sich ein Bier heraus und ließ sich dann, etwas entfernt von Leon, auf einen Stuhl fallen.

»Ich habe noch Crème brulée im Kühlhaus«, sagte Carlo irgendwann, als er lange genug zugeschaut hatte, wie Leon still vor sich hin an seiner Bierflasche nuckelte.

»Das wäre toll. Aber ...«, begann Leon und wollte sagen, wie schade es war, dass das Kühlhaus noch immer abgesperrt war.

»Und Hirschbraten. Rinderhüfte. Schweinefilet in Rahm. Und eine ganze Lachsseite. Kannst du dir das vorstellen? Eine *ganze Lachsseite*. Die wollte ich räuchern ...« Carlo verzog grimmig das Gesicht.

»Ja, das ist wirklich ...«

»Es kann ja wohl nicht sein, dass ich nicht an *meine* Lebensmittel rankomme.«

»Es ist ja nur übergangswei ...«

»Ach ja? Und wie lange dauert das? Und was soll ich machen, wenn ich bis dahin Hunger kriege?« Carlo redete sich in Rage. »Soll ich etwa Tütensuppe essen?«

Leon nickte in Richtung Kühlschrank, der in der Ecke

der Personalküche stand. »Da sind doch noch Sahnenudeln von gestern«, sagte er vorsichtig. »Die Sahnenudeln waren ja wirklich lecker …«

»Natürlich.« Carlo nickte. Die Sahnenudeln waren lecker. Da gab es keine Diskussion.

»Ich dachte nur, solange die Polizei uns daran hindert, den Tatort zu begehen, sollten wir vielleicht schauen, wie wir mit den Einschränkungen umgehen …«, versuchte Leon es diplomatisch. Er nickte zur Küche hinüber, durch deren offene Tür er das abgesperrte Kühlhaus sehen konnte.

»Weißt du, was das Problem ist?«, meinte Carlo. »Du bist obrigkeitshörig. Das ist feige. Du musst dich davon frei machen, dass du dir sagen lässt, was du zu tun hast. Erst recht von diesem Schnösel da, diesem Kommissar. Und überleg doch mal, was hier eigentlich passiert ist: Da begeht jemand einen Mord, und warum ausgerechnet im Kühlhaus? Wie stehe ich denn jetzt da? Die Leute wollen hier bestimmt nicht mehr essen. Mein Ruf ist ruiniert.«

»Nun …«

»Ist das wirklich Rote-Bete-Suppe, oder haben Sie da Blut beigemischt? Und Ihre Blutwurst mit Kartoffeln, ist das wirklich Schweineblut oder …?«

»Also, das wird doch niemand …«

»Und ist das überhaupt Schweinefleisch im Winzertopf? Oder was machen Sie mit den ganzen Leichen, die Sie in Ihren Kühlhäusern finden?«

»Aber Carlo!«, protestierte Leon pikiert.

Der Koch beruhigte sich wieder. Zumindest ein bisschen. Er war immer noch empört, als er beleidigt hinzufügte: »Ganz ehrlich, die Konsequenzen hat der Täter doch gar nicht bedacht.«

»Ich glaube nicht, dass der Täter oder die Täterin sich bei dem Mord ernsthaft Gedanken über die Auswirkungen auf den Koch gemacht hat«, sagte Katja, die in der Tür stand und von den beiden nicht bemerkt worden war.

Carlo wandte sich jetzt zu der verschlossen wirkenden Frau um.

Sie ist eigentlich ein bisschen attraktiv, dachte Carlo für einen kurzen Moment.

»Ich glaube eher, dass der Täter sich Gedanken über die Konsequenzen für sich selbst gemacht hat«, meinte Katja. Sie sah Carlo undurchdringlich an.

Carlo starrte zurück. Die Gärtnerin war nicht oft im Hotel. Sie hatte eine kleine Wohnung im Haus daneben, konnte aber hier beim Personalessen teilnehmen, genauso wie die Zimmermädchen, Hausmeister Hardy, die Kellnerin und der Concierge. Aber das tat sie selten. Offensichtlich suchte sie keinen Kontakt.

Bislang hatte sie jede Frage nach ihrem Privatleben, ihrer Geschichte immer nebulös oder meistens gar nicht beantwortet.

»Wie kommt's zu der Ehre?«, fragte Carlo und forderte sie mit einer Geste auf, Platz zu nehmen.

»Ich habe Hunger«, erklärte Katja.

»Da ist Tütensuppe.« Carlo nickte Richtung Kühlschrank.

»Nein danke.«

»Da sind noch Sahnenudeln von gestern, sehr lecker …«, versuchte es Leon mit einem vorsichtigen Blick zu Carlo.

Der schnaubte. »Wir sind hier zum Nichtstun verdammt!« Er deutete rüber zur Tür des Kühlhauses, vor der ein rotes Absperrband hing.

Katja folgte seinem Blick.

»Tja«, sagte sie.

»Tja?«, fragte Carlo. »Wie lange will die Polizei das Kühlhaus eigentlich noch absperren? Die waren doch den ganzen Tag hier. Tausend Spurensicherer. Die haben alles auf links gedreht. Stundenlang. Was wollen die denn noch finden?«

»Frag den Kommissar«, sagte Katja.

»Den Kommissar, den Kommissar. Ich lass mir doch von dieser Luftpumpe nichts verbieten«, polterte Carlo los. Er knallte plötzlich seine Bierflasche auf den Tisch und sprang auf.

»Ich lass mir von dem nichts sagen. Und ich kann so nicht arbeiten!«

Er stürmte auf das rote Absperrband zu wie ein Stier auf das Tuch des Toreros.

Kurz bevor er das Kühlhaus erreichte, sagte Katja: »Wenn du das Band zerreißt und den Tatort betrittst, begehst du eine Straftat. Du kannst verhaftet werden.«

Carlo hielt inne.

»Nach § 160 StPO«, fügte Katja leise hinzu.

Carlo drehte sich um.

»Bitte, was?«

»Das ist eine Straftat.«

»Das meine ich nicht. Wie kommst *du* auf § 160 StPO? Woher weißt du …?«

»Eine polizeiliche Anordnung im Zusammenhang mit strafprozessualen Maßnahmen im Rahmen eines strafrechtlichen Ermittlungsverfahrens nach § 160 StPO. Bei polizeilichen Maßnahmen auf der Grundlage der StPO enthält § 164 StPO die Befugnis zur Festnahme von Störern, wenn dies für die Durchführung einer bestimmten Amtshandlung der Polizei erforderlich ist. Und das wäre dann hier wohl gegeben. Wenn man es so auslegen will.«

Leon starrte die Gärtnerin an.

»Und dieser Beamte würde das bestimmt so auslegen.«

Carlo blaffte. »Das passt zu dem Schnösel.«

Katja nickte.

Leon sah sie an. »Woher kennst du dich damit aus?«

Katja winkte ab. »Ist doch egal.«

»Finde ich nicht«,, sagte Carlo.

»Und wenn schon«, meinte Katja.

»Du warst mal Polizistin«, platzte es aus Leon heraus.

Sie starrte ihn an.

»Das ist wie im *Donnerstagsmordclub*! So ein Krimi, den ich mal gelesen habe. Und in *Je tiefer man gräbt*, da gibt es auch eine Gärtnerin, die …«

»Wie interessant«, sagte Katja spöttisch.

»Wieso? Es passt doch alles. Du bist seit drei Jahren hier und kümmerst dich um den Garten, aber du sagst kein Wort darüber, woher du kommst und was du vorher gemacht hast …«

»Du hältst dich aus allem raus, machst einen auf Abstand«, sagte Carlo.

»Aber du kennst dich mit Paragrafen aus«, fügte Leon hinzu.

»Und du kennst den Schnöselbullen«, ergänzte Carlo.

Katjas Gesichtszüge entgleisten kurz, aber sie versuchte, sich nichts anmerken zu lassen.

»Ihr seid ja großartige Hobbydetektive ...«

»Ich hab dich gesehen. Heute Morgen. Als du in der Terrassentür standest. Wie du den angesehen hast.«

Katja warf den beiden einen strengen Blick zu. »Ich glaube, ihr verkennt die Situation. Und ihr habt eine reichlich fantasievolle Vorstellung von Polizeiarbeit.«

»Sagte die Polizistin«, provozierte Carlo.

Leon sah Katja verklärt an. Er wirkte fast ein wenig verliebt.

»Du warst also mal Polizistin ... Warum jetzt nicht mehr? Gibt es einen ungelösten Fall, der dich hat verzweifeln lassen? Bist du immer noch auf der Suche nach dem Mörder, kannst ihn aber nicht fassen?« Er beugte sich neugierig nach vorne.

»Du liest wohl viele Krimis«, meinte Katja spöttisch.

»Natürlich!«, sagte Leon stolz. »781 ½ sind es bis jetzt, um genau zu sein.«

Carlo blickte den Concierge perplex an. Was für ein Nerd?! »Ich fasse es nicht.«

»Wie in Dürrenmatts *Das Versprechen*. Nur dass der Polizist da kein Gärtner, sondern Tankstellenwärter wird ...«

»Was im Sinne der fossilen Brennstoffverschwendung

heutzutage keine besonders gute Entscheidung ist«, versuchte Katja einen Scherz. »Ich bin doch keine Figur aus einem Krimi.«

»Natürlich nicht. Also warst du … Polizistin, meine ich.« Carlo fixierte Katja. Und fragte sich, ob ihm die Gärtnerin dadurch sympathischer werden würde. Wahrscheinlich nicht.

»Selbst wenn ich Polizistin gewesen wäre – und damit gebe ich nicht zu, dass ich jemals eine gewesen bin …«, sagte Katja.

»Natürlich nicht«, unterbrach Carlo sie, der ihr kein Wort glaubte. »Ich war früher übrigens mal Stangentänzer.«

Katja sah ihn ungläubig an. Genau wie Leon.

»Was ist das, Stangentänzer?«, wollte Leon wissen.

»Stripper«, sagte Katja.

Leon musterte den großen massigen Koch, der jetzt im Türrahmen stand. Sein Kugelbauch war nicht zu übersehen.

»Ich war sehr sexy, früher!«, sagte Carlo.

»Und was hast du sonst noch gemacht? Beruflich?«, fragte Katja.

»Ich war bei der Bundeswehr. Aber ich will nicht drüber reden«, brummelte Carlo. »Also, wenn du Polizistin gewesen wärest, was du selbstverständlich genauso wenig warst wie ich Stangentänzer, was würdest du jetzt machen?«

»Nichts natürlich. Ich würde die Kollegen ihre Arbeit machen lassen.«

»Auch wenn es solche unfähigen Lackaffen sind wie der Kommissar?«

»Dann erst recht. Wenn er falsch ermittelt, ist das sein

Problem. Jeder Fehler würde ihm angekreidet werden. Was hab ich damit zu tun?«, fragte Katja, und das war ja irgendwie eine berechtigte Frage.

»Und wenn der Mord nicht aufgeklärt wird?«, fragte Leon.

Carlo und Katja musterten ihn.

»Bernstein hat gesagt, dass er das Hotel wahrscheinlich schließen muss.« Leon sagte das in einem Ton, als würde er jemandem eine Todesnachricht überbringen.

# 8

Katja und Carlo schwiegen. Leon konnte sehen, dass diese Nachricht sie getroffen hatte. Katja stand auf und ging zum Kühlschrank. Sie schaute hinein, zögerte einen kurzen Moment, dann griff sie zu einem alkoholfreien Bier.

»Bring mir eins mit. Aber mit Alkohol!«, rief Carlo ihr zu.

»Fast alle Gäste haben ausgecheckt«, sagte Leon. »Und seit heute Nachmittag haben zehn Leute ihre Buchungen storniert. Und all das, *bevor* die Zeitung morgen erscheint. Aber sie müssen alle diesen Artikel gelesen haben, der seit heute, siebzehn Uhr, online ist: *Mord in Galgen*. Und wenn das erst mal richtig die Runde macht …« Leon ließ den Kopf hängen. »Ich habe, ehrlich gesagt, Angst, den Anrufbeantworter abzuhören. Seit neunzehn Uhr bin ich nicht mehr ans Telefon gegangen. Wir stehen kurz vor der Pleite.«

»Schöne Scheiße«, sagte Carlo.

»Ist das nicht etwas übertrieben?«, fragte Katja. Sie setzte sich wieder Carlo gegenüber, reichte ihm die Flasche und öffnete ihr Bier.

»Das *Waldfrieden* läuft doch schon seit Jahren nicht gut,

und der Ausbau des Wellnessbereichs ... na ja, der hat sich bislang auch nicht so richtig ausgezahlt.«

»War aber 'ne gute Idee«, fand Carlo.

»Aha, du bist also Team Samuel«, sagte Leon.

»Ich bin gar kein Team!«, widersprach Carlo.

»*Das*«, sagte Katja mit einem Seitenblick auf den Koch, »glaube ich allerdings auch.«

Carlo warf ihr einen Blick zu und erklärte: »Der Samuel ist halt viel rumgekommen auf der Welt, der kennt zig Hotels, und der ist Unternehmensberater, oder? Der hat schon Ahnung.«

»Bernstein auch, schließlich führt er das Hotel seit Ewigkeiten. Und zwar als *charmantes Boutiquehotel mit familiärer Atmosphäre.*«

Der Raum, in dem sie saßen, wirkte mit seinen weißen Wänden und dem offenen Durchbruch zu der Küche wenig charmant. Und eine familiäre Atmosphäre war hier auch kaum zu spüren. Das einzig Persönliche hier war dieser Flyer, den Carlo mal neben den Dienstplan gepinnt hatte. Und woher die laut tickende Wanduhr kam, wusste auch niemand. Vielleicht war es ein Familienerbstück? Aber von wem?

»Hast du den Prospekt etwa auswendig gelernt?« Katja schmunzelte.

»Quatsch«, log Leon. »Aber ... ich finde den Wellnessbereich ja auch schön. Er hat etwas Mondänes.«

»Ja, wenn der denn genutzt würde. Aber wenn wir mal ehrlich sind, liegt meistens nur Bernstein selbst in dem japanischen Becken mit dem warmen Wasser.«

»Woher weißt du denn das?«, fragte Leon erstaunt. Denn Katja war ja kaum im Hotel zu sehen.

»Man kann vom Garten reinschauen«, antwortete Katja. »Und Bernstein sieht oft ziemlich traurig aus, wenn er da drinliegt.«

»Zu Recht, glaube ich«, meinte Leon. »Die Umbaumaßnahmen waren wirklich teuer. Umso mehr müssen wir jetzt alle in die Hände spucken und kräftig mit anpacken, damit ...«

»Damit was?«, fragte Carlo.

»Bernstein hat gesagt, dass die einzige Möglichkeit, das Hotel zu retten, darin besteht, dass Galgen eine Kurstadt wird. Mehr Touristen, mehr Buchungen, längere Aufenthalte ...«

»Weniger Leichen vielleicht«, sagte Katja spöttisch.

»Ganz richtig. Galgen kann so viel Kurstadt werden, wie es will: Wenn dieser Mord nicht aufgeklärt wird und wenn das *Waldfrieden* nicht als sicher gilt, ist es schneller vorbei, als wir denken können.«

»Keine guten Aussichten«, sagte Carlo. »Erst recht, weil wir auf einen Idioten angewiesen sind.«

»Sind wir das denn?«, fragte Leon.

Die anderen beiden sahen ihn an.

»Was meinst du, bitte?«, fragte Katja.

# 9

»Wir müssen das Hotel retten!«, sagte Leon.

»Wie sollen wir das bitte anstellen?«, fragte Carlo.

Leon stand vom Personaltisch auf. Er drückte den Rücken durch und streckte den Brustkorb raus. Sehr entschlossen erklärte er dann: »Wir lösen den Mordfall.«

»Hey, mein Kleiner, das ist hier kein Spiel, das ist keiner deiner Romane, das ist ein echter Fall. Mit einer echten Leiche ...«

»... die in *deiner* Kühlkammer lag und die, wie du zu Recht sagst, deinen Ruf ramponiert«, erwiderte Leon. »Aber wenn wir ermitteln, wenn wir den Täter finden, kannst du ihn zur Rechenschaft ziehen ...«

»Soll er dann meinen Kühlraum putzen, oder was?«, spöttelte Carlo. Obwohl ihm anzusehen war, dass ihm die Idee gefiel.

»Und Katja kann es ihrem alten Kollegen heimzahlen.« Leon warf Katja einen Blick zu, aber die winkte ab.

»Das mit Vey ist Schnee von gestern. Das interessiert mich überhaupt nicht. Der ist mir so was von egal, wirklich.«

Es war eine offensichtliche Lüge. Leon hatte Antennen

für so etwas. Carlo anscheinend auch. Er musterte Katja spöttisch.

»Also erstens gibst du endlich zu, *dass* du Polizistin warst. Und zweitens sieht ein Blinder, dass da was zwischen euch vorgefallen ist. Ist Markus Vey der Grund, warum du aus dem Polizeidienst ausgeschieden bist? Wurdest du etwa ... rausgeschmissen? Wegen ihm?«

»Es reicht«, zischte Katja.

Leon, der immer noch in der Küche hin und her tigerte, ergänzte: »Außerdem habe ich mal einen Krimi gelesen, in dem ...«

Carlo schlug mit der flachen Hand auf den Tisch. »Schnauze! Das ist doch total albern.«

Leon verschränkte empört die Arme. »Ihr seid feige«, sagte er mürrisch.

»Pass auf, was du sagst. Ich hab schon Leute wegen kleinerer Sachen in 'nen See geschmissen. Oder an den Füßen aufgehängt«, knurrte Carlo.

»An den Füßen aufgehängt?« Katja schmunzelte und starrte dann den grimmigen Koch belustigt an. Sie glaubte ihm nicht. Leon eigentlich auch nicht, aber er war froh, dass gerade der große Tisch zwischen ihm und Carlo war.

»Das war in Afghanistan«, erklärte Carlo.

»Du hast also eine dunkle Vergangenheit?«

»Du doch auch, verehrte Frau Ex-Kommissarin. Irgendwas ist da doch gewesen, sonst würdest du nicht so seltsam auf den Vey reagieren.«

»Da ist überhaupt nichts gewesen«, behauptete Katja. Sie schwieg einen Moment, dann fügte sie leise hinzu: »Ich habe nur keine Lust mehr, mich wieder in so eine Sache reinziehen zu lassen.«

»So eine Sache? Es geht um unser Hotel. Um unseren Job!«, wandte Leon ein. Dass die anderen so zögerlich waren, wurmte ihn.

»Und ich hab keine Lust, meinen Seelenfrieden zu verlieren. Es gibt einen Grund, warum ich Gärtnerin geworden bin.«

»Also nicht, weil du Narzissen liebst? Na komm schon, spuck's aus«, insistierte Carlo.

»Man hat mir geraten, kürzerzutreten«, erklärte Katja und verschränkte die Arme vor der Brust. »Ich habe aber keine Lust, darüber zu reden.«

»Ich rieche so was wie Burn-out«, meinte Carlo und sah Leon an. »Du auch?«

Leon nickte. Aber er merkte, dass Katja sich verschloss. Das Thema war ihr sichtlich unangenehm.

»Wir müssen aber nicht darüber reden«, sagte er, um Katja zu beruhigen. »Aber kann man dem Vey trauen?«

Katja sah zu Leon hoch. Sie musste nicht lange überlegen: »Nein. Er hat Sachen gemacht, die nicht ganz ... koscher waren.«

»Ist er korrupt? Hat er mit Drogen gedealt? Ist er kriminell?« Leon war begeistert. Es fühlte sich an wie einer seiner Kriminalromane.

»Unsinn! Wir sind hier nicht in einem deiner Romane«, gab Katja zurück. »Aber ... er hat auch Beweise unterschlagen oder platziert, sodass ... nun, er pflegt einen flexiblen Umgang mit dem Gesetz.«

»Krass.« Leon war beeindruckt.

»Er wird uns alle verdächtigen, da bin ich mir sicher.«

»Ja und? Wir haben nichts getan.« Carlo nahm einen Schluck von seinem Bier.

»Wie gesagt: Vey hat schon Sachen so gedreht, dass es anders aussah.«

»Glaubst du, er würde uns wirklich etwas anhängen wollen? Warum sollte er?« Carlo überlegte. »Oder meinst du, er will dir was unterschieben?«

Katja zögerte.

»Aber was wäre sein Motiv?«, fragte Leon. »Was ist da zwischen euch wirklich passiert?«

»Nichts«, antwortete Katja. Sie spürte die Blicke der beiden anderen. Aber sie würde nicht weiter auf ihre Vergangenheit eingehen.

»Also gut, nur mal interessehalber: Wer ist denn eigentlich der Tote?« Sie versuchte, es möglichst beiläufig klingen zu lassen.

Leon musste grinsen. Er wusste: Jetzt war Katja dabei.

»Der Gast aus der Nummer 13«, sagte Leon.

»13? Wie vielsagend«, fand Carlo.

»Es ist eins der besten Zimmer«, erwiderte Leon empört. »Klaus Kindermann heißt der.«

»Und weiter?«, fragte Katja.

»Was weiter?«

»Woher kommt der? Familie? Beruf? Warum war er hier? Mit wem hat er sich getroffen?«, fragte Katja.

Leon riss die Augen auf. Er konnte es nicht fassen, sprang auf und rannte hinaus.

Carlo und Katja sahen ihm verdutzt hinterher. Sie schwiegen, bis Leon kurz darauf freudestrahlend und eine Karteikarte schwenkend zurückkam.

»Hier, die Buchung«, sagte er und las vor: »Klaus Kindermann, geboren 14.10.1962. Verheiratet. Kommt aus Essen. Telefonnummer 0174 …«

»Die Telefonnummer interessiert uns nicht. Warum sollten wir ihn anrufen? Er ist tot«, sagte Carlo.

»Stimmt«, gab Leon zu.

»Kam er allein?«, wollte Katja wissen.

»Zahl der Mitreisenden: null«, las Leon ab. »Auch keine mitreisenden Kinder.«

»Zum Glück«, meinte Carlo. »Stell dir das mal vor! Ein Mord in einem Hotel – und dann bleibt ein Kind zurück. In einer fremden Umgebung, und Papa ist tot. Gestorben. Also ermordet. Was für ein traumatisches Erlebnis für das arme kleine Mädchen.«

»Wieso Mädchen?«, fragte Katja. Sie musterte Carlo. Der schwieg.

»Das hört sich irgendwie … nach einem persönlichen Erlebnis an?«

Carlo ruderte schnell zurück. »War nur ein Beispiel.«

Katja warf ihm einen langen Blick zu.

»Die E-Mail-Adresse ist kindermann@iwr.de«, sagte Leon und wandte sich an Carlo. »Das müssen wir gleich mal googeln. Wir sollten herausfinden, was die Polizei über den Tathergang sagt.«

»Stimmt.« Carlo schaute Katja an. »Vielleicht kannst du mal mit dem Vey reden?«

»Ich werde alles tun, aber bestimmt nicht mit ihm reden.«

»Was war denn da nun zwischen euch? Spuck's endlich aus«, brummte Carlo.

Katja musterte ihn kalt. »Es wäre sinnvoll, wenn wir Einblick in den Bericht des Pathologen hätten«, meinte Katja.

»Klar, aber wie willst du das machen?«, fragte Carlo. »Willst du es mit Gedankenübertragung versuchen?«

»Das wäre doch gar keine schlechte Idee«, fand Leon. Die anderen sahen ihn überrascht an.

»Aus welchem Krimi hast du das denn?« Carlo schaute Leon an, als wäre der bescheuert.

»Ich meine, vielleicht finden wir morgen einen Weg, um an den Pathologiebericht zu kommen. Aber was, wenn wir uns in die Perspektive der Polizei versetzen? Und uns die Gedanken machen, die die Polizei sich macht. Schließlich haben wir«, er schickte einen seitlichen Blick zu Katja, »da ja Erfahrung. Welche Fragen also würden wir uns stellen, wenn wir Kriminalbeamte wären?«

»Warum die Leiche ausgerechnet in meinem Kühlhaus liegt«, platzte es aus Carlo heraus.

»Zum Beispiel, ja. Also, warum?«

Carlo zuckte mit den Schultern. »Ich habe keine Ahnung.«

»Nun, die Frage, die ich mir stellen würde«, sagte Katja, »wäre, ob der Fundort der Tatort ist.«

Leon überlegte kurz, dann erklärte er: »Wir haben einen – soweit wir bislang wissen – ganz normalen Hotelgast, der in einem Kühlhaus gefunden wurde. Was in aller Welt hatte dazu führen können, dass dieser Gast in den Kühlraum geht? Um dort dann auf seinen Mörder zu treffen?«

»Vielleicht hat Kindermann versucht, sich etwas zu essen zu stehlen, und wurde dabei von einem cholerischen Koch überrascht, der dann in seiner Wut über den Diebstahl mit einem Kochmesser zugestochen hat?«, mutmaßte Katja trocken.

»Das liegt durchaus im Bereich des sehr, sehr Wahrscheinlichen. Und glaub mir, ich würde jedem die Finger abhacken, der mich beklaut. Aber ich war's leider nicht.«

»Wäre ja auch zu schön gewesen«, meinte Katja.

»Na ja, geht so«, sagte Carlo.

»Irgendwie nehmt ihr die Sache nicht ernst, oder?« Leon war genervt. »Also mir fällt kein guter Grund ein, warum Kindermann sich hätte im Kühlraum aufhalten sollen. Da hängt man ja nicht einfach so rum oder spaziert zufällig rein. Wollte er mit dem Mörder ein vertrauliches Gespräch führen? Hatte der ihn dorthin gelockt und erklärt: *Hier sind wir ungestört, hier können wir reden?* Ich kann mir das nicht vorstellen.«

»Ich kann mir auch nicht vorstellen, dass der Mord dort geschehen ist.«

»Wo denn sonst?«

»In seinem Zimmer?«

Carlo stand auf. »Dann lass uns da nachsehen.«

»Das geht nicht«, sagte Leon. »Die Polizei hat es gesperrt. Schickt die Spurensicherung durch.«

»Uns sind also die Hände gebunden?«

»Für heute Abend schon. Aber ... was den Bericht des Pathologen angeht. Vielleicht erfahren wir ja morgen mehr.«

»Wie das denn?«

»Aus der Zeitung.«

Leon schluckte bitter. Er ahnte, was auf das Hotel zukommen würde.

# 10

*Mord in Galgen* prangte es am nächsten Morgen auf dem Titelblatt vom *Galgener Kurier*.

Es hätte schlimmer gar nicht sein können. Als Leon die Tageszeitung aus dem Briefkasten holte, um zwei Exemplare auf den Coffeetable gleich neben der Rezeption zu legen und die anderen Exemplare im Frühstücksraum zu verteilen, schluckte er hart. Sofort zerriss er das Gummiband, schlug das oberste Exemplar auf und las den Leitartikel:

»Im Hotel *Waldfrieden* wurde in der Nacht zum Donnerstag eine männliche Leiche gefunden. Der allein reisende Hotelgast wurde mit mehreren Stichen durch einen messerähnlichen Gegenstand getötet. Die Polizei ermittelt ...«

Der Schmierfink hatte den Namen des Hotels genannt. Leon ahnte, was auf ihn, das Hotel und Bernstein zukommen würde. Warum in aller Welt ...

»Morgen«, sagte Bossmann. Der Journalist war durch die Eingangstür spaziert, ohne von Leon bemerkt zu werden, und stand jetzt vor ihm am Tresen. Die Schweinsäuglein von Günter Bossmann blinzelten, und er sah, wie immer, unfassbar unsympathisch aus. Leon unterdrückte den

Wunsch, dem dicken Journalisten sein Schmierblatt ins Gesicht zu feuern

»Guten Morgen, was kann ich für Sie tun?«, fragte Leon gequält und lächelte beflissen, wobei der Grad der Freundlichkeit in seinem Gesicht irgendwo bei minus sieben lag. Bossmann bemerkte es natürlich nicht.

»Ist die Polizei schon hier?«, fragte er.

»Nein«, antwortete Leon. »Haben Sie das geschrieben?« Er deutete auf die Zeitung.

Bossmann schüttelte den Kopf. »Das war meine Kollegin«, grummelte er. Leon merkte sofort, wie sehr es an Bossmann nagte, dass offensichtlich seine Kollegin den Vorzug vom Chef bekommen hatte. Die Wut in Bossmann war förmlich mit den Händen zu greifen. Und Leon wusste sofort, was er zu tun hatte.

»Das ist auch tatsächlich ... also, ich hätte Ihnen das auch nicht zugetraut.«

»Wie meinen?« Bossmann sah ihn fragend an.

»Soll ich Ihnen einen Kaffee bringen, während Sie warten?«

»Das wäre tatsächlich nett«, sagte Bossmann. »Aber worauf wollten Sie hinaus?«

Leon gab ihm mit einem Fingerzeig zu verstehen, dass er ihn gleich aufklären würde, und verschwand in dem kleinen Raum hinter der Rezeption, wo er die Kaffeemaschine anschaltete. Wenig später kam er mit einem dampfenden Latte macchiato auf Bossmann zu, der sich mittlerweile in einen der beiden Sessel gefläzt hatte. Strahlend servierte Leon ihm seinen Kaffee und wartete darauf, dass Bossmann ihn ansprach. Was er auch sofort tat.

»Was hätten Sie mir nicht zugetraut?«, wollte er wissen.

»Wo ist denn eigentlich Ihre Kollegin?«

»Auf der Ratssitzung. Das war der Deal.«

Leon hatte das Gespräch der beiden gestern belauscht, und ihm war klar, dass Bossmann dort nicht hatte hingehen wollen. Anscheinend hatte Annika Bela den Leitartikel schreiben dürfen, war im Gegenzug aber zur langweiligen Ratssitzung abkommandiert worden.

»Nun ... ich verfolge Ihre Artikel ja nun schon seit Längerem«, sagte Leon. »Und mir gefällt die Art, wie Sie schreiben. Ihr Stil. Das ist so ... irgendwas zwischen ...« Leon überlegte fieberhaft, dann sagte er schnell: »Capote und Hemingway«, weil das die einzigen beiden Namen waren, die ihm einfielen. Er kannte 782 Krimis und konnte da klare Stile und Autoren unterscheiden. Von Journalismus hatte er keine Ahnung, aber er wusste, dass sowohl Capote als auch Hemingway als Journalisten gearbeitet hatten. Jetzt hoffte er nur, dass er mit seinem Kompliment nicht übertrieben hatte.

»Das höre ich öfters«, sagte Bossmann angetan und grinste leicht. Was bestimmt eine Lüge war, denn Bossmann schrieb für ein winziges Kreisblatt und zumeist über Kaninchenzüchtertagungen und Straßeneinweihungen. Seine Texte hätten auch einfach von einer KI sein können. Aber Selbstwahrnehmung ist nicht gleich Fremdwahrnehmung, und offenbar hielt Bossmann sich für einen außergewöhnlichen Journalisten.

»Und nicht nur stilistisch, auch inhaltlich«, fügte Leon hinzu. »Ihre Kollegin hat da wirklich nur mit Allgemeinplätzen gearbeitet. Da fehlen ja wichtige Informationen …«

»Die Polizei hat aufgrund der laufenden Ermittlungen natürlich nicht alles rausgegeben, ist ja klar.«

»Sicherlich«, sagte Leon. »Aber zum Beispiel, dass der Verstorbene durch zehn Messerstiche getötet worden war …«

»Es waren drei«, verbesserte Bossmann.

Leon jubelte innerlich. Es klappte!

»Natürlich, das weiß ich, mein Fehler. Aber warum schreibt sie so was wie *durch einen messerähnlichen Gegenstand*? Warum schreibt Ihre Kollegin nicht einfach *Messer*? Das ist doch dann viel präziser.«

»Nun, da muss ich ihr leider recht geben. Das ist die präziseste Umschreibung dessen, was der Pathologe erklärt hat.«

»War es gar kein Messer?« Leon war irritiert.

»Vielleicht schon. Allerdings ist die Form der Wunden spezifisch.«

»War es ein großes Messer? Ein Kochmesser vielleicht?«, hakte Leon sofort ein.

»Nein. Im Gegenteil. Eher dünn, lang und spitz.« Bossmann sah Leon misstrauisch an, aber der fragte eifrig weiter.

»Dann so ein Filetiermesser? Oder so was wie …« Leon wusste nicht weiter. Er kannte sich mit Werkzeugen nicht aus. »Wie heißt dieses Ding? Nicht Schraubenzieher, nicht Hobel …«

»Hören Sie mal …«

»Oder ein Florett?«

»Wenn Sie meinen, ich verstehe nicht, was hier passiert, dann …«

»Gefunden hat die Polizei die Tatwaffe aber nicht, oder?«

»Nein. Aber wenn Sie weiter meinen, Sie könnten mich hier ausfragen, dann haben Sie sich geschnitten. Ich sage nichts mehr. Fragen Sie doch die Polizei.«

»Das mache ich.«

»Aber die wird Ihnen auch nichts sagen.«

»Das ist wohl wahr.« Leon nickte und grinste zufrieden. Denn er hatte längst bekommen, was er wollte.

# 11

»Ich hab die Ergebnisse aus der Pathologie!«, triumphierte Leon, als er Katja im Garten gegenüberstand. Das *Waldfrieden* war von einer großen Rasenfläche umgeben, auf der weiße Gartenstühle und ein paar Tische standen, an denen die Gäste im Sommer den Blick auf den weitläufigen Garten mit seiner variantenreichen Flora genießen konnten. Hinten links hatte Katja einen japanisch inspirierten Teil angelegt, mit Bambus, einem Steingarten und sogar ein paar Bonsais. Über den rechten unteren Teil des Gartens erstreckte sich ein Blumenmeer aus Rosen und vielen anderen Blumen, von denen Leon nicht den Namen kannte. Hier stand Katja und war gerade dabei, den Rhododendron zu stutzen. Sie hielt nur kurz inne, bevor sie ihre Arbeit wieder aufnahm. Wenn sie erfreut war, dann konnte sie es gut verbergen.

»Wie das denn?«, fragte sie nur und warf Carlo, den Leon für eine Teambesprechung in den Garten zitiert hatte, einen Blick zu.

»Über Umwege«, antwortete Leon.

»Welche Umwege?«

»Spielt doch keine Rolle. Kindermann ist mit drei Stichen getötet worden.«

»Das wissen wir schon«, brummte Carlo.

»Aber mit einem dünnen, langen, spitzen, messerähnlichen Gegenstand.«

»Messerähnlich?«, fragte Katja.

»Stand so auch in der Zeitung. Aber die Tatwaffe wurde noch nicht gefunden.«

»Der Täter hat sie entsorgt. Oder versteckt? Aber wo?«

»Vielleicht ist sie noch im Hotel. Je nachdem, wie viel Zeit der Täter hatte ...«, überlegte Katja laut.

Leon sah sie begeistert an. »Das wäre ... wunderbar!« Er stellte sich vor, wie er irgendwo im Hotel irgendwann diesen spitzen, messerähnlichen, langen, dünnen Gegenstand finden und dann triumphierend in die Luft recken würde.

»Jetzt komm mal runter, Junge«, blaffte Carlo.

»Und was sagt der Pathologiebericht zum Todeszeitpunkt?«, wollte Katja wissen.

Leon wurde rot. »Dazu sagt er leider nichts. Das stand nicht drin.«

»Ich wette, dass das drinstand. Aber ich wette auch, dass der Pathologe seine Schwierigkeiten damit hatte, das genau zu bestimmen.«

»Wieso?«

»Nun, die Leiche lag in einem Kühlhaus ... das verlangsamt den Blutfluss ...«

»Ein Toter hat keinen Blutfluss mehr«, berichtigte Carlo.

»Das nicht, aber die Geschwindigkeit, mit der das Blut

aus den Wunden tritt, ist beeinträchtigt. Ebenso der Zellverfall, der Abbau von Stoffen, und so weiter.«

Die Terrassentür des Hotels öffnete sich. Eine Mittfünfzigerin kam heraus. Sie hatte ein Buch unter den Arm geklemmt und kam über die Treppen des Außenbereichs auf die Gruppe zu.

Leon senkte die Stimme: »Aber brauchen wir den Bericht, um den Todeszeitpunkt zu bestimmen? Können wir ihn nicht wenigstens eingrenzen?«

»Nun ... wann hat der Küchenjunge den Toten gefunden?«

»Um 06:30 Uhr.« Leon musterte die Hotelgästin und war froh, als sie sich nun an einen der Gartentische setzte, fast außer Hörweite. Aber nur fast. Er senkte die Stimme noch mehr. »Also 06:32, um genau zu sein.«

»Und wann war die Küche geschlossen?«

»Mit allem Drum und Dran, sauber machen und so?«, fragte Carlo.

Katja nickte.

Die Hotelgästin musterte die Gruppe, die vor dem Blumenbeet stand und diskutierte. Die Frau runzelte die Stirn. Leon schenkte ihr ein warmes, beruhigendes Lächeln. Die Frau wandte sich schließlich ihrem Buch zu.

»23:45 Uhr«, sagte Carlo.

»Das stimmt nicht«, widersprach Leon.

Carlo sah ihn verdutzt an.

»Wir hatten noch Gäste an der Hotelbar. Die haben ziemlich gezecht. Und irgendwann hab ich noch Gulasch serviert ...«

»Du hast was?« Carlo hob die Augenbrauen.

»Ich konnte nichts dafür. Es war ... jedenfalls bin ich in das Kühlhaus und hab was aus dem Topf genommen und in der Mikrowelle warm gemacht ...«

»Wann war das? Ungefähr?«

»Um Viertel vor eins«, sagte Leon.

»Dann gehen wir hiermit von einem Mord zwischen 00:45 und 06:30 Uhr morgens aus. Als Grundhypothese.«

»Er hätte auch früher getötet werden können.«

»Das stimmt natürlich. Aber zumindest in dieser Zeit wurde die Leiche dort abgelegt.«

»Das bringt uns alles nicht weiter nach vorne«, fand Carlo.

Katja nickte. »Viel wichtiger ist, den Täterkreis einzugrenzen«, erklärte sie.

»Na ja, da sind einmal die Hotelgäste ...«

»Die die Polizei bereits hat abreisen lassen«, murrte Leon. Er war immer noch empört.

»Aber natürlich sind vorher die Personalien aufgenommen worden, und man weiß, wie man die Gäste erreichen kann.«

»Du bist nur eingeschnappt, weil die jetzt alle beim *Hück* sind«, meinte Carlo.

»Aber wer könnte sonst noch Zugang zum Hotel gehabt haben?«

»Niemand. Die Eingangstür hatte ich abgeschlossen. Und die Polizei hat keine Einbruchsspuren gefunden.«

»Es war also jemand *aus* dem Hotel ... Jemand von uns.« Leon schauderte, als er sich umdrehte und auf das bernsteinfarbene, alte Hotel mit seinen großen Fenstern blickte. Es lag da inmitten des Gartens, friedlich und ruhig, als wäre nie etwas passiert. Und doch war darin ein Mord geschehen. In *seinem* Hotel.

»Nicht unbedingt«, sagte Katja.

»Wie meinst du das?«

»Bist du dir sicher, dass niemand sonst einen Schlüssel vom Hotel hat?«

»Vom Hotel? Niemand! Natürlich nicht«, erklärte Leon.

Carlo starrte auf den Boden, seine ganze Aufmerksamkeit schien einem Tannenzapfen zu gehören, den er mit der Fußspitze hin und her schob.

»Carlo?«, fragte Leon.

»Na ja«, er zögerte, »der Hauer, der hat 'nen Schlüssel.«

»Was?« Leon war entgeistert.

Katja musterte Carlo.

»Wer ist denn dieser Hauer, bitte?«, fragte sie.

»Magnus Hauer. Unser Fleischlieferant. Erstklassiges Fleisch übrigens, da lass ich nichts drauf kommen.«

»Warum hat der 'nen Schlüssel zum Hotel?« Sie fixierte Carlo streng.

»Mann, die Lieferrouten von dem sind so beschissen. Der kommt immer schon morgens um sechs. Um sechs! Da hab ich ihm mal 'nen Schlüssel gegeben ...«

Katja musterte den Koch, dem sein schlechtes Gewissen anzumerken war. »Wann fängst du noch mal an zu arbeiten?«

»Halb sieben.«

»Eigentlich ist Dienstbeginn um sechs«, wusste Leon.

»Weißt du, wann ich abends ins Bett komme? ’ne halbe Stunde länger schlafen macht da einen gewaltigen Unterschied.«

»Gut, lässt sich jetzt nicht mehr ändern«, sagte Katja. »Dieser Hauer hat einen Schlüssel. Damit gehört er also zum Kreis der Verdächtigen. Sonst noch jemand, den du mit einem Schlüssel ausgestattet hast, Carlo?«

Die Frau im Gartenstuhl winkte zu Leon herüber. Er versuchte, ihren Kontaktversuch zu ignorieren, und konzentrierte sich auf Carlo.

Carlo schüttelte den Kopf. »Aber was sollte der Hauer mit diesem Kindermann zu tun haben? Der kommt aus Essen, wo bitte sollte da die Verbindung der beiden sein?«

»Wir wissen erst mal noch gar nichts über den Toten. Das sollten wir dringend ändern. Und vielleicht gibt es doch eine Verbindung, man weiß nie.«

Die Frau winkte noch einmal. Leon lächelte sie an und bedeutete ihr, dass er gleich zu ihr kommen würde. Aber erst wandte er sich wieder an Katja und Carlo. Der wollte etwas sagen, aber Leon kam ihm zuvor: »Wer kommt denn überhaupt als Verdächtiger infrage?«, fragte Leon und zählte dann selber auf: »Da sind wir alle, also alle, die im Hotel arbeiten. Und dann die Gäste. Und der Hauer.«

»Genau«, bestätigte Katja. »Einer von uns oder Hauer, wenn da nicht noch der Umstand zu berücksichtigen wäre, dass die Terrassentür des Speisesaals heute Morgen, als ich ins Hotel kam, nur angelehnt war.«

Leon sah sie ungläubig an. »Wahrscheinlich haben die Polizisten die geöffnet oder so.« Er blickte zu Carlo, der gebannt den Tannenzapfen vor seinen Füßen anstarrte. Offensichtlich war der wahnsinnig interessant.

»Carlo?«

»Carlo, was?«, platzte es aus Carlo heraus, und er fügte nach einer kleinen Pause leiser hinzu: »Also ... wenn ich so drüber nachdenke ... ich hab gestern noch eine Zigarette geraucht nach dem Dienst. Und es kann sein, es *kann* sein, muss aber nicht, dass ich ...«

»... die Tür nicht geschlossen habe?«, hakte Leon entgeistert nach.

Carlo zuckte mit den Schultern.

»Passiert halt.«

»Ja, das kann natürlich passieren«, sagte Katja verständnisvoll. Und beinahe warmherzig und sanft klang sie. Leon war erstaunt. Genauso wie Carlo, der die verschlossene Kommissarin überrascht ansah.

»Fassen wir doch mal zusammen«, sagte Katja. »Tatzeit war wohl irgendwann in der Nacht, das Mordinstrument lang und spitz ...«

»... und dünn«, ergänzte Leon.

»Und dank unserem Freund Carlo hier hätte nicht nur der Fleischer, sondern auch jeder andere aus der großen weiten Welt freien Zugang zum Hotel gehabt. Was den Kreis unserer Verdächtigen nun ein wenig ... erweitert.«

Jetzt klang Katja Kassowitz wieder so, wie man es von ihr gewohnt war: streng und kühl.

Leon konnte sich ein Schmunzeln nicht verkneifen.

Nur Carlo war nicht nach Lachen zumute.

Die Frau im Stuhl stand auf und kam heran. Sie wirkte

etwas ungehalten, weil Leon auf ihr Winken nicht reagiert hatte.

»Könnte ich einen Kaffee bekommen, wäre das möglich?«

»Natürlich, ich bringe Ihnen sofort einen. Einen kleinen Moment nur.« Leon lächelte.

Die Frau entfernte sich wieder.

»Ich muss los«, sagte Leon.

»Moment noch.« Carlo hielt ihn zurück. »Ich hab ein bisschen recherchiert …«

# 12

»Und ich bin's leid, dass ihr auf mir rumhackt, klar?!« Carlo funkelte die beiden an. »Im Gegensatz zu euch hab ich mich wirklich mal mit dem Fall beschäftigt ...«

»Was soll das denn heißen?« Leon war empört. Schließlich hatte er den Journalisten ausspioniert.

»Ich hab mich mit Kindermann beschäftigt ...« Carlo machte eine bedeutungsvolle Pause. Die anderen beiden sahen ihn an.

»Warum hast du das nicht gleich gesagt?«

»Leon hat mich unterbrochen.«

»Und worauf wartest du jetzt? Wenn du nicht gleich so was sagst wie: Er ist ein russischer Spion oder Batman oder so, ist diese ewige Pause extrem unangebracht, Carlo«, erklärte Katja. »Spuck's endlich aus.«

»Kindermann war verheiratet. Aber vor allem war er Wissenschaftler.«

»Raketenwissenschaftler? Und doch ein Spion?« Leon fand den Gedanken wahnsinnig spannend und wirklich gar nicht schlecht.

»Nee. Er war Inhaber von IWR, dem Institut für Wasserwirtschaft und Ressourcenmanagement.«

»Hm ...«, machte Katja und schwieg lange. Dann sagte sie: »Die Kurstadt!«

Die anderen starrten sie an.

»Kommt da noch mehr?«, hakte Katja schließlich bissig nach.

Carlo und Leon warfen sich einen verständnislosen Blick zu.

»Du weißt, dass das Wasser in Galgen besonders ist, und man sagt, dass es Heilkräfte besitzt. Und deswegen hat die Stadt beim Regierungspräsidium die offizielle Ernennung von Galgen zu Bad Galgen beantragt.«

»Woher sollte ich das wissen?«, fragte Katja.

»Die ganze Stadt redet darüber. Seit Monaten.«

»Mit mir nicht.«

»Das liegt wahrscheinlich daran, dass du mit niemandem redest, meine Liebe«, entgegnete Carlo.

»Ich rede doch gerade mit euch, oder?«

»Wenn du vielleicht mal in die Zeitung geschaut hättest ...«, sagte Leon.

»Ich lese dieses Schmierblatt nicht, weil ich nichts über Kindergarteneinweihungen, Tageshoroskope oder den Preis von Fleischkäse wissen will. Sonst steht da doch nichts drin.«

»Zugegeben, wirklich nicht viel. Aber zumindest hättest du dann vom Antragsverfahren erfahren. Redest du eigentlich mit deinen Blumen? Wenigstens mit denen?«

»Es stimmt, was Carlo sagt. Du führst ein richtiges Einsiedlerleben.« Leon musterte Katja.

»Quatsch!«

»Doch. Seit wann bist du hier? Seit wie viel Jahren? Fünf? Sechs? Und ich habe dich noch nie mit jemandem reden sehen.«

»Als ob du viele Freunde hättest, mein Lieber!«

Touché!

»Aber ich interessiere mich wenigstens für das, was um mich herum vor sich geht!«

»Und zwar ein bisschen zu viel«, warf Carlo zynisch ein.

»Zumindest bin *ich* freundlich zu den Leuten. Im Gegensatz zu dir.«

»Hahaha«, kam es höhnisch von Carlo.

»Und außerdem hast du auch keine Freunde«, zischte Leon.

»Stopp!« Katja hob beschwichtigend die Hände. »Was sind wir hier? Ein Kindergarten, oder was?«

Die anderen schwiegen betreten.

»Ich schätze, wir sind alle hier auf die ein oder andere Art und Weise eher ... Einzelgänger.«

»Du hast recht«, bestätigte Leon. Er blickte zwischen der schlanken Ex-Kommissarin und dem hünenhaften Koch hin und her. »Umso wichtiger, dass wir jetzt ein Team werden.«

»Gottogott!«, kam es von Carlo.

»Reiß dich zusammen«, schnauzte Katja ihn an.

»Reiß du dich mal zusammen!«

»Mach ich doch!«

»Nee, du schnauzt total rum!«

»Sooo ein Riese – und gleichzeitig sooo sensibel? Krass!«

»He, Leute!«

Katja und Carlo sahen Leon an, der das überraschend streng gesagt hatte. Das ständige Lächeln, dass den jugendlichen Concierge begleitete, war verschwunden.

»Wie Fünfjährige«, meinte Leon. »Echt jetzt.«

Alle atmeten einmal hörbar aus und schauten sich ein wenig verlegen und schuldbewusst an.

Nun ergriff Carlo das Wort.

»Also: Kindermann war Experte für Wasserwirtschaft. Seine Firma, das IWR, macht Wasseranalysen. Ich würde davon ausgehen, aber dafür müssten wir beim IWR anrufen, dass die damit beauftragt worden sind, das Wasser in Galgen zu untersuchen …«

»… und was auch immer er rausgefunden hat …«, fügte Katja hinzu.

»… wollte jemand verhindern …«, ergänzte Leon.

Die Frau hinter ihnen warf Leon einen bösen Blick zu.

Leon riss schuldbewusst die Augen auf, dann eilte er mit einem beflissenen Lächeln los, um der Frau einen Kaffee zu besorgen.

# 13

Leon war euphorisch. Sie hatten etwas gefunden, was Bewegung in den Mordfall brachte. Er spürte es, das war die Lösung! Natürlich war Kindermann wegen seines Gutachtens ermordet worden! Jemand wollte unbedingt verhindern, dass es herauskam. Was auch immer Kindermann herausgefunden hatte.

Oder? Leon verlangsamte seinen Schritt. Plötzlich wurde ihm klar, dass das die erste heiße Spur war. Doch als Krimiprofi wusste er, dass die erste Spur, genauso wenig wie der erste Verdächtige, nie die wirkliche Auflösung war. Er blieb nachdenklich in der Terrassentür stehen. Vielleicht war Kindermann gar nicht wegen eines Gutachtens da gewesen, sondern einfach nur, weil er einen Kurzurlaub machen wollte?

»Was stehst du denn da wie ein Ölgötze?«, fragte eine Stimme.

Leon sah auf. Vor ihm stand Louise, die Kellnerin. Sie war Mitte vierzig und trug ihre blonden Haare zu einem Dutt hochgesteckt. Leon hatte sie noch nie lächeln sehen.

»Ach, nichts«, antwortete er. »Würdest du der Dame draußen einen Kaffee bringen? Vielen Dank.«

Gedankenverloren ging er an Louise vorbei, die ihm wenig amüsiert hinterhersah, aber auch nicht protestierte. Leon durchquerte die Eingangshalle und wollte zu seiner Rezeption, als ihm einfiel, dass er nach der Einfahrt schauen musste. Die Polizisten hatten dort wie Verrückte geraucht. Jeder der Beamten, die sich hier im Hotel die Klinke in die Hand gegeben hatten, war nikotinabhängig gewesen. Als ob es eine Einstellungsvoraussetzung gewesen wäre. Und obwohl sie Staatsdiener waren und für Recht und Ordnung sorgen sollten, schien das Benutzen eines Aschenbechers nicht in ihr Verständnis von Ordnung zu gehören.

Leon trat auf die Einfahrt. Neben dem großen Standaschenbecher lagen bestimmt zehn Zigarettenstummel. Leon seufzte und bückte sich, um sie aufzuheben.

Und genau in diesem Moment sah er Peter Hück auf der anderen Straßenseite, der mit den Händen in den Taschen auf dem Bürgersteig entlangschlenderte. Leon bekam sofort mit, dass Hück zum *Waldfrieden* rüberschaute. Mit einem hämischen, listigen Seitenblick, schien es wenigstens Leon, ganz so, als würde es ihm gefallen, dass sein ewiger Konkurrent Bernstein durch diesen Mord nun endgültig dem Untergang geweiht war.

Hück betrieb sein *Hotel Hück* nur wenige Hundert Meter entfernt. Dass in einer kleinen Stadt wie Galgen die beiden größten Häuser nur einen Katzensprung voneinander entfernt lagen, war auf die Familiengeschichte der beiden Betreiber zurückzuführen. Schon die Väter von Bernstein und

Hück waren einander in langer Abneigung verbunden gewesen. Die räumliche Nähe der beiden Hotels hatte für starke Konkurrenz gesorgt. Die beiden Söhne hatten die Feindschaft fortgesetzt. Natürlich, wenn man die Abneigung mit der Muttermilch aufsaugt und bei jedem Frühstück und Abendessen hört, dass »der Idiot« von gegenüber ein »Schmarotzer« oder »Windhund« ist, wird man wohl geprägt. Und dann war ja noch die Sache mit Anni gewesen ... Bernsteins große Liebe. Kein Wunder, dass der Chef den Hück nicht ausstehen konnte.

Aber wer konnte das schon? Hück war ein glatzköpfiger, arroganter Typ, der, wie Leon von seiner Rezeptionskollegin aus dem *Hotel Hück* wusste, fies und unfair war.

Also genau das Gegenteil von Bernstein, dachte Leon.

Leider hatte Hück mehr Erfolg als Bernstein. Bevor der das Hotel seines Vaters übernommen hatte, war das *Waldfrieden das* mondäne, große Haus gewesen, beliebt, immer voller Gäste, mit anderen Worten: eine Goldgrube. Und das *Hotel Hück* das kleine, blasse, ungemütliche Gegenstück. Seit einigen Jahren jedoch hatte es sich umgekehrt. Das *Hotel Hück* lief hervorragend, bekam tolle Bewertungen und war ständig ausgebucht. Das *Waldfrieden* ... nun ja. Besonders schmerzlich war das, weil es wohl auch mit Bernsteins Leitung zusammenhing. Er war ein wunderbarer Mensch, aber vielleicht nicht der beste Geschäftsführer. Er konnte nicht gut mit Zahlen umgehen und war zu nachsichtig. Zum Beispiel hatte er über Monate noch ein Zimmermädchen beschäftigt, obwohl Leon dahintergekommen war, dass sie klaute. Aber Bernstein hatte es nicht übers Herz gebracht, sie zu feuern.

Leon bedachte Hück mit einem langen Blick. Er konnte ihn nicht ausstehen. Aber er beneidete ihn. Im Gegensatz zum *Waldfrieden* lief Hücks Hotel ziemlich gut; ob Galgen nun Kurort wurde oder nicht, konnte ihm egal sein. Und außerdem wurde bei Hück keine Leiche im Hotel gefunden. Noch dazu in der Küche. Das war echt unappetitlich. Wer wollte da noch ein Zimmer buchen?

Leon dachte wieder über Kindermann und das Gutachten nach. Wenn Kindermann überhaupt eins erstellt hatte. Wovon Leon jetzt einfach ausgehen wollte. Das war auf jeden Fall eine erste Spur. Eine bessere hatte er nicht. Aber dann beschloss er, dass Krimi Krimi und Realität Realität war.

Angenommen, Kindermann hätte ein Gutachten über die Wasserqualität in Galgen geschrieben und es wäre positiv ausgefallen. Wer könnte etwas dagegen haben? Wer in aller Welt könnte damit nicht einverstanden sein, dass Galgen Kurstadt würde? Das war doch positiv für alle Einwohner, alle Gewerbetreibenden, alle Café- und Hotelbesitzer.

Und wenn das Gutachten negativ gewesen wäre? Nun, dann würden vielleicht einige Menschen das Gutachten verhindern wollen und je nachdem, was für sie auf dem Spiel stand, sogar zu so etwas Drastischem wie Mord greifen.

Leon drehte sich um und ging ins Hotel zurück. Schnell durchquerte er die kleine Empfangshalle und ignorierte den Polizeibeamten, der in einem der Ledersessel fläzte und in der Zeitung blätterte. Leon erspähte die Überschrift eines

Artikels auf dem unteren Teil der Zeitung. Es ging um die Ratssitzung und die Kurstadt-Diskussion.

Und plötzlich wusste Leon, wie er weiterkommen würde.

Er verschwand in seinem Kabuff hinter der Rezeption. Seine Finger waren kalt und schweißig, als er nach dem Telefonhörer griff und die Nummer des Rathauses wählte. Für einen kurzen Moment hatte Leon den Impuls, seine Stimme zu verstellen. Er wollte tiefer, souveräner klingen.

»Stadtverwaltung Galgen?«

»Ja, hallo. Ich habe eine Frage zur Ratssitzung ...« Leons Stimme klang wie die eines Teenagers im Stimmbruch, hoch und piepsig. Kein Wunder, dass der am anderen Ende der Leitung fragte: »Was kann ich denn für dich tun?«

*Dich*. Er dachte, er sprach mit einem Jungen. Leon räusperte sich und stellte die Frage noch mal, diesmal mit tieferer Stimme.

»Ich würde gerne wissen, wie der Stand der Gespräche im Moment ist ...«

»Dazu kann ich keine Auskunft geben.«

»Kann man denn als Bürger an der Ratssitzung teilnehmen?«

»Die Ratssitzung heißt Ratssitzung, weil da der Rat der Stadt zusammensitzt. Wenn Bürger, die nicht in einer gewählten Funktion sind, zugegen sein dürften, dann würde es Bürgersitzung heißen.«

»Ach so, ja, schon klar.« Leon wollte schon enttäuscht auflegen, aber dann beschloss er, sich nicht abschütteln zu lassen.

»Ich … verstehen Sie, ich rufe vom IWR aus an. Mein Kollege hat in Ihrem Auftrag ein Gutachten über die Wasserqualität in Galgen erstellt, und wir wollen nur wissen und sichergehen, ob es dazu noch Fragen gibt. Das ist alles.«

»Ach so«, brummte der Mann. »Das ist etwas anderes.«

Leon spitzte die Ohren …

# 14

Als Leon in die Küche kam, sah er sich einem gut gelaunten Carlo gegenüber. Der stand am Hackbrett und ließ mit großer Lust einen Fleischklopfer auf ein Stück Fleisch heruntersausen. Baff. Baff. Baff. Carlo schaute auf, als er Leon bemerkte.

»Sie haben endlich die Kühlkammer freigegeben!«

Er fuhr fort, das Schnitzel flach zu klopfen. Erst nach ein paar Sekunden bekam Carlo mit, dass Leon gar nichts sagte. Als er den Kopf zu ihm wandte, sah er Leons deprimierten Blick.

»Was ist?«

Leon ließ sich erschöpft auf einen Stuhl neben der Metallplatte fallen.

»Die Ratssitzung tagt noch. Aber ... anscheinend hat Kindermann ein Gutachten abgeliefert, das zum Teil positiv ist. Was auch immer das heißt.« Leon sah unglücklich aus.

Carlo schüttelte dann den Kopf. »Na gut, und wenn schon.« Er schlug weiter lustvoll auf das Fleisch ein.

»Das stört dich gar nicht?«

»Warum denn?«

»Ach, jetzt, wo deine Küche wieder frei ist, interessiert dich das gar nicht mehr? Ist dir jetzt alles egal?«

»Hör mal, Junge.« Carlo ließ den Fleischklopfer sinken. »Jetzt sei mal nicht so empfindlich. Ja, ich finde es super, dass ich meine Küche zurückhabe. Auch wenn sie mir einen Teil meiner Lebensmittel geklaut haben ...«

»Geklaut?«, fragte Leon überrascht. »Die Polizei hat dir Lebensmittel *gestohlen?*«

»Ach, Quatsch. Nicht gestohlen, halt konfisziert. Wegen Lebensmittelhygiene und so.« Carlos Blick verdüsterte sich. »Die Pilze waren noch voll gut.«

Leon schüttelte den Kopf. »Das ist ein bisschen ekelhaft, Carlo.«

»Die Hygienebedingungen in unserer Bundeswehrküche in Afghanistan, *das* war ekelhaft«, brummte Carlo. »Und was den Mord angeht: Wir finden schon noch raus, was dahintersteckt.«

»Das kann ich mir nicht vorstellen.« Leon ließ den Kopf hängen.

Baff. Baff. Baff. Carlo schlug weiter und ignorierte Leon, der wie ein Häufchen Elend neben ihm saß.

»Dabei hab ich's doch eigentlich kommen sehen«, murmelte der. »Die erste Spur ist nie die richtige.«

»Das hast du aus deinen Krimis, stimmt's?« Carlo schmunzelte.

Leon nickte stumm.

»Guten Morgen«, erklang es in dem Moment hinter ihnen. Eleni stand im Raum. Leon drehte sich zu ihr um, und auf der Stelle war all seine Trübsal verschwunden.

Eleni trug ihre Dienstuniform, einen langen dunklen Rock, der ihre schmale Figur betonte, dazu eine schlichte weiße Bluse. Sie hatte eine lange und leicht spitze Nase und war die schönste und wunderbarste Frau der Welt. Seit genau dreieinhalb Monaten, zwei Tagen und drei Stunden, als sie in Leons Leben getreten war – also als sie angefangen hatte, im *Waldfrieden* zu arbeiten –, dachte Leon an kaum etwas anderes als an Eleni Oikonomou. Und das, obwohl sie fünf Jahre älter war als er. Leon wusste, dass er keine Chance bei ihr hatte.

»Guten Morgen Eleni«, grüßte Leon nur kurz und wandte schnell wieder den Blick zu Carlo.

Der schmunzelte. Ihm war nicht entgangen, dass Leon, seit Eleni hereingekommen war, seinen Rücken durchgedrückt hatte, er plötzlich gerader und aufrechter saß und versuchte, ein freudiges Lächeln zu unterdrücken. Was ihm aber nicht gut gelang.

Leon bemerkte Carlos belustigten Blick und fragte leicht ungehalten: »Was?«

»Nix«, antwortete Carlo grinsend und wandte sich an Eleni: »Eleni, mein Stern, was kann ich für dich tun?«

*Eleni, mein Stern?* Leon runzelte die Stirn. Ihm gefiel nicht, wie Carlo sie ansprach.

Das hübsche Zimmermädchen lächelte den Koch freundlich an.

»Ich bin durch mit meiner Schicht und wollte fragen, wann es Personalessen gibt. Und *ob* überhaupt.«

Leon sah erstaunt auf die Uhr. »Du bist jetzt schon durch?«

»Na ja, es ist ja kaum einer da, oder? Alle Gäste sind …«

»… abgereist, ich weiß.« In Gedanken schlug Leon sich vor den Kopf. Was für eine blöde Bemerkung von ihm. Es war doch klar, dass Eleni und ihre ältere Kollegin, die Spanierin Maria, nichts zu tun hatten, wenn das Hotel leer war.

Aber so was passierte ihm immer in Gegenwart von Eleni. Sie musste ihn für einen Idioten halten. Und im Moment fühlte sich Leon auch so.

»Gibt gleich Schnitzel«, erklärte Carlo. »In ’ner halben Stunde.«

»Toll, ich danke dir«, sagte Eleni. Sie schaute Leon an, der wieder in seine leicht zusammengesunkene Haltung zurückgefallen war.

»Was ist denn mit dir los?«

Leon zuckte zusammen. »Was? Nichts!« Dass er sich über sich ärgerte, weil er sich in ihrer Gegenwart so dumm verhielt, konnte er ja schlecht sagen.

»Du siehst aus, als wäre dir … wie sagt man auf Deutsch … ein Elefant über die Leber gelaufen?«

Elefant?? Das traf es irgendwie. Aber der war nicht über seine Leber, sondern über Leons Herz gelaufen.

»Eine Laus, sagt man«, verbesserte Leon Eleni vorsichtig. »Aber … ach, ich mache mir Gedanken wegen des Toten. Genauer gesagt: nicht wegen ihm, sondern wegen des Mordes.«

Eleni setzte sich an den Tisch, zwei Stühle von Leon entfernt. Sie legte ihre schmerzenden Füße auf den Stuhl vor sich und zog dann die Beine an.

»Der Leon is 'n Detektiv, musst du wissen«, sagte Carlo und grinste Eleni an.

»Was?! Jetzt komm schon! Du bist doch auch daran interessiert, dass das aufgeklärt wird. Oder zumindest warst du das, bevor deine Küche wieder aufgesperrt wurde. Du bist echt egoistisch, Carlo.«

Eleni musterte Leon erstaunt. »Wow!«

»Was?«, rutschte es Leon patzig heraus, was ihm sofort leidtat.

»Sonst bist du immer so freundlich, jetzt zeigst du mal richtig ...« Eleni wusste nicht weiter.

»*Cojones*«, meinte Carlo.

»Ja genau.« Eleni lächelte.

»Macht ihr euch über mich lustig?«

»Niemals.« Carlo musste grinsen und wechselte einen verschwörerischen Blick mit Eleni.

»Sag mal, Eleni, hast du das Zimmer gehabt?«, fragte Leon.

»Das von dem Toten? Ja. Maria hat die obere Etage gemacht. Wieso willst du das wissen?«

»Ist dir vielleicht irgendwas da aufgefallen? Ich meine ... ich würde ja gerne selber schauen gehen, aber die Polizei hat das immer noch gesperrt. War da irgendwas Komisches? Irgendwas, das dir merkwürdig vorkam?«

Eleni überlegte. Ihre Stirn legte sich in Falten, die Leon ganz entzückend fand.

»Dieser Gast, dieser Kindermann ... der war allein reisend, oder?«, sagte sie.

»Ja. Der hatte allein gebucht. Ein Einzelzimmer. Warum?«

»Na ja, im Mülleimer im Bad, dem kleinen unter dem Waschbecken ...«

»Was hast du gefunden? Drei Flaschen Rotwein, oder so? Reste einer Party?«, hakte Carlo interessiert nach.

»In deinen Hotelzimmern vielleicht.« Eleni schmunzelte.

»O Gott, das will ich mir gar nicht vorstellen, wie Carlos Zimmer aussieht.« Leon stöhnte auf.

Carlo schnaubte empört.

»In dem kleinen Mülleimer lag eine Tamponpackung«, sagte Eleni schließlich.

Leon starrte das Zimmermädchen sprachlos an. Aber diesmal nicht wegen ihrer Schönheit.

»Das bedeutet ... dass Kindermann nicht allein gewesen ist!« Leon sprang auf. Das war ja fantastisch!

»Vielleicht sind die Polizisten jetzt endlich weg?«, rief er. »Die Küche ist frei, also ... könnte ja sein.«

Leon lief ohne ein weiteres Wort aus der Küche. Eleni warf Carlo einen Blick zu, dann zuckte sie mit den Schultern und folgte Leon.

# 15

Leon durchquerte den großen, luftigen Speisesaal. Auch hier hingen großformatige Bilder an den Wänden. Zum Teil war es moderne Kunst mit ein paar Farbspritzern, die Leon nicht verstand. Zum Teil waren es Ahnenbilder, die viel besser zum ältlichen Charme des Hotels passten. Die Stühle waren mit hellem Samt bezogen, und auf den großen, runden Tischen lagen schwere weiße Leinendecken.

Plötzlich hörte Leon Schritte hinter sich. Er drehte sich verdutzt um. Es war Eleni.

»Was machst du hier?«

»Ich komme mit.«

Leon blieb stehen. Sosehr er sich darüber freute, so sehr irritierte ihn das auch.

»Also ... das, was wir hier machen, das ist, nun ja ... es kann gefährlich werden. Verstehst du, das ist kein Spaß, kein Spiel.«

Eleni verzog spöttisch ihren schmalen – und laut Leon wunderschönen – Mund. Das Muttermal auf ihrer linken Wange hüpfte, als sie sagte: »Wir schauen nach einer Tamponpackung in einem Mülleimer? Ja, ich nehme an, das ist wirklich gefährlich. Hast du eine Waffe dabei?«

»Hahaha. Ich meine es ernst. Wenn der Täter oder die Täterin ahnt, dass wir auf ihrer Spur sind, wird er beziehungsweise sie reagieren. Und wir wissen nicht, wie.«

»Ich würde es drauf ankommen lassen.«

»Du bist sehr mutig«, sagte Leon beeindruckt.

»Und du übertreibst wirklich wahnsinnig.«

»Das stimmt nicht.«

»Wir schauen in einen Mülleimer, Leon.«

Leon musterte Eleni nachdenklich. »Wann hast du die Verpackung eigentlich entdeckt? Die Leiche wurde frühmorgens gefunden, die Polizei war da und hat doch alles abgesperrt. Die hätten dich doch nie ins Zimmer gelassen?«

»Ich hatte gerade angefangen, dachte, der Gast wäre beim Frühstück, da kam die Polizei rein und schmiss mich raus. Ziemlich unfreundlich übrigens. So als hätte ich was Verbotenes gemacht.«

»So ein schnöseliger Kommissar? Arrogant und so?«

Eleni nickte. »Er sah ganz gut aus.«

Das war ein Schlag in Leons Magengegend. Eleni fand Markus Vey attraktiv? Leon durchquerte mit Eleni den Speisesaal und betrat die Lobby. Dabei knurrte er: »Nach dem, was wir wissen, ist dieser Kommissar ziemlich schlecht in seinem Job.«

»Woher weißt du das denn? Und wer ist *wir*?«

Leon konnte Eleni nicht sagen, dass neben ihm und Carlo auch Katja Kassowitz mit im Boot war, sie mal Kommissarin gewesen war und Vey daher kannte.

»Ich habe Informationen«, erklärte Leon nebulös. Er war immer noch sauer. Eleni merkte es und schmunzelte.

»Findest du das doof, dass ich gesagt habe, er sei gut aussehend?«

»Wieso sollte ich?! Das ist doch Quatsch. Das ist mir doch völlig egal.« Leon merkte gar nicht, dass er laut wurde. »Aber dieser Kommissar ist nun mal ein eitler Geck.«

Plötzlich verschwand Elenis amüsiertes Grinsen, und sie verzog die Mundwinkel peinlich-berührt nach unten und blieb stehen. Leon drehte sich zur anderen Seite um. Dort stand Markus Vey neben Bernstein, nur drei Meter entfernt. Vey hatte die Augenbrauen gehoben und schaute Leon mürrisch an. Auch Bernstein musterte Leon pikiert. In die peinliche Stille hinein erklärte der: »Äh ... das ist aus dem Krimi, den ich gerade lese. Ich meine nicht Sie, Herr Kommissar.«

Vey glaubte ihm kein Wort. Dann sagte er kühl: »Das hoffe ich für Sie.«

»Nein, wirklich nicht.«

»Es wäre sonst Beamtenbeleidigung.«

»Wie gesagt, es geht um einen Krimi.«

»Welcher denn?« Vey starrte Leon an.

Aber es war offensichtlich: Markus Vey *war* ein eitler Fatzke, sonst würde er niemals so darauf rumreiten.

Bernstein und Eleni merkten es ebenfalls.

»*Deadlock*. Von Sara Paretsky«, sagte Leon wie aus der Pistole geschossen. Das war das Erste, das ihm einfiel.

Veys Blick war eisig, aber bevor der etwas erwidern konnte, fuhr Leon auch schon fort: »Wir hätten übrigens eine Frage. Eleni hier war so pflichtbewusst und wollte wissen, ob denn das Zimmer des Verstorbenen nun freigegeben ist, damit wir eine Grundreinigung durchführen können. Für die nächsten Gäste.«

Vey starrte Leon nur an, ohne etwas zu sagen.

»Ist dieser Mord eigentlich in dem Zimmer geschehen? War es der Tatort?«, fragte Leon.

»Ich werde aus ermittlungstaktischen Gründen nichts dazu sagen«, antwortete Vey und wandte sich wieder Bernstein zu, nicht ohne vorher einen, wie es Leon schien, anerkennenden Blick Eleni zuzuwerfen. Leon ignorierte er.

»Gut, ich werde Sie auf dem Laufenden halten. Und falls sich noch irgendwas ergibt ... Sie melden sich«, erklärte Vey dem Hotelchef. »Richten Sie sich aber darauf ein, dass wir bald wieder auf der Matte stehen.«

»Immer gerne. Natürlich«, sagte Bernstein, dem das sichtlich nicht gefiel.

»Ja, aber ist das Zimmer denn nun freigegeben?«, hakte Leon noch mal nach.

Vey verdrehte die Augen, dann verabschiedete er sich von Bernstein mit einem Nicken und ging hinaus.

Bernstein sah ihm nach. Dann drehte er sich zu Leon und Eleni um und meinte: »Was für ein eitler Fatzke.«

Bernstein wandte sich zum Gehen, und über die Schulter fügte er hinzu: »Ja, das Zimmer ist freigegeben. Die Polizei hat wohl alle persönlichen Gegenstände des Toten mitgenommen. Es wäre nett, wenn Sie das Zimmer reinigen könnten, Eleni. Vielen Dank.« Bernstein stieg mühsam die breite Holztreppe in den ersten Stock zu seinem Büro hinauf. Jeder Schritt schien ihm schwerzufallen, es wirkte, als müsste er nicht nur sein eigenes Körpergewicht, sondern noch eine viel größere Last tragen.

Leon und Eleni sahen ihm hinterher. Als sich dann kurz ihre Blicke kreuzten, merkten beide, dass sie voller Mitleid für den alten Mann waren.

Leon ließ Bernstein einen kleinen Vorsprung, aus Pietät, er wollte ihn auf der Treppe nicht überholen.

»Los, komm«, sagte er nach einer Weile zu Eleni.

Als sie dann beide über den Flur im ersten Stock gingen, fragte Eleni neugierig: »Sara Paretsky? Was ist denn das für eine Autorin?«

»Ach, das ist die erste, die mir eingefallen ist. Ich hoffe, der Vey kennt die nicht.«

»Wieso?«

»Ihre Heldin ist eine Kommissarin. Und kein Mann«, erklärte Leon, als er mit dem Schlüssel im Schloss von Zimmer 13 stocherte. Die Mechanik klickte, und die Tür sprang auf. Leon betrat das Zimmer beinahe ehrfürchtig. Ganz als vermutete er hier drin den Heiligen Gral.

Eleni folgte ihm leicht belustigt und beobachtete, wie Leon seinen Blick durch das Zimmer schweifen ließ, wie er alles und jeden Gegenstand in sich aufzunehmen versuchte. Das war ein bisschen übertrieben.

»Was machst du?«

»Hier ist vielleicht der Mord geschehen. Ich will mir alles genau einprägen, jedes Detail kann wichtig sein.«

Eleni musste lachen. »Leon, wenn du dich so genau umsiehst, dann merkst du doch, dass hier gar nichts mehr ist.

Nichts, was auf den Gast hinweist. Die haben wirklich alles mitgenommen. Aber auch alles.«

»Vielleicht haben sie was übersehen? So eine Spurensicherung ist nicht perfekt, glaub mir.«

»Aus welchem Krimi ist das denn? Jedenfalls nicht CSI.«

»Nö. Die können anhand der Lichtpartikel im Haar des Verdächtigen feststellen, dass der an einer Laterne vorbeigegangen ist. So ein Schwachsinn. Das entspricht gar nicht der Realität.«

»Ich hab das Gefühl, dass du denkst, das wäre hier einer deiner Krimis ...«

Leon musterte Eleni. »Und trotzdem bist du hier, oder?«

»Ja, weil ich das Zimmer machen muss«, erklärte Eleni.

Sie wussten beide, dass das nicht der Wahrheit entsprach.

Leon musste allerdings feststellen, dass Eleni recht hatte. Die Polizei hatte *alles* mitgenommen. Auch den Inhalt des kleinen Mülleimers im Bad. Deprimiert ließ Leon den Deckel sinken.

»Was hast du denn erwartet?«, fragte Eleni.

»Na ja, die Tamponpackung«, antwortete Leon. Er merkte, dass er leicht errötete. Es war irgendwie ein Thema, das für ihn ... fremd war.

»Und was hättest du damit machen wollen? Fingerabdrücke nehmen, oder was?«

»Zum Beispiel.«

»Und womit hättest du die dann verglichen? Wo ist denn

deine Polizeidatenbank?« Eleni betrachtete Leon neugierig, der sie trotzig anstarrte.

»Du nervst, Eleni.« Er richtete sich auf.

»Ich frag ja nur.«

»Ja, was weiß ich denn? Vielleicht hätten wir anhand der Verpackung irgendwas rausfinden können. Irgendwas, was auf die Täterin hinweist?«

»O Mann, du kennst dich mit dem Thema so gar nicht aus, oder?«

Eleni hatte recht. Das Einzige, was Leon von Tampons und anderen Hygieneartikeln wusste, war, dass sie angeblich ultrasaugfähig waren. Er kannte die Werbespots.

»Leon, da gibt es nichts zu unterscheiden. Alle Frauen sind gleich. Allein die Größe mag unterschiedlich sein, aber dadurch kann man keine Rückschlüsse auf die Benutzerin ziehen.«

»Ich wollte ja nur ... ich wollte nur den Beweis sehen, dass eine Frau hier im Zimmer gewesen ist.«

»Du glaubst mir nicht?«

»Doch natürlich! Ich ... ach, schon gut.« Leon seufzte. »Also, fassen wir zusammen: Kindermann war ein alleinstehender Reisender. Ein Mann. Dennoch haben wir in seinem Zimmer einen weiblichen Hygienegegenstand gefunden, was darauf hindeutet, dass sich hier eine Frau aufgehalten hat. Warum? Und wer war das?«

»Eine Prostituierte?«

Leon warf Eleni einen pikierten Blick zu. »Wir sind kein Stundenhotel.«

»Das sag ich auch nicht. Aber hast du noch nie eine Prostituierte hier gesehen?«

»Natürlich nicht!«

Eleni seufzte. »Du bist echt manchmal ... ein bisschen unbedarft.«

»Das würde mir doch auffallen!«

»Woran denn, bitte schön?«

Leon musste überlegen, dann sagte er: »Und wenn schon, ich war an dem Abend die meiste Zeit vorne an der Rezeption, außer später, als ich an der Bar Schicht hatte. Und mir ist niemand Fremdes aufgefallen ...«

»Okay. Dann war die Frau vielleicht aus dem Hotel?«

»Das könnte sein!«

Leon wandte sich um und ging zur Tür.

»Was machst du?«

»Ich wollte schon die ganze Zeit die Hotelgäste überprüfen, aber bin noch nicht dazu gekommen.«

»Ich mache mit.«

»Echt?«

»Oder hast du was dagegen?« Eleni zögerte plötzlich.

»Ach was. Ich freu mich«, sagte Leon schnell. Und das tat er wirklich.

Als er mit Eleni über den mit einem dicken Teppich ausgelegten Hotelflur ging, kam ihm der Boden noch weicher als sonst vor. Kein Wunder, denn Leon schwebte auf einer Wolke.

# 16

Als Leon mit Eleni die kleine Kammer hinter der Rezeption betrat, atmete er ihren Duft tief ein. Sie roch nach Rosenholz und Vanille, das Bezauberndste, was Leon jemals gerochen hatte. Er schnupperte und fühlte sich ertappt, als Eleni sich zu ihm umdrehte und fragte: »Warum machen wir das nicht vorne am Tresen?«

»Weil das ein bisschen auffällig wäre. Hier sieht uns keiner.«

Und außerdem wollte Leon ihr so nahe wie möglich sein. Die mit dunklem Holz vertäfelte Kammer war nur knapp zwei Quadratmeter groß. Überall standen Akten, lagen Prospekte herum, hingen Dienstpläne und Postkarten von Hotelgästen, die sich für den tollen Aufenthalt hier bedankten. In einem Regalfach stand eine kleine Kaffeemaschine, die Leon jetzt anschaltete, um sie anzuwärmen.

»Möchtest du vielleicht einen Kaffee?«, fragte er.

»Das wäre fantastisch.«

»Es ist nur so ein Kapsel-Ding ...«

»Das ist fein für mich. Danke.« Eleni bedankte sich.

Leon zeigte auf den einzigen Stuhl vor dem Computer, und Eleni setzte sich.

Er erklärte ihr, wie sie das Buchungssystem aufrufen und wie man die letzten Gästebuchungen einsehen konnte.

»Wonach suchen wir eigentlich?«

»Na ja, erst mal können wir alle Männer ausschließen«, meinte Leon.

»Hahaha. Das ist klar.«

»Und alle Paare«, fügte Leon hinzu.

»Wahrscheinlich, ja. Aber nicht zwingend.«

»Meinst du wirklich, eine Frau steigt mit ihrem Mann hier ab und geht dann mit einem anderen ins Bett?« Leon war erstaunt.

»Wer weiß?«

»Was hast du nur für ein Weltbild?«

»Was hast *du* für ein Weltbild? Alles ist möglich. Menschen machen Sachen.«

Leon schauderte. Wie kam Eleni auf solche Gedanken? Aus eigener Erfahrung?

Eleni hatte Leons missbilligenden Blick bemerkt. »Du bist echt ein Spießer.«

»Stimmt nicht.«

»Leon, wir suchen einen Mörder oder eine Mörderin, das sind Menschen, die sich über moralische Werte hinwegsetzen. Auch über Ehebruch und solche Sachen.«

Leon blickte sie zweifelnd an, während er die Kaffeemaschine startete.

»Und außerdem, stell dir mal vor: Eine Ehefrau hat eine Affäre gehabt, hier im Hotel. Und der Ehemann wäre dahintergekommen. Was tut er? Er sticht seinen Nebenbuhler nieder. Mord im Affekt. Und zack«, fuhr Eleni fort.

»Das ... ist tatsächlich eine vielversprechende Theorie«, fand Leon.

Leider war diese Theorie nicht von Erfolg gekrönt. Denn eines der beiden Paare, die in der gegebenen Nacht eingecheckt waren, war ein junges Ehepaar Mitte zwanzig auf ihrer Hochzeitsreise. Dass sich die junge Frau während ihres Honeymoons auf den viel älteren Kindermann eingelassen hätte, wahr mehr als unwahrscheinlich. Das zweite Paar waren zwei Rentner, die zu der Beerdigung der Schwester der Frau angereist waren. Leon konnte sich noch gut an die zutiefst betroffene Angehörige erinnern. Nein, das waren beides keine guten Optionen. Dazu gab es einen Mann, Jens Wenner, der sein Zimmer zwar gebucht und bezahlt hatte, dann aber gar nicht erschienen war.

»Gab es irgendwelche allein reisenden Frauen?«, fragte Eleni.

Leon, der die ganze Zeit hinter Eleni gestanden und ihr über die Schulter geschaut hatte, beugte sich ein wenig vor. Er konnte ihren wunderbaren Duft einsaugen, während Eleni in die Tasten tippte.

Sie fanden drei Alleinreisende im System. Die sechsundfünfzigjährige Dozentin Carmela Bamberger, die neunundzwanzigjährige Studentin Julia Reiß und die vierzigjährige Petra Busch, die als Aufenthaltsgrund im Gegensatz zu den anderen nicht *Geschäftsreise* angegeben hatte.

»Was ist mit dieser Frau Busch? Sie war zum *Vergnügen*

hier. Außerdem passt sie vom Alter«, überlegte Eleni laut. Sie pustete in den Kaffee, der immer noch zu heiß war.

»Dieser Kindermann war ... wie alt?«

Leon sah nach und rechnete. »Einundfünfzig. Elf Jahre älter. Männer daten gerne jüngere Frauen.«

Eleni musterte ihn belustigt. »Du auch?«

»Ich date niemanden!«

»Und wenn, dann müsste die ja wohl fünfzehn sein, oder so.« Eleni lachte.

»Wenn, dann stehe ich eher auf ältere Frauen!«, empörte sich Leon.

Er hätte am liebsten *so wie dich* gesagt. Aber er schwieg und lief prompt rot an.

»Oh, là, là!« Eleni lächelte ironisch.

»Petra Busch ist abgereist«, las er vom Bildschirm ab. »Vielleicht ist die ins *Hotel Hück* gegangen? Vielleicht sollten wir da mal nachforschen?«

»Oder wir schauen uns die beiden anderen an. Denn die sind beide noch hier eingecheckt.«

Leon starrte auf die Meldeunterlagen von Julia Reiß und Carmela Bamberger. Es dauerte einen Moment, aber dann fragte er: »Wo liegt Heisingen?«

»Keine Ahnung, warum?«

»Weil die Postleitzahl des Wohnortes von Julia Reiß so ähnlich ist wie die von Essen. Und von dort kommt Kindermann.«

Tatsächlich lag Heisingen nicht weit von Essen entfernt, wie sie über Maps herausfanden.

Als sie den Namen Julia Reiß in die Suchmaske des

Browsers eingaben, fanden sie mehrere Julias: zwei, die voltigierten, eine andere, die sich im örtlichen Schützenverein engagierte, eine Kindergärtnerin, eine Julia, die extrem hässliche selbst gewebte Teppiche auf einer Heimwerkerplattform anbot, eine Polizistin aus Zwickau und eine Pornodarstellerin.

Aber sie fanden auch eine Julia Reiß aus Heisingen, das direkt neben Essen lag. Diese Julia studierte in der Nachbarstadt von Galgen.

Und zwar Wasserwirtschaft.

# 17

»Das ist die Frau, die so geweint hatte, als sie von dem Mord an Kindermann erfahren hat.« Leon starrte auf das Foto, das sie auf Facebook gefunden hatten. Es zeigte Julia Reiß im Kreise einiger Mitstudentinnen. »Ich erinnere mich. Die war völlig aufgelöst und ist direkt auf ihr Zimmer verschwunden. Seitdem hab ich sie nicht mehr gesehen.«

»Das ist interessant«, sagte Eleni. Sie nippte an ihrem Kaffee und verzog leicht die Miene. Offensichtlich schmeckte er ihr doch nicht, dachte Leon.

»Tut mir leid mit dem Kaffee. Ich hatte dich gewarnt.«

Eleni winkte ab. »Sag mal, willst du dich nicht setzen? Wollen wir tauschen?« Sie hatte bemerkt, dass Leon ein bisschen das Gesicht verzog. Diese halb vornübergebeugte Haltung, damit er vom Bildschirm ablesen konnte, ging bestimmt in seine Knie.

»Danke, aber ...«

Doch Eleni war schon aufgestanden. Sie drückte sich an Leon vorbei und schob ihm den Stuhl hin. Widerstrebend setzte er sich.

»Wie heißt Kindermanns Firma? IWR? Öffne doch mal die Seite.«

Leon folgte Elenis Wunsch.

»IWR. Institut für Wasserwirtschaft und Ressourcenmanagement«, las Leon und klickte dann auf das Foto des Firmengründers. »Und das ist Kindermann.«

»... *war* Kindermann«, verbesserte Eleni.

Doch nur ein paar Sekunden später, nach ein paar weiteren Klicks, war Eleni und Leon klar, woher Kindermann und Julia Reiß sich kennen konnten.

»Er ist ... war nebenbei Professor an der Hochschule. Der Prof von Julia Reiß!«

Leon und Eleni sahen sich aufgeregt an.

»Die beiden hatten eine Affäre?!«

»Sieht so aus.« Leon schaute auf die Meldedaten. »Sie haben getrennt gebucht. Julia Reiß allerdings, wie wir hier sehen, nur ganz kurz nach dem Eingang seiner Buchung. Auf Kindermanns Profil stand, dass er verheiratet ist.«

»Sie haben sich hier heimlich getroffen ... Der Professor und seine Studentin.«

»Ich habe die beiden nie zusammen gesehen. Ich wäre nie darauf kommen, dass sie zusammengehörten ...« Leon war immer noch baff.

»Und was machen wir jetzt?«, fragte Eleni.

»Jetzt sprechen wir mit den anderen«, entschied Leon.

Als Leon und Eleni in den Dienstraum neben der offenen Küche kamen, hatten sie das Personalessen verpasst. Die Kellnerin Louise und das andere Zimmermädchen Maria waren bereits aufgebrochen. Katja Kassowitz saß alleine in der Ecke und tippte auf ihrem Handy. Sie hatte einen benutzten Teller vor sich stehen und sah nicht einmal auf. Der Beikoch Igor stand wie immer hinten am Herd und rührte in einem Topf. Er interessierte sich nicht für Leon oder Eleni, ohnehin sagte er nie etwas, und selbst mit seinem Vorgesetzten Carlo schien er sich nur über Gesten zu unterhalten.

Carlo blickte kurz auf, als er Leon und Eleni hineinkommen sah.

»Gib nix mehr«, sagte er nur.

Aber Leon hatte ohnehin keinen Hunger, und Eleni war so elektrisiert, dass sie sich keine Gedanken über das Essen machte.

»Wir haben etwas!« Leon strahlte glücklich.

Katja warf ihm über ihr Handy einen Blick zu: »Wir?«

»Eleni ist ab jetzt mit im Team.« Leon warf ihr einen Blick zu und fügte dann plötzlich besorgt hinzu: »Oder?«

Katja Kassowitz bemerkte, dass Eleni ein kleines bisschen zögerte. »Team?«, fragte Eleni.

»Carlo, Katja und ich. Und du. Wir lösen diesen Fall.« Leon bebte regelrecht vor Vorfreude.

»Platz da«, brummte Carlo und drängte sich an Leon vorbei. Er knallte zwei Teller mit Schnitzeln auf den Tisch. »Für euch.«

»Ich dachte, es gibt nichts mehr?«, fragte Leon.

»Ihr seid noch klein, ihr müsst noch wachsen«, antwortete Carlo. »Also, was habt ihr?«

Als Leon und Eleni von Julia Reiß und der vermutlichen Affäre berichteten, hörten Carlo und Katja gespannt zu.

Und obwohl Katja es nicht zugeben wollte, sie war beeindruckt, was dieser nerdige Concierge herausgefunden hatte. Aber wahrscheinlich war es eher Eleni gewesen. Katja Kassowitz war immer auf der Seite der Frauen.

»Die ist immer noch nicht abgereist?«, hakte Carlo nach.

»Ja. Und das gibt mir zu denken. Wenn ich jemand umgebracht hätte, dann würde ich sofort weg und so viel Abstand wie möglich zwischen mich und die Tat bringen«, erklärte Eleni.

»Zum Glück bringst du keinen um«, sagte Leon.

»Eher selten, warum?« Eleni schmunzelte ironisch.

»Weil die große Wahrscheinlichkeit besteht, dass du genau *durch* eine überstürzte Abreise die Aufmerksamkeit auf dich lenken würdest«, dozierte Leon. »Ich kann dir zig Krimis nennen, in denen …«

Eleni unterbrach ihn: »Aber es sind doch ganz viele Gäste abgereist?«

Katja nickte: »Das stimmt. Aber es wäre bestimmt ein guter Schachzug, zu bleiben. Die Polizei würde nicht vermuten, dass der Täter im Umkreis bleibt, solange er gute Gründe oder eben auch die Möglichkeit hätte, zu fliehen«, meinte Katja.

Carlo runzelte die Stirn. »Aber was ich nicht verstehe: Wieso tut ihr so, als wäre die Frau die Mörderin? Das Einzige, was wir wissen, ist, dass sie eine Affäre hatten …«

»Das wissen wir nicht genau, aber alle Anzeichen deuten darauf hin«, konkretisierte Katja. »Aber Affären enden manchmal, und das kann dann sehr hässlich sein. Und ich kenne Fälle, in denen sich daraus ein Mordmotiv ergeben hatte.«

»Ich finde das trotzdem seltsam«, meinte Carlo. Er schaute auf die Teller vor Leon und Eleni, die das Essen bislang ignoriert hatten. »Das wird kalt! Könnt ihr mal essen? Was ist los?«

Leon griff pflichtbewusst zu Messer und Gabel, schnitt ein Stück Schnitzel ab und steckte es sich in den Mund.

»Voll lecker«, sagte er mit vollem Mund, ohne dass er gekaut hatte.

»Du hast noch gar nichts schmecken können«, brummte Carlo.

»Aber es ist *immer* lecker bei dir.« Leon begann schnell zu kauen.

»Schleimer«, erwiderte Carlo, wirkte jedoch besänftigt. Auch weil Eleni zustimmend nickte.

Sie kaute nun ebenfalls, schluckte herunter und sagte dann: »Vielleicht ist die Frau die Täterin, vielleicht ist sie ein Opfer, aber in jedem Fall können wir durch sie mehr über Kindermann rauskriegen ... O Mann, ich stelle mir gerade vor, wie das für sie sein mag.« Eleni wirkte betroffen und fügte dann hinzu: »Stellt euch mal vor: Du hast eine Affäre mit einem Mann, und du buchst dich heimlich in einer anderen Stadt in ein Hotel ein. Und dann wird der Mann, den du liebst, ermordet. Beinahe vor deinen Augen. Was machst du? Du kannst mit niemandem darüber sprechen, da deine Affäre geheim ist ...«

»Das haben Affären nun mal so an sich«, meinte Katja. Ihr Ton war hart.

Leon warf ihr einen Blick zu. Katja wirkte irgendwie persönlich betroffen. Auch Carlo schien das zu bemerken.

»... und wenn die Affäre auffliegen würde, könnte das schlimme Konsequenzen haben.«

»Eine Studentin und ihr Prof? Wird man dann aus der Uni geworfen?«, rätselte Leon. »Ich weiß das nicht, hab nicht studiert.«

»Ich schon«, erklärte Eleni. »In Griechenland. Vielleicht sind da die Regeln anders als hier, und ich wüsste auch nicht, ob man dann exmatrikuliert würde. Aber in jedem Fall werden alle Prüfungen aberkannt, die du bei dem Professor abgelegt hast. Weil da eben, wie heißt das Wort doch gleich ... Vorteilsnahme im Raum steht.«

»Du kannst übrigens supergut Deutsch«, fand Leon. »Woher kennst du Wörter wie Vorteilsnahme?«

Eleni winkte ab. »Und was hast du eigentlich studiert?«, wollte Leon wissen.

»Und wieso bist du jetzt Zimmermädchen in Deutschland, das ist doch eigentlich die Frage«, fügte Carlo hinzu, wie immer wenig empathisch.

Leon hatte das Gefühl, dass er Eleni verteidigen müsste. »Na, stopp mal, du warst auch bei der Bundeswehr vorher und bist jetzt hier und Koch.«

Carlo zuckte mit den Schultern. »Ist halt so.« Er ging zum Herd hinüber und rührte das Bœuf Bourguignon um, bevor er hinzufügte: »Und es ist besser so, glaub mir.«

Leon musterte Eleni, die durch Carlos Frage etwas angefasst schien.

»Manchmal hat man keine Wahl«, sagte Eleni leise.

Dann spießte sie ein weiteres Stück Schnitzel auf. Bevor sie es sich in den Mund steckte, erklärte sie: »Ja, es kann gut sein, dass ihre Unikarriere auf dem Spiel stand. Vielleicht hat sie die Affäre beendet, und der Prof hatte ihr gedroht, alles an die große Glocke zu hängen. Und dann wäre ihre Unikarriere in Gefahr gewesen, und sie hat ihn deshalb ...«

»Unwahrscheinlich: Vielleicht hat Kindermann die Affäre beendet, und sie hat einfach nur überreagiert«, überlegte Leon laut.

»Aber Leute, das sind doch alles nur wilde Spekulationen«, unterbrach Katja sie. »Wir wissen doch gar nichts. Und vielleicht ... verharrt die Arme auch nur hier, weil sie irgendwie hofft, dass sie ihren Geliebten doch noch mal sehen kann, um Abschied zu nehmen«, sagte Katja, den Blick auf den Tisch gerichtet.

Es war, als spreche sie aus persönlichen Erinnerungen. Alle merkten es. Aber bevor Carlo es ansprechen konnte, erklärte Eleni: »Du hast recht. Das könnte ein sehr guter Grund sein.«

Es war ihre Art, Katja in Schutz zu nehmen.

»Überlegt mal. Welche Begründung hätte man, den Toten aufzusuchen, um ihn ein letztes Mal zu sehen? Und wenn erst die Ehefrau angereist ist ... Für die Affäre ist es immer schwer. Niemand denkt an sie. Immer ist sie die Böse«, bedachte Katja.

Sie sah auf und bemerkte die leicht betroffenen Blicke der anderen. Denn es war nur zu offensichtlich, dass Katja selbst einmal eine Affäre gewesen war. Sie richtete sich auf und fügte entschlossen hinzu: »Es ist ja auch egal. Fest steht, dass Julia Reiß eine wichtige Zeugin ist. Womöglich sogar verdächtig. Aber sie könnte uns zu dem Täter oder der Täterin führen. Weil sie mehr weiß als wir alle zusammen.«

»Aber was tun wir? Wahrscheinlich ist die Frau seit dem Mord in ihrem Zimmer geblieben und rührt sich nicht«, sagte Eleni.

Es dauerte, bis sie merkte, dass alle sie ansahen.

»Was ist?«, fragte sie irritiert.

»Na ja, das ist doch ganz klar«, bestätigte Carlo.

»Es gibt jemanden, der ein total nachvollziehbares Motiv hätte, sich mit der Dame auseinanderzusetzen«, sagte Katja.

»Ein aufmerksames Zimmermädchen zum Beispiel«, erklärte Leon.

»Ihr meint ... ich soll sie ausfragen?« Eleni war baff.

»Na ja, für den Zimmerservice können die Zimmer ja kurz frei gemacht werden. Du kannst ihr einen Kaffee in der Lobby versprechen, als Geste des Hauses. Und während du da sauber machst ...«

»Stellst du das ganze Zimmer auf den Kopf«, beendete Katja den Satz.

»Und *ich* horche sie aus, während sie den Kaffee trinkt«, fügte Leon hinzu.

Eleni sah die anderen überrascht an. Die meinten das ernst.

# 18

Eleni stand auf dem Gang in der zweiten Etage und schaute sich um. Hunderte Male war sie schon hier gewesen, natürlich, es war ihr Job, hier die Zimmer sauber zu machen. Aber dieses Mal wirkten der warme Beigeton der Tapeten und der dicke rote Läufer auf dem Teppich nicht so freundlich wie sonst, sondern beinahe bedrohlich. Doch das lag an Eleni, die seltsam nervös war.

Sie räusperte sich und klopfte an die Tür von Zimmer 22. Dann wartete sie. Drinnen hörte sie nach einiger Zeit ein Geraschel. Sonst nichts weiter.

»Zimmerservice«, rief Eleni laut.

Stille, dann eine weibliche Stimme: »Ich brauche nichts.«

»Es dauert nicht lange«, sagte Eleni.

»Danke, nein.« Eine dumpfe Stimme, die klang, als hätte die Frau eine Bettdecke zwischen den Zähnen. Aber vielleicht lag es nur an der schweren Holztür zwischen ihnen.

Eleni klopfte wieder. Sie würde nicht weggehen.

»Frau Reiß, nur einen kurzen Moment«, sagte Eleni laut.

Erneut Stille. Dann bewegte sich etwas im Zimmer. Irgendwas fiel auf den Boden, eine Decke wurde schwer zur Seite geschoben und rutschte vom Bett. Dann Schritte, und die Tür wurde geöffnet. Durch den schmalen Spalt sah Eleni den Kopf der Bewohnerin.

Julia Reiß war Ende zwanzig. Eleni wusste von dem Foto im Internet, wie hübsch sie eigentlich aussehen konnte. Jetzt war von der lebenslustigen jungen Frau wenig übrig geblieben. Julia Reiß hatte dunkle Augenringe, ihre blonden Haare waren zerzaust und verfilzt. Und wegen des muffigen, säuerlichen Geruchs, der durch den Türspalt drang, ahnte Eleni, dass Julia Reiß seit gestern weder gelüftet noch sich geduscht hatte.

Nicht immer war der Geruch bewohnter Hotelzimmer angenehm. Selten sogar. Aber Eleni hatte auch schon Schlimmeres gerochen. Kotze. Babywindeln. Reste in der Toilette. Zigarettenrauch, obwohl Bernstein in jedem Zimmer Plaketten hatte anbringen lassen, die das Rauchen auf dem Zimmer unter Geldstrafe verboten. Und manchmal stank es nach Bier und Wein oder hartem Alkohol, nach Schweiß und Essensresten. Eleni hatte zuweilen den Eindruck, dass auch mehrtägiges Lüften den fiesen Geruch nie würde vertreiben können. Zimmermädchen war kein leichter Job. Aber Eleni hatte ihn sich auch nicht ausgesucht.

Sie setzte ein warmes, äußerst freundliches Lächeln auf und sagte: »Zimmerservice. Ich müsste Ihren Raum einmal ganz kurz durchreinigen …«

»Danke. Kein Bedarf«, entgegnete Julia Reiß mit trockener Stimme.

»Bitte. Das ist Anweisung des Hotels. Es dauert auch nur wenige Minuten, das verspreche ich. Ich beeile mich.«

Julia schüttelte den Kopf, aber Eleni insistierte: »Bitte. Mein Chef steigt mir sonst auf den Kopf.«

Julia sah sie zögernd an.

»Und Sie werden sich danach auch viel wohler fühlen. Außerdem bekommen Sie unten in der Lobby einen Kaffee aufs Haus.« Eleni strahlte Julia Reiß an. Endlich nickte diese nach langem Zögern.

»Einen Moment bitte.« Julia Reiß schloss die Tür, und Eleni hörte, wie sie im Zimmer umherging, wie Kleidung raschelte, der Wasserhahn rauschte. Julia Reiß brachte sich anscheinend auf Vordermann.

Dann öffnete sich die Zimmertür, und Julia Reiß kam heraus. Sie war deutlich frischer und wirkte lebendiger als zuvor, dennoch sah sie bedrückt aus.

»Ich sage Bescheid, wenn ich fertig bin. Dauert nicht lange«, flötete Eleni. Sie sah Julia Reiß nach, wie die den Flur entlang und dann zur Treppe ging. Dann atmete Eleni einmal tief ein und betrat das Zimmer. Als Erstes öffnete sie weit die Fenster. Erst dann atmete sie wieder normal.

Leon strahlte, als er Julia Reiß die Treppe zur Lobby herunterkommen sah. Die schlanke Frau war tatsächlich genau diese gewesen, die er am Morgen des Mordes tränenüberströmt durch die Lobby hatte eilen sehen. Jetzt aber wirkte Julia Reiß gefasster, wenn auch in sich gekehrt und wenig freundlich.

Umso größer und breiter war das Lächeln, das Leon aufsetzte, als er sie begrüßte.

»Frau Reiß, wie schön, Sie zu sehen«, sagte er. »Geht es Ihnen gut?«

Er merkte, wie die Frage sie irritierte. Und schnell fügte er hinzu: »Ich meine, haben Sie einen guten Aufenthalt hier bei uns?«

Julia Reiß nickte schließlich. Sie wirkte etwas unschlüssig, wusste nichts mit sich anzufangen. Leon deutete auf einen der beiden braunen Ledersessel.

»Setzen Sie sich doch bitte. Ich mache Ihnen einen Kaffee. Was möchten Sie? Latte macchiato? Cappuccino?«

»Egal«, antwortete Julia Reiß müde und ließ sich in einem der Sessel nieder. Allerdings nur auf der Kante, so als würde sie sogleich aufspringen und wegrennen wollen. Leon beobachtete das. Aber um Eleni oben so viel Zeit wie möglich zu verschaffen, trödelte er mit der Kaffeezubereitung.

Als er mit dem dampfenden Getränk zu Julia Reiß zurückkehrte und es lächelnd servierte, wagte er einen Vorstoß.

»Es tut mir leid, all diese Unannehmlichkeiten ...«

»Geht schon«, sagte sie. »Das Zimmermädchen meinte, es dauert nicht lange.«

»Das sowieso nicht«, bestätigte Leon. »Wir haben hier ohnehin erstklassiges Personal ... Aber das meinte ich eigentlich nicht.«

Julia Reiß blickte zu ihm auf.

»Ich meinte diese ... schlimme, schlimme Sache gestern. Der Tote ...«

Leon bemerkte, wie Julia Reiß zusammenzuckte. Sie versuchte, sich nichts anmerken zu lassen, aber es gelang ihr nicht.

Schoss ihr da eine Träne ins Auge?

»Wir sind alle ganz betroffen hier. Was für eine schreckliche Tat. Es ist fürchterlich«, meinte Leon.

Julia Reiß nickte und schwieg. Sie sah zu Boden.

»Aber ich bin mir sicher, die Polizei wird das alles aufklären«, sagte Leon.

Ging da ein Schauer durch Julia Reiß? Leon war sich nicht sicher. Aber sie rutschte plötzlich auf der Sesselkante herum, als wäre sie nervös.

»Wir hoffen doch sehr, dass irgendwann der Verantwortliche zur Rechenschaft gezogen wird. Oder die Verantwortliche.«

Julia Reiß wirkte plötzlich angespannt. Sie warf einen Blick zu Leon und merkte, dass der sie musterte.

»Das hoffe ich auch. Für die Angehörigen«, sagte sie. »Es ist furchtbar.«

Leon nickte bekräftigend. »Ganz gewiss. Kannten Sie den Toten?«

»Wie meinen Sie das?«, fragte sie mit einem misstrauischen, eiskalten Blick.

»Ich meine nur. Haben Sie den Mann hier vielleicht einmal gesehen? Als Gast begegnet man sich ja mal. Beim Frühstück. Oder beim Abendessen oder so. Vielleicht hat er Ihnen mal die Tür aufgehalten?«

Julia Reiß starrte Leon nur an.

»Es war ein sehr netter Gast. Gut aussehend dazu, würde ich sagen«, fügte Leon hinzu.

Julia Reiß sah plötzlich aus, als würde sie ihn wütend anspringen wollen. Sie schüttelte aber nur den Kopf. Eiskalt. Wütend. Verbittert.

»Ich meine ja nur …«, sagte Leon.

Schweigen.

»Wo waren Sie denn, als Sie von dem Mord erfahren haben?«, tastete Leon sich weiter vor. Zu weit.

»Wann ist das Zimmer denn fertig?«, zischte Julia Reiß.

»Gleich. Ich sage sofort Bescheid.«

Julia Reiß blickte schweigend zum Vorgarten hinaus. Leon blieb noch einen kurzen Moment stehen, dann wandte er sich ab.

Das war nicht wirklich gut gelaufen.

Eleni beeilte sich. Sie hatte das Bett bereits gemacht, die leeren Gläser auf ihren Wagen gestellt und alle Mülleimer geleert. Natürlich nicht ohne den Inhalt vorher durchsucht zu haben. Außer den leeren Tamponpackungen hatte sie aber nichts weiter gefunden. Aber es war die gleiche Marke wie die bei Kindermann gewesen. Schnell hatte sie die Blumen gerichtet und einige Kleidungsstücke, die überall auf dem Boden herumlagen, auf den Stuhl gelegt.

Dann machte sich Eleni auf die Suche. Das Handy von Julia Reiß fand sie nicht, aber der Rucksack, der neben dem Koffer auf dem Boden stand, war vielversprechend. Eleni durchwühlte den Inhalt, stets auf irgendein Geräusch an der

Tür lauschend. Sie hoffte, dass Leon die Frau unten an der Rezeption aufhielt, solange es ging, und dass sie nicht erwischt wurde, als sie nun einige Papiere hervorzog. Es waren Unterlagen über irgendeine Wasseruntersuchung, Tabellen mit Werten und so weiter. Eleni verstand nichts davon, aber sie fotografierte die Papiere schnell mit ihrem Handy ab.

Dann fand sie ganz unten im Rucksack einen Briefumschlag. Es war graues Recyclingpapier, also kein Liebesbrief offensichtlich, wie Eleni kurz gehofft hatte, sondern ein offizielles Schreiben. Sie öffnete es mit leicht schwitzigen Fingern. Das alles hier war verdammt aufregend.

Das Schreiben trug den offiziellen Briefkopf der Ruhruniversität Essen. So weit war das nichts Ungewöhnliches. Aber als Eleni weiterlas, musste sie hart schlucken.

Im Schreiben wurde Julia Reiß mitgeteilt, dass ihre Doktorandinnenstelle aufgrund einer Mittelkürzung gestrichen wurde.

# 19

»Julia Reiß hat bei Kindermann promoviert?«

Sie saßen in der Personalküche. Selbst Carlo hatte seinen Herd Herd sein lassen und sich zu Katja, Leon und Eleni gesetzt.

»Ja. Und jetzt wurde ihre Stelle gestrichen. Letzte Woche«, fügte Eleni hinzu. Sie griff nach einem Wasserglas. Leon kam ihr zuvor und goss ihr aus der Karaffe ein, die mitten auf dem Tisch stand.

»Ich will ja nichts sagen, aber das stinkt zum Himmel«, sagte Carlo. »Sogar gewaltig.« Er knetete ein Handtuch und schaute die anderen an.

Katja nickte. »Allein der zeitliche Zusammenhang. Die Frau hat eine Affäre mit ihrem Professor. Womöglich hat er sie sexuell ausgenutzt ...«

»... und als er keine Lust mehr hatte, hat er die Beziehung beendet ...«, ergänzte Leon.

»... und sie rausgeschmissen«, beendete Eleni den Gedanken.

»Also, *ich* würde mich dafür rächen«, sagte Carlo. »Ganz klar.«

»Das ist niederträchtig«, fand Eleni. »Ein ganz klarer Machtmissbrauch.«

»Männer sind widerlich«, erklärte Katja.

»Mach mal halblang«, protestierte Carlo.

»Ich glaube nicht, dass du das wirklich beurteilen kannst«, entgegnete Katja kühl. »Hast du eine Ahnung von toxischem männlichen Machtmissbrauch?«

»Äh, ich war beim Bund?!«

Katja seufzte. Das hatte sie beinahe vergessen. Und ja, dann kannte sich Carlo sicherlich damit aus. Nur auf eine andere Art als sie und andere Frauen.

»Was machen wir jetzt?« Sie sah die anderen in der Runde an.

»Na ja, das ist doch wohl ganz klar«, entschied Carlo. Er stand auf und warf das Handtuch auf den Tisch.

Eleni klopfte an der Tür zu Zimmer 22. Sie räusperte sich, dann sagte sie laut: »Zimmerservice.«

Drinnen war nichts zu hören.

Eleni versuchte es erneut: »Zimmerservice!« Diesmal lauter, vehementer. Sie klopfte erneut an die Tür.

Jetzt war drinnen etwas zu hören. Geraschel. Die schweren Bettdecken, die zur Seite geschoben wurden. Das Quietschen einer Matratzenfeder. Füße auf dem Boden. Schließlich öffnete sich die Tür einen Spaltbreit, und Julia Reiß streckte Eleni ihren mürrischen Kopf entgegen.

Dann sah sie an Eleni vorbei und bemerkte die anderen neben dem Zimmermädchen: den dünnen Concierge, eine schlanke Endvierzigerin mit einem mädchenhaften Pony, der so gar nicht zu ihrem harten und entschlossenen Gesichtsausdruck passen wollte, und einen hünenhaften Kerl mit deutlichem Bauchansatz, der eine Kochjacke trug. Julia Reiß stockte verdutzt, wollte die Tür schon wieder zuschieben, aber der Riese schob einen Fuß dazwischen.

»Was soll das?«

»Frau Reiß ...«, begann die dunkelhaarige Frau.

»Wer sind Sie?«

»Wir würden uns gerne mit Ihnen unterhalten ...«

»Verschwinden Sie! Ich will niemanden ...«

»Vielen Dank, wie freundlich von Ihnen«, sagte der große Mann mit dem kurzen schwarzen Haar, der vielleicht hätte sympathisch sein können, wenn er nicht entschieden die Tür aufgeschoben und Julia Reiß, die sich etwas dagegenstemmte, gleich mit zur Seite geschoben hätte.

Sie protestierte laut: »Was soll das?! Lassen Sie ...«

Sie wurde von Carlo ins Zimmer gedrängt, freundlich, aber bestimmt. Die anderen folgten ihm.

»Ich rufe die Polizei!«, rief Julia Reiß.

»Das wollen Sie nicht wirklich, oder?«, sagte Leon.

»Doch!«

»Das sollten Sie sich noch einmal gut überlegen«, warf Katja ein.

Julia Reiß starrte sie an.

»Keine Angst, ich weiß, das wirkt ungewöhnlich, aber wir wollen nur kurz einmal mit Ihnen reden«, sagte Katja Kassowitz, und ihre Stimme war dabei sanft und freundlich.

Leon schnallte sofort, dass das Teil des Verhörplans war.

Carlo war ein Fan von anderen, durchaus handfesteren

Verhörmethoden. Er kannte da noch einiges aus seiner Zeit beim Bund, aber als er mitbekam, dass Julia Reiß nach Katjas Worten, ohne zu protestieren, zurücktrat und sie alle nun in ihr Zimmer ließ, zuckte er nur mit den Schultern.

»Wer sind Sie?«, wollte Julia Reiß wissen, als sie sich in ihrem Zimmer an die Wand drückte und versuchte, Abstand zu den Eindringlingen aufzubauen. Was nicht einfach war, denn das Zimmer war nicht gerade groß.

Leon stellte sich neben das Bett, Eleni blieb mit dem Fernseher im Rücken stehen, Katja positionierte sich vor dem großen Fenster, sodass Julia ihr Gesicht im Gegenlicht bald nur noch schemenhaft erkennen konnte. Katja war einfach ein Profi. Carlo blieb auf dem winzigen Flur stehen und blockierte damit den Ausgang.

»Wir sind …«, Katja stockte. Es war nicht so einfach zu beschreiben, was sie eigentlich waren. Ein Koch, eine Gärtnerin, ein Concierge und ein Zimmermädchen. Das waren die üblichen Verdächtigen in einem Krimi.

Aber sie waren diesmal nicht die Täter, sondern die Ermittler.

»Freunde«, versuchte es Leon. Er wollte Julia Reiß in Sicherheit wiegen.

»Quatsch!« Carlo stöhnte auf. »Wie kommst du denn darauf?«

»Na, was würdest du denn sagen? Wenn es nach dir ging, ein mobiles Einsatzkommando? Militärische Eingreiftruppe? Minenspürdienst«, schnauzte Leon los, der sich auf den Schlips getreten fühlte. Vor allem, weil Carlo ihn vor Eleni kritisiert hatte.

»Was soll denn ein Minenspürdienst hier machen? Das ist doch völlig sinnlos. Glaubst du, sie hat 'ne Bombe?«

»Das war doch figurativ gemeint!«, verteidigte sich Leon.

Julia Reiß blickte zwischen den beiden streitenden Männern irritiert hin und her.

»Leute, beruhigt euch mal!«, forderte Katja die beiden auf.

Leon und Carlo starrten sich sauer an, schwiegen dann aber.

In die Stille hinein sagte Eleni ruhig: »Wir sind die, die Ihnen ein paar Fragen stellen wollen.«

Leon warf ihr einen Blick zu. Das war nicht wirklich eleganter, aber es entsprach genau der Wahrheit.

»Was für Fragen?«, hakte Julia Reiß nach.

»Zum Beispiel, wann Sie der Polizei erzählen wollten, dass Sie Klaus Kindermann kannten.«

Julias Kinnlade klappte runter. Sie starrte Katja Kassowitz perplex an.

»Dass Sie ihn *sehr* gut kannten ...«, fügte Leon hinzu.

»Oder wie soll man Ihre Affäre sonst nennen?«, ergänzte Eleni.

Julia Reiß blickte fassungslos zwischen diesen Menschen hin und her.

»Ich hätte einen Vorschlag, wie man diese Affäre nennen könnte: ein Beispiel für MeToo.« Carlo wollte das Thema als Erster ansprechen, denn er hatte den Eindruck, dass die anderen ihn für einen Hinterwäldler hielten. Rückschrittig und konservativ. Und dass er die Ausbeutung von Frauen befürwortete und patriarchalische Machtverhältnisse erhalten wollte. »Eine sexuell übergriffige Handlung in einem Abhängigkeitsverhältnis«, fügte er noch erklärend hinzu.

»Ich ... Nein!«, protestierte Julia, aber dann fehlten ihr schon die Worte.

»Wir wissen, dass Sie bei ihm promovieren wollten.«

Julia warf der dunkelhaarigen Frau einen überraschten Blick zu.

»Und dass Ihre Doktorandinnenstelle soeben gestrichen wurde«, ergänzte Eleni.

»Woher ...«, begann Julia Reiß, aber dann wurde es ihr klar. Sie schaute das Zimmermädchen wütend an. »Sie! *Sie* haben mein Zimmer durchwühlt!«

Eleni zuckte nur cool mit den Schultern.

»Wollen Sie uns erzählen, was in der Tatnacht passiert ist?«, fragte Katja Kassowitz.

»Nein«, erwiderte Julia Reiß brüsk. Sie verschränkte die Arme vor ihrer schmalen Brust.

»Nun, verstehe ich. Dann sage ich Ihnen mal, was passiert ist. Sie waren in Kindermanns Zimmer. Womöglich haben Sie mit ihm geschlafen. Wir haben Ihre Tamponpackung in seinem Mülleimer gefunden ...«, erklärte Katja.

»Was zwar nicht unbedingt auf Sex hinweisen muss«, ergänzte Eleni.

»Aber da das nun mal das Verhältnis war, das Ihre Beziehung zu Ihrem Professor bestimmt hatte, liegt es nahe, dass Sie Sex einsetzten, um ihn zu überzeugen«, behauptete Carlo.

»Denn Sie hatten ein Problem: Die Doktorandenstelle,

die er gestrichen hatte. Warum? Weil er die Affäre nicht mehr wollte?«, fragte Leon und musterte die blonde Frau, die immer blasser wurde.

»Wahrscheinlich haben Sie alles versucht, ihn zu überzeugen, Ihnen doch die Promotion zu ermöglichen. Aber Ihr Professor hat sich nicht überzeugen lassen«, fuhr Katja fort. »Da kam ein Wort zum anderen, und als Sie sich gedemütigt, betrogen und ausgenutzt fühlten und Ihnen bewusst wurde, wie sehr er Sie weggestoßen, er nur mit Ihnen gespielt hatte …«

Eleni und Leon blickten zu Katja hinüber. Ihre Stimme, die sonst so hart war, war plötzlich brüchig. Es hörte sich an, als würde Katja diese Schilderung sehr persönlich nehmen.

Carlo sprang Katja Kassowitz zur Seite. »Da ist es eskaliert, und Sie haben Ihren Ex-Liebhaber und Doktorvater erstochen.«

Julia starrte ihn stumm an.

»Basta«, sagte Carlo zur Bekräftigung und lächelte zufrieden.

Julia Reiß traten Tränen in die Augen. Und gleichzeitig begann sie zu lachen. Erst leise, dann immer lauter.

Leon, Eleni, Katja und Carlo musterten sie etwas irritiert.

»Das ist …« Julia Reiß lachte bitter. »Das ist … absoluter Schwachsinn.«

»Na hören Sie mal …«

»Schwachsinn!!!«, fauchte Julia Reiß Leon an.

Leon zuckte zurück. So viel Aggressivität überforderte ihn.

Julia Reiß schüttelte den Kopf und ließ sich auf die Bettkante sinken.

»Wollen Sie uns vielleicht mal erklären, was daran Schwachsinn sein soll?«, fragte Eleni sanft.

»Wir haben Beweise«, sagte Katja.

»Dafür, dass Sie seine Studentin waren, dass die Stelle gestrichen wurde und Sie in seinem Zimmer …«

»Das stimmt ja auch alles«, unterbrach Julia Reiß sie. Sie schaute die vier Leute in ihrem Zimmer an und erklärte dann: »Aber es ging eher um das Gegenteil.«

# 20

Leon, Eleni, Katja und Carlo sahen die schmale blonde Frau auf der Bettkante an, die jetzt schwieg und nachdenklich ihre Hände rang.

»Wollen Sie uns erzählen, wie es dann war?«, fragte Katja.

»Spucken Sie's aus«, brummte Carlo, aber sein Tonfall machte deutlich, dass er nichts davon glauben wollte.

Julia Reiß begann mit ruhiger Stimme zu sprechen, während sie mit der Hand über das Bettlaken strich, als wollte sie ein paar Falten glätten.

»Klaus und ich …«, begann sie und stockte gleich wieder. Es fiel ihr offensichtlich schwer, darüber zu sprechen. Wieder standen Tränen in ihren Augen. Sie atmete tief durch, ganz so, als wollte sie den Schmerz wegatmen. Einen Moment lang schaute sie aus dem Fenster. Man konnte den gepflegten Garten sehen, vor allem die Wipfel der Tannen links und dann die Dächer der anderen Häuser, die sich terrassenartig zum Tal hin absenkten. Das Hotel *Waldfrieden* war an einer der oberen Straßen von Galgen erbaut worden, und es hatte einen idyllischen Ausblick. Doch Julia Reiß starrte nur ins Nichts. Dann begann sie, langsam weiterzusprechen.

»Klaus und ich hatten eine Affäre, ja. Wir haben uns in der Universität kennengelernt. Er war mein Professor. Aber ... er war auch der gütigste, liebevollste Mensch, den ich je kennengelernt habe. Er hat etwas in mir gesehen ... mich so angenommen, wie ich bin. Ohne Vorurteile oder Widersprüche. Und das, obwohl ich so viel jünger bin als er. Und so viel weniger wusste über unser Fach, die Wissenschaft, über das Leben ... Es war ihm egal. Er hat mich nie spüren lassen, dass ich ihm ... unterlegen war.«

Sie hielt kurz inne, überlegte, als würde ihr das gerade erst klar werden. »Und das war ich auch nicht. So seltsam es war, es war eine Beziehung auf Augenhöhe ...«

Katja nickte ihr zu. Die Worte von Julia Reiß berührten sie, das konnte man sehen. Auch Eleni war ergriffen von dem, was Julia Reiß sagte. Denn es hörte sich absolut authentisch und ehrlich an.

»Und wir haben gegen alle Widerstände gekämpft. Zusammen. Zu zweit. Und es waren verdammt viele Widerstände, glauben Sie mir.« Dann schwieg sie.

»Können wir bitte zur Tatnacht kommen?«, fragte Carlo, dem das Gefühl für diese ganze Liebesnummer abging. Die leicht empörten Blicke der Frauen perlten an ihm ab.

»Wollen Sie die schmutzigen Details? Wie wir Sex hatten und so?« Julia Reiß klang bissig.

»Nö, muss nicht«, wehrte Carlo ab.

»Wir haben uns hier im Hotel getroffen. Nicht das erste Mal. Wann immer Klaus auf Tagungen oder Projektpräsentationen war, ich habe immer versucht, ihm nachzureisen. Wir hatten in Essen nicht viele Möglichkeiten, uns zu sehen.«

»Und diesmal hatten Sie noch viel Dringlicheres zu besprechen. Die gestrichene Stelle«, mutmaßte Leon.

Julia Reiß nickte. »Ja, das war ein Schock. Für mich. Und für ihn.« Sie sah die anderen an. »An der Uni gibt es einen Kleinkrieg. Zwischen Klaus und dem Dekan. Ach was, Kleinkrieg, das ist ein harter Kampf mit allen Mitteln. Der Dekan hasst Klaus. Und er tut alles, um ihn zu gängeln. Da werden Anträge nicht bewilligt, Prüfungsleistungen beanstandet, Fördergelder umgewidmet und, ja, Doktorandenstellen gestrichen. Klaus hat sein Bestes getan, immer. Aber das jetzt, das war ein Tiefschlag.«

»Das kann ich mir vorstellen«, sagte Eleni, der die Frau leidtat. War Eleni vorher noch skeptisch gewesen und hatte sie Julia Reiß verdächtigt, änderte sich das allmählich. Auch weil Eleni diese Unigeschichte nachvollziehen konnte. »Es ist schlimm, wenn plötzlich ein Lebenstraum zerplatzt. Wenn einem der Boden unter den Füßen weggezogen wird. Wenn plötzlich alles nur noch ... Treibsand ist ...«

Eleni merkte, dass Leon und die anderen sie etwas verdutzt ansahen, und schwieg. Leon musterte sie. Denn genau wie bei Katja eben war hier etwas sehr Persönliches mit angeklungen. Die Andeutung einer Antwort auf die Frage, warum Eleni nun Zimmermädchen in Deutschland war.

Julia Reiß fühlte sich von Eleni verstanden. Sie nickte.

»Das war eine Katastrophe. Der Mega-GAU. Ich bin auf das Geld, das ich als Doktorandin für meine Mitarbeit in Tutorien und so weiter bekomme, angewiesen. Meine Eltern ... na ja. Und in meiner Promotion war ich schon so weit und so konkret, dass ich ... eine andere Universität hätte das Thema abgelehnt. Klaus und ich haben uns hier getroffen, um zu überlegen, wie wir weitermachen sollten. Ich war verzweifelt. Völlig am Boden. Aber Klaus ...« Julia Reiß schossen Tränen in die Augen, und sie schwieg kurz, musste sich sammeln.

»Klaus war absolut klar und entschieden. Er wollte mit mir alt werden ...«

Julia Reiß stockte. Es war ihr unmöglich, die Tränen herunterzuschlucken. Die Erinnerung an ihre Liebe überwältigte sie.

Carlo runzelte die Stirn: »Äh ... zusammen alt werden? Entschuldigen Sie die Nachfrage, aber war Kindermann nicht verheiratet?«

Julia Reiß nickte stumm.

»Und seine Ehefrau? Was hat sie gesagt? Wusste sie überhaupt von der Affäre?«

Julia Reiß nickte wieder.

»Und *wann* hat er es ihr gesagt?«, hakte Leon nach.

»Am Tag vor seiner Abreise hierher. Dass er sich trennen will und mit mir eine Zukunft beginnen wird.«

Leon, Eleni, Katja und Carlo blickten sich an. Damit hatten sie nicht gerechnet.

# 21

Katja, Carlo, Eleni und Leon stiegen langsam und schweigend die Treppen ins Erdgeschoss hinunter. Jeder war in Gedanken versunken. Und Katja hatte recht gehabt. Julia Reiß war aus dem Grund hier im Hotel geblieben, weil sie irgendwie hoffte, noch Abschied von ihrem Geliebten nehmen zu können. Das hatte sie bestätigt, bevor Katja und die anderen sie im Hotelzimmer zurückgelassen hatten.

Als die vier den Personalraum neben der Küche betraten, hatte Leon seine Sprache wiedergefunden: »Ich frage nur der Vollständigkeit halber: Ist Julia Reiß weiterhin tatverdächtig?«

»Klar«, kam es von Carlo. »Dass sie angeblich in der Nacht um halb fünf zurück in ihr Zimmer gegangen ist, weil der geschnarcht hat, glaube ich nicht. Die hat den getötet und dreht die Geschichte jetzt nur anders.«

»Das ist Unsinn, Carlo«, fand Eleni.

»Genau! Ich glaube ihr«, sagte Katja.

»Weil das emotionale Gewäsch dein Herz berührt hat?«, höhnte Carlo. »Oder … weil du da irgendwas wiedererkennst? Affärenmäßig?«, bohrte er nach.

Katja warf ihm einen eiskalten Blick zu. »Das ist mir zu blöd, darauf zu antworten.«

»Ich konnte dir ansehen, dass du da irgendwie betroffen warst ... *mitgenommen*«, fügte Carlo hinzu.

»Unsinn!«

»Also, für mich sah das auch ein bisschen so aus«, sagte Leon ganz leise. Als er Katjas Blick sah, schwieg er eingeschüchtert. Im Gegensatz zu Carlo.

»Ich hab's!«, rief Carlo plötzlich. »Du hast eine Affäre gehabt! Mit diesem Vey! Deswegen reagierst du so allergisch auf ihn.«

»Schwachsinn!«, fauchte Katja und starrte Carlo wütend an.

Der ließ sich nicht einschüchtern. »Mit diesem Schnösel? Jetzt komm schon, Katja ... das ist doch unter deiner Würde!«

»Dieses Gespräch ist unter meiner Würde.« Katja drehte sich um und ging ohne ein weiteres Wort hinaus, bebend vor Wut.

Leon sah ihr betroffen nach. Sie tat ihm leid. Dass da eine Wunde war und dass Carlo heftig darin rumgewühlt hatte, war mehr als deutlich zu spüren. Allerdings nicht für Carlo. Er grinste. »Krass, oder? Jetzt verstehe ich.«

»Empathie ist nicht dein Ding, oder?«, fragte Eleni vorwurfsvoll.

»Empathie? Ist das griechisch?« Carlo griente.

Eleni verließ den Raum, Carlo die kalte Schulter zeigend.

Er drehte sich zu Leon um. »Was haben die denn?«

»Na ja … es war doch offensichtlich, dass Katja da irgendwie getroffen ist …«

»Sag ich doch.«

»Aber auch, dass sie da nicht drüber sprechen wollte. Du bist zu weit gegangen.«

Carlo musterte Leon. »Ach, du meinst, *du* bist so ein Frauenversteher, was?«

Leon wusste nicht, was er darauf antworten sollte. Das war ihm irgendwie zu blöd.

»Dabei stellst du dich doch am dümmsten an«, meinte Carlo.

»Wie meinst du das denn?«, fragte Leon verdutzt.

»Na, dass du in die Eleni verknallt bist, merkt ja jeder.«

Leons Kinnlade klappte herunter. Er starrte schockiert den feisten Koch an.

»Aber wenn du sie nur so dümmlich von der Seite anschmachtest, wird das nix werden. Ich sag's dir. Frauen wollen Männer, die nach vorne gehen.«

Leon spürte, wie Röte in seinen Wangen hochstieg. Es war ihm unendlich peinlich, dass Carlo ihn ertappt hatte. Aber … wenn Carlo das gemerkt hatte, wusste auch Eleni davon? Leon hatte immer versucht, seine Schwärmerei, so gut es ging, zu verbergen. Und stellte er sich wirklich so blöd an?

»Das, was du gesagt hast … ist in so vielerlei Hinsicht falsch und daneben. Ich weiß gar nicht, was ich dazu sagen soll.«

»Brauchst du auch nicht, Kleiner.« Carlo tätschelte ihm gönnerhaft die Schulter. »Ein Tipp. Wenn du Eleni von dir überzeugen willst, dann hab mal die Eier dazu. Sonst wird das nix.«

Leon verzog angewidert das Gesicht.

»Das ist ekelhaft. Deine ganze Einstellung ist ekelhaft.«

Er drehte sich um und ging hinaus.

Als Leon zur Rezeption kam, war er immer noch aufgewühlt. Deshalb hatte er keinen Blick für die fünfzigjährige Frau im Businesskostüm, die am Tresen stand und offensichtlich schon länger und mittlerweile ziemlich ungeduldig wartete. Leon starrte auf den Boden, ging an ihr vorbei und wollte gerade in das Kämmerchen hinter der Rezeption, als er hinter sich hörte: »Können Sie mir weiterhelfen?« Aber es klang weniger wie eine Frage als wie ein Befehl. Dies und der vorwurfsvolle Blick der Frau ließen Leon zusammenzucken.

»Oh, natürlich«, sagte er schnell. Es war ihm peinlich, dass er die Frau ignoriert hatte. Gäste im *Waldfrieden* sollten nicht auf diese Art und Weise begrüßt werden, sondern sich gleich wie Könige fühlen.

»Was kann ich für Sie tun?«, bat Leon nun beflissen.

»Ich möchte ein Zimmer buchen. Haben Sie noch etwas frei?«

Leons schlechte Laune war sofort verflogen. Er strahlte über das ganze Gesicht. Endlich wieder ein Gast! Und das, obwohl hier im Hotel ein Mord geschehen war! Es gab also doch noch Zeichen und Wunder.

»Ich will sehen, was ich tun kann«, sagte Leon und schaute in das Buchungssystem, obwohl er wusste, dass das Hotel bis auf drei Zimmer völlig leer war. Aber er wollte der

Dame das Gefühl geben, dass sie etwas Besonderes war, er eine Ausnahme für sie machte. »Ich habe hier … Moment … möchten Sie eine Suite?«

»Das ist mir egal«, meinte die Frau.

»Oh, okay.« Leon war verdutzt. »Aber dann gebe ich Ihnen die 14. Das ist eins unserer schönsten und größten Zimmer. Eine Suite mit Ausblick auf …«

»Ja, schon okay. Ich nehme es«, sagte die Frau. Sie wirkte ungeduldig und nicht zu Gesprächen aufgelegt.

Leon ließ sich nicht abschrecken. »Sie haben eine wunderschöne Sicht auf den Wald und das Tal. Außerdem ein geräumiges Bad.«

»Meinetwegen.«

»Wenn Sie das hier bitte ausfüllen würden?« Leon schob ihr das Formular für die Gästepersonalien hin. »Sie müssten bitte auch ankreuzen, ob Sie beruflich oder …«

»Privat«, sagte die Frau ernst, während sie das Formular ausfüllte.

»Ach, das ist doch wunderbar«, meinte Leon. »Wenn Sie Ausflüge unternehmen wollen oder sonst einige Vorschläge für Ihre Freizeitgestaltung haben möchten, ich kann Ihnen gerne etwas zusammenstellen.«

»Nicht nötig«, erwiderte die Frau. »Ich habe keine Zeit.«

Sie schob ihm das ausgefüllte Formular zurück.

»Ach, das ist aber schade«, flötete Leon, der sich durch die schroffe Art der Frau nicht aus dem Konzept bringen ließ. »Falls Sie es sich doch anders überlegen, wir stehen Ihnen stets zur Verfügung.«

Er legte den Schlüssel zu Zimmer 14 auf das unterschriebene Formular.

»Bitte schön. Abendessen gibt es gleich ab neunzehn Uhr«, charmierte Leon.

Aber dann blieb ihm das Lächeln im Halse stecken. Seine Gesichtszüge entgleisten, als er sah, mit welchem Namen die Frau unterschrieben hatte: Beate Kindermann.

»Oh …«, sagte Leon, und dann sagte er nichts mehr.

Die Frau warf ihm nur einen Blick zu, als sie sich den Schlüssel schnappte und in Richtung Treppe ging.

Leon schaute ihr fassungslos hinterher. Kindermanns Ehefrau war hier!

Und erst wenige Sekunden später wurde ihm klar, dass er sie *direkt neben* Kindermanns Affäre Julia Reiß eingebucht hatte. Was für ein Desaster!

# 22

Leon kam in die Küche geplatzt.

»Eine Katastrophe!«, rief er laut. »Eine komplette Katastrophe.«

Carlo, der am Herd stand und ein paar Pilze sautierte, blickte auf.

»Ach, *jetzt* redest du wieder mit mir? *Jetzt* kommst du zu Papa?«

»Du bist nicht mein Papa«, erwiderte Leon befremdet.

»Nee, zum Glück nicht …«, sagte Carlo.

»Finde ich auch«, unterbrach Leon ihn.

»Oh, so aufmüpfig … so kenne ich dich gar nicht, Leon.« Carlo schmunzelte.

»Ich werde halt oft unterschätzt.«

»Das sollte dir zu denken geben«, sagte Carlo.

Leon war sauer, diese Art von Gespräch passte ihm gar nicht.

»Hast du gehört, was ich gesagt habe?«

»Ja, du warst ja auch kurz vorm Heulen. Was ist denn los, mein Häschen?« Carlo schien nicht auf die Antwort zu warten, denn er widmete sich wieder seinen Pilzen.

Das machte Leon wütend. Carlo benahm sich so von oben herab. Das war unverschämt.

»Lass den ironischen Ton«, brachte Leon mühsam heraus.

Carlo merkte endlich, dass es Leon ernst war. Er seufzte, dann fragte er ernst: »Was ist denn los?«

»Beate Kindermann hat sich gerade eingebucht. Die Frau des Toten.«

Carlo verzog nachdenklich das Gesicht. »Interessant.«

»Ich hab sie in das Zimmer direkt neben Julia Reiß gebucht.«

»Oh, das ist ...« Carlo starrte Leon irritiert an. »Warum um Herrgotts willen?«

»Ich ... keine Ahnung, da wusste ich doch noch nicht, dass sie die Kindermann ist ...« Er schlug die Hände vors Gesicht. »O Gott, wenn die sich begegnen, dann ...«

Carlo musterte Leon regungslos, dann sagte er mit unbewegter Miene: »... dann wird es interessant.« Nachdenklich wandte er sich wieder der Pfanne zu, rührte darin herum. »Ich schlage vor, du rufst die anderen zusammen.«

Leon nickte, und dann eilte er hinaus, um Katja und Eleni zu holen.

Kurz darauf saßen sie zu dritt am Personaltisch. Carlo stand an die Kochfläche gelehnt und wartete mit verschränkten Armen darauf, dass Eleni und Katja die Nachricht verdaut hatten.

»Und wie war sie so drauf?«, fragte Katja Leon. »Die Witwe.«

»Hm, irgendwie kühl.«

»Kein Wunder. Ich würde auch nicht vor Freude im Dreieck springen, wenn ich den Ort betreten würde, an dem mein Mann zu Tode gekommen ist. Sechsunddreißig Stunden vorher«, sagte Eleni.

»Sechsunddreißig bis dreiundvierzig Stunden vorher«, korrigierte Katja. »Nur, um genau zu sein.«

»Aber sie wirkte auch nicht ... emotional. Oder aufgelöst. Julia Reiß ist da viel getroffener«, stellte Leon fest.

»Was will die Kindermann hier?«, fragte Carlo. »Haben die Bullen sie gerufen? Tun die das, Katja?«

»Natürlich«, antwortete Katja.

»Damit der Tote identifiziert wird«, fügte Leon hinzu, doch Katja berichtigte ihn sofort: »Das ist nur nötig, wenn die Leiche entstellt ist. Und selbst dann hat man andere Methoden. Dass die Angehörigen in die Gerichtsmedizin gerufen werden, gibt es eigentlich nur im Krimi.«

»Willst du mir sagen, dass ...« Leon rechnete im Kopf nach und überschlug die Zahl der Fälle, die er gelesen hatte, »vierzig Prozent aller Kriminalromane in dieser Hinsicht lügen?«

»Ja«, antwortete Katja. »Die Autoren haben schlampig recherchiert, würde ich sagen. Und noch mal, Leon. Die Realität ist echt etwas anderes als die Fiktion, die du dir seitenweise reinziehst. Du vergisst das anscheinend. Auch das hier, Leon, das ist kein Spiel.«

»Das weiß ich!«, bejahte Leon. Aber er war irgendwie enttäuscht.

»Schön.« Katja nickte.

»Ich kann mir gut vorstellen, dass Frau Kindermann auch deswegen angereist ist, um sich das alles anzusehen«, sagte Eleni nachdenklich. »Das Hotel, den Tatort und natürlich ihren Mann. Stellt euch mal vor, euer Ehemann wird ermordet und du sitzt zu Hause, dreihundert Kilometer entfernt, und wartest, bis dir irgendwann der Leichnam geliefert wird und du ihn beerdigen kannst ... Das geht doch nicht. Das ist so ein Schock, man will doch wissen, was passiert ist, wie es passiert ist, das muss man doch mit eigenen Augen sehen. Damit man das Unbegreifliche begreifen kann.«

»Wie schon gesagt, sie sah nicht so aus, als wäre ihr der Boden unter den Füßen weggerissen worden«, warf Leon ein.

»Nein, denn wenn ihr Mann ihr zwei Tage vorher gesagt hat, dass er sie verlassen will und mit seiner Studentin ein neues Leben anfangen will ...«, fand Carlo.

»... dann wäre es eher *das*, was ihr den Boden unter den Füßen weggerissen hätte«, ergänzte Eleni voller Mitgefühl.

»Weswegen sie vielleicht einen Mord in Erwägung gezogen hat«, beschloss Katja. »Zumindest wir sollten das in Erwägung ziehen, dass wir hier eine neue Tatverdächtige haben.« Sie blickte sich in der Runde um.

»Und? Vorschläge? Was tun wir?«

»Wenn ich Polizistin wäre, dann würde ich die Ehefrau aufs Revier laden und stundenlang im Verhör ausquetschen ...«, sagte Carlo.

»Zum Glück bist du keine Polizistin«, entgegnete Katja.

»Find ich auch«, bestätigte Carlo.

»Und bei deiner Empathiefähigkeit wärst du mit Sicherheit nicht gut im Verhör«, fügte Eleni hinzu.

»Was soll das denn heißen? Ich bin voll sensibel«, murrte Carlo. Er sah die Blicke der anderen drei, die ihn erstaunt, befremdet und spöttisch anschauten.

»Ich verberge es nur gut«, sagte Carlo eingeschnappt.

Leon stand wieder unruhig auf. Wann immer er nachdenken musste, konnte er nicht stillhalten. Er verschränkte die Arme auf dem Rücken und ging hin und her.

»Wir müssen sie irgendwie aushorchen. Rausbekommen, wo sie zur Tatzeit war ...«, begann er.

»... und ob Julia Reiß auch wirklich die Wahrheit gesagt hat, darüber, dass Kindermann seiner Frau mitgeteilt hat, dass er sich trennen will«, vollendete Carlo. »Ich finde, das sollte der Profi machen.« Carlo sah Katja an.

»Ich???«

»Erstens bist du der Profi und zweitens ja wohl auch der Meinung, dass du das besser kannst als ich. Ja, du.«

»Ach, und wie stellst du dir das vor, mein Lieber?« Katja klang wenig erfreut.

»Du könntest versuchen, irgendwie Kontakt mit ihr aufzunehmen, wenn sie zum Essen kommt. Ich hatte sie vorhin drauf hingewiesen, dass es ab neunzehn Uhr Dinner gibt«, sagte Leon eifrig. »Und du könntest dich als Gast in den Speisesaal setzen ... Mit großer Wahrscheinlichkeit seid ihr ja allein, sonst gibt es ja nur noch Frau Bamberger, diesen Wanderer und ...« Leon hielt plötzlich inne.

»Julia Reiß«, beendete Eleni seinen Satz. »Wenn die beiden im Speisesaal aufeinandertreffen, kann das eine Katastrophe werden.«

»Du musst sie davon abhalten.« Leon blieb stehen und sah Eleni an.

»Aber wie?«

»Kannst du nicht hochgehen zur Reiß und ihr vorschlagen, dass wir ihr das Essen aufs Zimmer bringen? Ein besonderer Service unseres Hotels. In ihrer Ausnahmesituation. Und ...«

»... als Wiedergutmachung für unser Verhalten zuvor«, schlug Katja vor.

»Du bist parteiisch«, meinte Carlo. »Wir haben noch keinen Beweis, der Julia Reiß freispricht.«

»Stimmt. Aber ich glaube nicht, dass sie es war«, räumte Katja ein.

»Wir reden noch mal über dieses Affärenthema«, sagte Carlo.

»Pffhhh!« Katja verdrehte die Augen.

»... aber erst wanzt du dich an die Ehefrau ran. Zwei Frauen gleichen Alters in einem sonst fast leeren Speisesaal ... Da wird dir schon was einfallen, wie du an sie rankommst. Mir würde da ja schon was einfallen.«

»Bitte nicht. Das wollen wir nicht wissen«, sagte Eleni.

»Und du gehst hoch und hältst irgendwie die Reiß auf ihrem Zimmer, ja, Eleni?« Leon lächelte das Zimmermädchen an und hoffte, sie zu überzeugen.

Eleni verzog zweifelnd den Mund. Sie befürchtete, dass das nicht funktionieren würde.

»Ist ein toller Plan«, fand Leon.

»Nur dass *du* da nichts tun musst, Leon«, sagte Katja.

»Im Gegenteil.« Leon strahlte. »Vielleicht schaffst du es ja, die Frau Kindermann an die Bar zu locken. Während ich Drinks mache, kann ich zuhören. Und drei Ohren hören mehr als zwei.«

»Drei Ohren?«

»Ohrenpaare, meinte ich.«

»Wieso drei?«

»Du, ich und die Kindermann selbst. Ist doch logisch.«

»Ist mir zu albern«, erwiderte Carlo und warf sich das Küchenhandtuch über die Schulter. »Hey, Katja, bestell gleich was Ordentliches und vor allem viel! Das verdirbt hier alles, wenn nicht bald wieder Gäste da sind.«

# 23

Katja saß im menschenleeren Speisesaal und schaute in den Garten hinaus. Ein ungewohnter Blick. Sie hatte noch nie im Speisesaal gegessen. Von hier aus fiel ihr auf, dass sie sich um die Hortensien kümmern musste und die Eiche ganz hinten beschnitten werden musste. Katja überlegte, ob sie ihren Plan eines japanischen Steingartens endlich angehen sollte. Er würde den Bambus prima ergänzen, und sie könnte die hässlichen Koniferen entfernen, die sie schon immer gestört hatten. Katja sinnierte und wartete darauf, dass Beate Kindermann den Speisesaal betrat. Sie hoffte inständig, dass die Frau hier zu Abend essen und sich nicht auswärts etwas besorgen oder gar in ihrem Zimmer bleiben würde. Gut, zumindest dann hätten sie das Problem mit Julia Reiß nicht. Aber das würde hoffentlich Eleni erledigen.

Eleni stand im zweiten Stock auf dem Flur und blickte nach links, wo die Zimmer 21 und 22 direkt gegenüber lagen. Für einen Moment war sie unschlüssig. Sollte sie abwarten? Was wäre, wenn sie bei Julia Reiß klopfte und Beate Kindermann das im Zimmer nebenan hörte? Was, wenn Beate Kindermann sich irrtümlicherweise angesprochen fühlte und herauskam? Eleni stellte sich vor, wie sich plötzlich die Tür in ihrem Rücken öffnete und Julia Reiß die Ehefrau ihres toten Liebhabers sehen würde. Wie würde Frau Kindermann reagieren, wenn sie Julia Reiß bemerkte? Wusste sie denn, wie die Reiß aussah? Und wenn ja, was würde passieren, wenn sie sie erkennen würde, hier im Hotel, kurz nach dem Tod des Ehemanns? Würde sie auf sie losgehen? Nicht, weil sie vermuten würde, dass Julia Reiß etwas mit dem Mord zu tun hatte, sondern weil die Nebenbuhlerin die ganze Zeit am Ort gewesen war? Ein sichtbares Zeichen des Betrugs? Die Frau, für die ihr Mann sie verlassen hatte?

Eleni fröstelte. Sie spürte Messerspitzen im Rücken, ganz so, als würde Beate Kindermann auf Julia Reiß losgehen, nur dass Eleni in der »Schusslinie« stand.

Es half nichts. Eleni atmete tief durch, dann ging sie zum Ende des Flurs, baute sich vor Zimmer 22 auf und klopfte leise.

Nichts rührte sich. Eleni schluckte und klopfte nochmals.

»Zimmerservice«, sagte sie leise. Und dann wiederholte sie es noch einmal lauter, weil sich immer noch nichts gerührt hatte. Jetzt aber hörte sie drinnen ein Geräusch, das altbekannte Rascheln der Decken. Eleni blickte sich unruhig zur Tür hinter ihr um. Aber in Zimmer 21 blieb alles ruhig.

Schritte näherten sich, schließlich öffnete Julia Reiß die Tür. Misstrauisch und offensichtlich wenig amüsiert.

»Schon wieder?«

Eleni setzte ein harmloses Lächeln auf. »Hallo, entschuldigen Sie die Störung, aber ... wir hatten überlegt, ob Sie vielleicht etwas essen wollen? Ich würde Ihnen das aufs Zimmer bringen ...«

Julia Reiß starrte Eleni nur an. Plötzlich hörte diese Geräusche hinter sich. Schritte. Ein Schlüssel, der sich in der Tür drehte. Panisch machte Eleni einen Schritt vor, schob Julia Reiß in ihr Zimmer zurück.

»Was soll das?!«, protestierte die Reiß.

»Ich ... es ist nur ... das müssen ja nicht alle Gäste wissen.« Eleni nickte nach hinten über ihre Schulter, wo sie hörte, wie sich die Tür von Zimmer 21 öffnete. Schnell schloss Eleni die Zimmertür von Julia Reiß.

»Es ist ein besonderer Service, den wir sonst nicht anbieten. Aber in Ihrem Fall ...«

»Sie meinen, weil Sie mich auf völlig unangemessene Art und Weise des Mordes beschuldigt haben?« Julia Reiß war immer noch wütend.

»Das auch. Aber vor allem, weil wir mit Ihnen fühlen. Besonders ich. Es muss schrecklich sein, hier alleine in diesem Zimmer zu sein, diesen Verlust zu spüren, diesen Schmerz ... Ich will Ihnen nur etwas Gutes tun.«

Julia Reiß starrte Eleni ausdruckslos an.

Katja blickte auf, als eine dunkelhaarige Frau ungefähr in ihrem Alter den Speisesaal betrat. Das musste nach Leons Beschreibung Beate Kindermann sein. Und kurz nach Beate Kindermann kam auch Leon herein und signalisierte Katja, dass das die Zielperson war. Er tat es so auffällig, dass er beinahe von Beate Kindermann dabei erwischt wurde. Die drehte sich nämlich gerade in der Mitte des Saales um, unschlüssig, auf welchen der vielen Plätze sie sich nun setzen sollte.

»Ach, Frau Kindermann«, sagte Leon lächelnd. »Sie haben freie Platzwahl. Suchen Sie sich etwas aus.«

Als er merkte, dass Beate Kindermann sich allerdings dem hinteren Teil des großen Speisesaals zuwandte, stellte er sich ihr in den Weg und lenkte ihren Blick auf die Fensterfront.

»Vielleicht dort, am Fenster? Da haben Sie einen tollen Blick. Ich sage gleich der Bedienung Bescheid.« Leon hatte seine Arme ausgestreckt, sodass er Beate Kindermann den Weg nach hinten versperrte. Sie hatte gar keine Wahl, als an einem Tisch an der Fensterfront Platz zu nehmen, direkt mit Blick in den Garten. Als Beate Kindermann saß, schaute sie zu Katja und nickte knapp. Dann griff sie nach der Speisekarte neben dem Blumengesteck und begann, sie zu studieren.

Nach kurzer Zeit erschien die Kellnerin Louise aus der Küche. Louise schaute zu Beate Kindermann, dann zu Katja. Ihre Stirn verzog sich irritiert, fast ein bisschen ärgerlich. Was will die denn hier, schien sie zu denken.

Mist!, dachte Katja. Das hatte sie vergessen. Louise kannte sie natürlich, und Beate Kindermann durfte nicht mal erahnen, dass sich Katja hier nur als harmlose Gästin ausgab. Das Problem war, dass Louise Katja nicht mochte. Ganz und gar nicht. Warum, wusste Katja nicht, aber Louise sprach nie mit ihr, verdrehte die Augen, wenn Katja etwas sagte, und zeigte ihr die kalte Schulter. Katja war es lieber, wenn Konflikte offen ausgetragen wurden, deswegen war sie einmal zu Louise gegangen und hatte sie geradeheraus darauf angesprochen. Aber Louise hatte so getan, als wäre nichts, und abgestritten, dass sie etwas gegen Katja hatte. Nur um sich danach gleich wieder kühl und abweisend zu geben. Katja seufzte. Es würde mühsam werden.

»Guten Abend. Haben Sie schon was ausgesucht? Oder soll ich gleich noch mal kommen?«, fragte Louise Beate Kindermann.

»Einen Weißwein. Und hier dieses Rehragout«, sagte die Kindermann, klappte die Karte zu, ohne Louise eines Blickes zu würdigen, und starrte nach draußen in den Garten.

Louise trat einen Schritt zurück, dann schaute sie zu Katja hinüber, die überlegte, was sie tun sollte. Am liebsten hätte Louise wohl einen Bogen gemacht, aber dann rang sie sich durch und ging zu Katja.

»Welche Ehre!«, sagte Louise. »Was machst du denn hier?« Sie wirkte keinesfalls erfreut.

»Ich muss dich um einen Gefallen bitten«, antwortete Katja. »Du musst einmal vergessen, dass du mich nicht ausstehen kannst …«

»Was … wieso? Also wie kommst du denn dadrauf?« Louise tat empört.

»Wir wissen beide, dass das so ist. Ich weiß allerdings nicht, warum es so ist. Vielleicht weißt du's auch nicht. Vielleicht weißt du es aber auch sehr genau, und vielleicht sagst du mir das endlich mal. Dann könnten wir dieses dämliche Spiel beenden, und ich mache einen Bogen um dich, lasse dich in Ruhe und nerve dich nicht mit meiner Anwesenheit. Wie wäre das?«

Louise starrte Katja irritiert an.

»Denk einfach drüber nach. In der Zwischenzeit aber«, fuhr Katja fort, »wirst du mich bitte behandeln wie einen ganz normalen Gast. Und wenn ich mich gleich da vorne zu der Frau setze, dann wirst du völlig vergessen, dass du mich kennst, und so tun, als wäre ich ein ganz normaler Hotelgast. Einverstanden?« Die letzte Frage war nicht wirklich eine Frage, sondern ein Befehl.

Louise wunderte sich, war aber ziemlich überrumpelt von Katjas entschiedener Art.

»Was hat die Frau bestellt?«, fragte Katja.

»Rehragout.«

Katja verdrehte die Augen. Genau das mochte sie nicht. Aber es würde wohl sein müssen.

»Das nehme ich auch. Danke dir. Und einen Weißwein.«

Louise sah Katja an, die keine Anstalten machte, irgendetwas zu erklären, sondern kühl signalisierte, dass Louise gehen sollte.

Als Louise kurz darauf Beate Kindermann ihren Wein serviert und dann Katja den ihren gebracht hatte, stand Katja auf und ging quer durch den Speisesaal auf Beate Kindermann zu.

»Entschuldigen Sie.«

Beate Kindermann blickte auf.

»Haben Sie etwas dagegen, wenn ich mich zu Ihnen setze? Es ist ... so einsam hier.« Katja lächelte Beate Kindermann schüchtern an. Die brauchte ewig, um zu reagieren. Schließlich sagte sie: »Na gut. Setzen Sie sich.«

»Vielen Dank. Das ist sehr nett.« Katja nahm zu Kindermanns Linken Platz. Sie sah sich um. »So ein großer Speisesaal und völlig leer. Das wirkt irgendwie komisch, finden Sie nicht?«

»Vielleicht ist das Essen hier schlecht.«

»Ach, das geht eigentlich.« Katja biss sich schnell auf die Zunge. »Also, zumindest das, was ich schon probiert habe. Das war ganz gut.«

Beate Kindermann nickte.

»Ich bin Katja«, sagte Katja und streckte Beate Kindermann die Hand hin.

»Beate. Hallo.« Sie schlug ein.

»Und, was verschlägt Sie an diesen«, Katja machte eine raumgreifende Geste, »menschenleeren Ort?«

Sie merkte sofort, wie Beate Kindermann sich versteifte. Katja war zu weit gegangen. Schnell fuhr sie fort: »Ich bin hier wegen der wunderschönen Aussicht.« Sie deutete mit dem Kopf zum Garten. Ihr Werk, das sie mit Stolz erfüllte. Immer wieder. »Und weil ich Hunger habe. Und vor allem wegen des Weins.« Sie hob ihr Glas, prostete Beate Kindermann zu und trank einen großen Schluck.

»Eigentlich«, fügte Katja dann hinzu, »stimmt das alles nicht. Ich musste mal raus. Etwas zur Ruhe kommen. Und was eignet sich dafür besser als eine wunderschöne Stadt mit dem malerischen Namen Galgen.« Sie lächelte.

Beate Kindermann lächelte leicht.

»Ich dachte, etwas Ruhe täte mir gut. Sich besinnen, Abstand gewinnen, Klarheit bekommen.«

Beate Kindermann horchte auf.

»Aber entschuldigen Sie, ich rede zu viel. Wir können auch einfach in den Garten gehen und dort unseren Wein trinken.« Katja hob ihr Glas und nahm einen weiteren großen Schluck. Beate Kindermann tat es ihr nach. Dann schaute Katja Richtung Garten und schwieg. Es funktionierte.

»Ach, Sie reden nicht zu viel«, sagte Beate Kindermann. »Keine Sorge. Was, wenn ich fragen darf, beschäftigt Sie denn so? Ich meine, Sie müssen das nicht beantworten. Aber wir haben ja alle so unsere Themen, die wir mit uns herumschleppen.« Beate Kindermann sah Katja aufmerksam an.

»Das stimmt wohl. Manchmal denkt man, man wäre etwas Besonderes und dieses eine Problem wäre das speziellste und ungewöhnlichste der Welt. Dabei vergisst man, dass es Millionen anderen Frauen auch so geht ...«

»Frauen? Ein spezielles Frauenthema?«, fragte Beate Kindermann.

»Nicht wirklich«, gab Katja zurück. »Männer betrifft das genauso. Nur oft andersherum, glaube ich zumindest.« Sie machte eine Kunstpause. »Ich dachte, ich würde hier Ruhe finden. Aber stattdessen rasen die Gedanken in meinem Kopf, es ist kaum zum Aushalten. Vielleicht hätte ich lieber ein Seminar belegen sollen. Coaching, Sie wissen schon.«

»Ah, *das* verstehe ich sehr gut.« Beate Kindermann sah Katja an. »Ich bin zufällig Coachin.«

Das wusste Katja bereits. Leon und die anderen hatten natürlich recherchiert und überlegt, mit welchen Themen Katja bei Beate Kindermann andocken könnte.

»Ach, wirklich?« Katja strahlte Beate Kindermann an. »Na, das ist ja ein Zufall.«

»Ich habe gerade ein Seminar hier in Deckstein gegeben, bis einschließlich heute. Ich bin etwas erschöpft.«

»Das kann ich verstehen. Aber man sieht es Ihnen nicht an«, charmierte Katja. Alles in ihr vibrierte. Beate Kindermann hatte soeben ein Seminar direkt in der Nähe gegeben? Deckstein war nur vierzig Kilometer entfernt. Es wäre also ein Kinderspiel gewesen, dem betrügerischen Ehemann hier nachts zuvor aufzulauern und ihn zu töten. Und dass Beate Kindermann auch am Tag nach dem Mord und am nächsten weitergearbeitet hatte, anstatt sofort nach Galgen zu kommen, war absolut seltsam. Was hatte sie Markus Vey wohl als Vorwand gesagt, warum sie nicht alles stehen und liegen gelassen hatte? Hatte sie ihm etwa vorgegaukelt, sie wäre viel weiter entfernt gewesen? Katja war elektrisiert, sie versuchte, es zu verbergen, und setzte ein mitleidiges Gesicht auf.

»Aber Moment, ich will Sie keinesfalls mit meinen Themen beschäftigen. Sie haben Feierabend und noch eine weitere Frau, die sich bei Ihnen ausheult, können Sie bestimmt nicht gebrauchen.«

»Ach, das ist nicht so schlimm. Es interessiert mich.«

»Nein«, widersprach Katja, »dabei fühle ich mich nicht gut.«

Beate Kindermann schaute Katja fast belustigt an. Sie

trank einen Schluck und erklärte: »Na, Sie sind mir aber eine. Erst machen Sie mich neugierig, dann wiegeln Sie ab. Aber jetzt möchte ich schon gerne wissen, was Sie so beschäftigt.«

Katja tat so, als würde sie überlegen, aber dann sagte sie: »Na gut, wir machen folgenden Deal. Ich erzähle Ihnen von meiner Geschichte. Und nicht von Frau zu Coach, sondern von Frau zu Frau. Und dann erzählen Sie mir, was Sie umtreibt. Denn ganz ehrlich, ich sehe doch, dass Sie auch etwas mit sich herumschleppen.«

Beate Kindermann nickte langsam. »Das hört sich nach einer fairen Vereinbarung an.«

Louise kam hinten aus der Küche, zwei Teller mit dampfendem Rehragout in den Händen, die sie dann mit einem schmalen Lächeln auf den Tisch stellte.

»Lassen Sie es sich schmecken.« Sie warf Katja einen forschenden Blick zu.

»Wunderbar, vielen Dank«, sagte Katja. »Ich glaube, wir brauchen noch mehr Wein.« Sie trank ihr Glas in einem Zug aus. Beate Kindermann tat es ihr nach.

»Unbedingt«, sagte sie und hielt Louise ihr Glas hin.

»Das wäre furchtbar freundlich von Ihnen.« Katja lächelte Louise gewinnend an. Louise zögerte, man sah ihr an, dass sie nicht wusste, wie sie mit der Situation umgehen sollte. Irgendwie fühlte sie sich von Katja hinters Licht geführt, gleichzeitig wollte sie ihr Versprechen halten. Louise nahm beide Gläser und ging davon.

»Wissen Sie, es gibt Momente, in denen man schweigen muss, in denen Rückzug das Beste ist, das einzig Wahre. Es gibt allerdings auch Momente, in denen das Gegenteil gilt. Denn manchmal sind wir so in unseren Gedanken gefangen, dass wir keinen Ausweg finden. Etwas auszusprechen macht die Gedanken ... so seltsam es klingen mag ... *greifbar.*« Beate Kindermann sah Katja eindringlich an.

»Obwohl sie ja nur aus Luft, aus Stickstoff und Sauerstoff bestehen.« Katja nickte. »Aber Sie haben recht.«

Sie hielt kurz inne, dann seufzte sie schwer. Und dann tat sie, als ringe sie mit sich.

»Es geht um eine Affäre«, sprach Katja es schließlich aus. Sie beobachtete Beate Kindermann scharf, suchte nach einer Reaktion. Aber das Gesicht von Beate Kindermann blieb unbewegt, nichts zuckte. Sie nickte lediglich.

»Das ist tatsächlich kein so besonders originelles Problem«, erklärte Beate Kindermann. »Nicht, dass ich Ihr Problem abwerten möchte, auf keinen Fall, aber ... Affären sind gang und gäbe. Viele Leute haben welche. Und viele haben Probleme damit.«

»Das denke ich auch.«

»Sie sind also die Affäre.«

Katja nickte spontan, völlig überrumpelt. Verdammt, das hatte sie nicht gewollt!

»Aber wie ... wie kommen Sie darauf?«

Beate Kindermann deutete auf Katjas Hände, da war kein Ehering. »Sie sind nicht verheiratet. Da lag es nahe ...«

Katja ärgerte sich über ihre spontane Reaktion. Eigentlich wollte sie sich doch als betrogene Ehefrau darstellen. Damit sie sich besser mit Beate Kindermann verschwestern konnte, ein stärkeres Band: Wir sind beide die Leidtragenden, die Männer sind unfair, sind Schweine, wir armen Frauen, und was würden wir nur tun, damit dieser grässliche Betrug ein Ende findet?

So ähnlich war Katjas Plan gewesen. Dass sie allerdings genickt hatte, plötzlich und unkontrolliert, lag an ihrer eigenen Geschichte.

»Ich …«, sagte sie zögernd. »Also nicht, dass Sie mich jetzt verurteilen …« Sie beobachtete Beate Kindermann, wartete auf eine auffällige Reaktion, aber die blieb aus. Beate Kindermann wirkte völlig entspannt und lächelte jetzt sogar freundlich.

»Natürlich verurteile ich Sie nicht. Die menschliche Natur ist nun mal so. Jeder, der bei klarem Verstand dieses Leben betrachtet, sollte sich bewusst sein, dass solche Dinge einfach passieren können. Das man in einem Moment Entscheidungen trifft, die man vielleicht später bedauern würde. Oder aber auch Entscheidungen trifft, die man immer wieder so treffen würde, weil sie irgendwie richtig waren.«

Katja schaute Beate Kindermann erstaunt an.

»Aber da ich annehme, dass Sie das über Gebühr beschäftigt, wahrscheinlich sogar belastet, schätze ich, dass Sie Ihre Entscheidung anzweifeln. Kann das sein?«

Louise trat mit dem neuen Weißwein an den Tisch. Endlich. Katja musste sofort etwas trinken. Als sie das Glas absetzte, betrachtete sie Beate Kindermann. Diese Frau wirkte nicht so, als würde sie der kürzliche Tod ihres Mannes in irgendeiner Form belasten. Oder dass das Thema Affäre – erst recht aus der Sicht der »anderen« – sie in irgendeiner Weise aufwühlen würde. Vielleicht, wenn Katja weitererzählte und Beate Kindermann dazu brachte, auf diese Weise die Perspektive einer Julia Reiß einzunehmen, vielleicht würde sie damit weiterkommen? Und selbst wenn nicht. Seitdem Katja das Thema eben angesprochen hatte, brannte es ihr unter den Nägeln. Sie hatte so lange damit gehadert, es verdrängt, es versucht zu ignorieren. Und jetzt war es wieder da, wollte ausgesprochen werden.

»Ich habe eine Affäre mit meinem Chef«, gestand Katja.

# 24

Eleni erreichte gerade rechtzeitig die erste Etage. Auf dem Flur kam ihr Julia Reiß entgegen, das Tablett mit den Resten des Rehragouts und dem leeren Weißwein-Piccolo in den Händen.

»Was machen Sie denn da?«, rutschte es Eleni heraus, etwas strenger, als sie beabsichtigt hatte. Aber sie war in leichter Panik.

»Ich wollte Ihnen das Tablett wieder runterbringen. Das war so nett von Ihnen.« Julia Reiß lächelte leicht.

Eleni nahm ihr das Tablett etwas brüsk aus den Händen.

»Ach, das ist kein Problem. Ich bin doch schon hier.«

»Danke schön.«

»Immer gerne.« Eleni drehte sich um und wollte schon wieder hinuntergehen, da merkte sie, dass Julia Reiß immer noch hinter ihr war. Erstaunt drehte sie sich um.

»Was wollen Sie?«, fragte Eleni überfordert und merkte gleich, dass sie schon wieder zu brüsk reagiert hatte. »Also ... kann ich noch etwas für Sie tun?«

»Ich wollte runter, mir noch einen Wein an der Bar holen.«

Eleni riss erschrocken die Augen auf. »Aber nein. Das kann ich doch machen!«

»Das ist furchtbar freundlich, aber ich kann Sie doch nicht runter- und wieder hochschicken. Nein, ich gehe selbst.« Julia Reiß wollte schon Eleni folgen. Die aber sah sie streng an.

»Auf keinen Fall. Ich mache das. Gerne.« Sie merkte, dass Julia Reiß irritiert war, und fügte deshalb hinzu: »Wissen Sie, das ist eh mein letzter Gang heute. Ich habe jetzt Schluss und muss sowieso wieder hoch auf mein Zimmer. Und die Bar liegt auf dem Weg. Ich bringe Ihnen gleich einfach ein Glas vorbei. Wieder derselbe?« Das klang, als würde Eleni keine Widerrede dulden.

Julia Reiß nickte schließlich. »Das ist wirklich sehr freundlich von Ihnen.«

Eleni lächelte erleichtert. »Das ist doch gar kein Problem.«

Eine Etage tiefer, im Speisesaal, betrachtete Beate Kindermann Katja lange.

»Eine Affäre mit einem Vorgesetzten? Nun, das kommt häufig vor. Ist ja auch naheliegend. Man verbringt ja auch einen Großteil seiner Lebenszeit am Arbeitsplatz. Und mit den Menschen, die dort sind. Da kann es dann schon mal funken.«

»Und wie«, bestätigte Katja.

»Sich allerdings auf eine Geschichte mit seinem Chef einzulassen birgt besondere Probleme …«

»Das können Sie laut sagen«, erklärte Katja bedauernd.

»Erzählen Sie«, forderte Beate Kindermann sie auf.

»Er heißt Nico«, sagte Katja. »Und er ist ein faszinierender, charismatischer, durchsetzungsfähiger Mann.«

»Natürlich.« Beate Kindermann lächelte.

Katja hatte sofort wieder das Bild von Nico vor Augen. Ihr Chef damals bei der Polizei war ein unfassbar gut aussehender Mann gewesen. Er war es sicherlich immer noch. Aber nach ihrem Zusammenbruch damals, nach ihrem Burn-out, hatte Katja alle ihre Brücken und Verbindungen abgebrochen. Sie war schließlich nach Galgen gezogen und hatte als Gärtnerin völlig neu angefangen. Nicos Nummer hatte sie blockiert. Doch jetzt, als sie Beate Kindermann davon erzählte und die zurückliegende Geschichte gezwungenermaßen wieder ins »on« holte, kamen all die alten Gefühle zurück. Die guten. Und die schlechten.

»Aber er war ... nein, ist nicht gut für mich. Im Gegenteil. Es schmerzt. Wie Hölle.«

»Das kenne ich«, sagte Beate Kindermann.

Katja sah sie gespannt an. Aber die Kindermann winkte ab. »Zuerst sind Sie dran.« Sie lächelte.

»Zuerst verlegen wir das hier mal in die Bar und trinken da einen Wein«, schlug Katja vor.

»Sie sind mir sympathisch«, sagte Beate Kindermann.

Eleni klopfte an die Tür von Zimmer 22. Julia Reiß öffnete. Eleni hielt ihr den Wein hin.

»Vielen Dank. Das ist wirklich sehr freundlich«, sagte Julia Reiß.

»Gerne doch.« Eleni lächelte. »Dann wünsche ich Ihnen eine gute Nacht.«

Julia Reiß sah aus, als wollte sie etwas sagen. Und Eleni bemerkte, dass sie einen Schritt zurückgewichen war und die Tür zum Zimmer beinahe einladend geöffnet hatte. Eine leicht traurige Aura von Einsamkeit umgab sie. So als wollte sie Eleni fragen, ob sie etwas Zeit mit ihr verbringen möchte. Aber dann sagte Julia Reiß doch nichts. Eleni nickte ihr zu und wandte sich zum Gehen.

Es war womöglich ein Fehler gewesen.

Die Hotelbar des *Waldfrieden* war ein kleiner, gemütlicher Raum zwischen Speisesaal und Lobby. Bernstein hatte vor Jahren eine Tapete mit einem gold- und lilafarbenen Ornamentmuster anbringen lassen. Mehrere gemütliche Sessel standen vor einer kleinen Theke mit einer goldenen Messingstange. Insgesamt hatte es etwas von einem englischen Pub aus den Sechzigern. Leon liebte es hier, seinen Dienst zu tun. Er teilte sich den Job mit Louise, die nach ihrer Schicht im Speisesaal einsprang. Oft war es auch Bernstein selbst oder, sofern er denn da war, auch Bernsteins Sohn Samuel. Aber meist war es Leon, der den anderen liebend gern die Aufgabe abnahm. Eigentlich war es eine Doppelbelastung, doch nun war es nötig, dass alle zusammenhielten und sich reinhängten. Die einzig andere Option wäre gewesen, einen Krimi zu lesen. Diesmal kostete es Leon jedoch keine große Überwindung.

Er stand in der Ecke hinter dem Tresen und polierte andächtig ein Glas, das bereits vor Sauberkeit glänzte. Aber hier hatte er eine gute Position, um das Gespräch zwischen Katja und Beate Kindermann zu verfolgen. Und was er da hörte, erstaunte ihn. Katja hatte angeblich eine Affäre. Allerdings erzählte sie die Geschichte ihrer langjährigen und äußerst unglücklichen Liebesbeziehung zu einem Nico derart überzeugend, dass Leon sich langsam fragte, ob das wirklich alles erfunden war.

»Ich habe mich acht Jahre hinhalten lassen. Acht Jahre. Voller Hoffnung und Enttäuschung. Meist jedoch Enttäuschung. Eigentlich hätte mir klar sein müssen, dass er seine Frau nicht verlässt. Aber ich war zu dumm, um das zu sehen, wollte es einfach nicht wahrhaben.«

»Das kann man in dieser Situation oft auch nicht. Man ist einfach nicht in der Lage, Abstand zu nehmen, das Ganze von außen zu betrachten.«

»Ja, ich war gefangen in diesem Gedankenkarussell. Es war so unendlich schmerzhaft. Ich hab kaum noch was gegessen. Aber, zugegeben, viel getrunken. Und vom Rauchen will ich gar nicht reden.«

»Klar. Das sind alles Bewältigungsstrategien, die einen von der Tatsache ablenken sollen, dass man einen massiven Kontrollverlust erleidet. Sie verfügen in dieser Situation nicht über die Macht. Die hat allein er. Und er bewegt sich nicht«, dozierte Beate Kindermann.

»Ich habe mich oft gefragt, ob die Ehefrau davon wusste. Ich war sogar irgendwann bereit, mich vor sie hinzustellen und zu erklären: *Ich bin die Affäre Ihres Mannes. Er liebt mich. Und nicht Sie. Er ist nur noch aus Mitleid mit Ihnen zusammen*«, sagte Katja.

»Aber Sie haben es anscheinend nicht getan«, mutmaßte Beate Kindermann.

Katja zuckte mit den Schultern. »Wie hätten Sie denn reagiert? Ich meine, sind Sie verheiratet?«

Beate Kindermann schwieg kurz. Dann antwortete sie langsam: »Ich war, bis vor Kurzem. Bis vor sehr Kurzem.« Ein dunkler Schatten huschte über ihr Gesicht.

»Oh, das tut mir leid«, sagte Katja und legte ihre Hand mitfühlend auf Beate Kindermanns Unterarm. Für einen Moment schwiegen sie. Beate Kindermann schien in Gedanken versunken und nahm dann einen Schluck von ihrem Weißwein, dem vierten mittlerweile. Katja merkte den Alkohol selbst schon deutlich. Sie bemühte sich aber, wachsam zu sein. Sie traten jetzt in die entscheidende Phase.

Beate Kindermann setzte das Glas ab. Dann sagte sie: »Wie ich reagiert habe, als Klaus mir das gesagt hat?«

»Oh, ich wusste nicht ...« Katja tat erschrocken. »Es war ja nur ... so eine fiktive Frage.«

»Es war tatsächlich Realität«, erklärte Beate Kindermann. »Was ich gesagt habe, als er vor mir stand und mir von einer Affäre erzählte und dass er sich trennen wollte?« Sie hielt kurz inne und sagte dann: »*Na endlich*, habe ich ihm entgegengeschleudert.«

# 25

Katja starrte Beate Kindermann perplex an. Genau wie Leon, der abrupt im Polieren innegehalten hatte. Sie konnten beide nicht glauben, was sie da hörten.

»*Na endlich*??? Wie soll ich das verstehen?«, hakte Katja nach.

Beate Kindermann lächelte und drehte sich zu Leon um, winkte ihm und deutete auf ihr Glas. Sie wollte Nachschub. Und Leon war sofort zur Stelle.

»Die Sache ist die«, erklärte Beate Kindermann. »Nicht Klaus hatte angefangen mit seiner Affäre, sondern ich. Ich habe bereits seit fünf Jahren eine Beziehung zu einem anderen Mann.«

Katja fiel die Kinnlade herunter. Und auch Leon verschüttete ein wenig Weißwein, als er gerade nachgoss.

Er wischte die Tropfen schnell von der Theke. Dann merkte er, dass Beate Kindermann eine Pause machte und offensichtlich wartete, dass er sich wieder in seine Ecke verzog, was er widerstrebend tat.

»Unsere Ehe war seit Langem nicht mehr glücklich. Wir lebten nur noch nebeneinanderher. Und als ich mit meiner

Coaching-Ausbildung angefangen hatte, merkte ich, was mir wirklich im Leben fehlte. Es war ein Lifechanger, wie man so schön sagt.«

Katja nahm einen Schluck Wein und versuchte, diese Neuigkeit irgendwie einzuordnen.

»Passend zu meiner persönlichen Entwicklung hatte ich dann diesen Mann kennengelernt. Es ist wundervoll, Patrick und ich sind wirklich glücklich.«

»Aber ... haben Sie es Ihrem Ehemann denn gesagt?«

»Ja, nach einer Weile. Das war ich ihm schuldig. Er konnte nicht gut damit umgehen.« Beate Kindermann schwieg für einen Moment traurig. »Er hat alles versucht, dass wir wieder zusammenfinden. Konnte überhaupt nicht damit umgehen, dass unsere Ehe gescheitert war.«

»Aber Sie haben sich nicht getrennt?«

»Ich wollte, habe aber auch gemerkt, dass Klaus dazu nicht in der Lage war. Er war völlig verklärt, tat so, als würde es Patrick nicht geben, als würden wir immer noch eine stabile, intakte Ehe führen ...«

»Aber dann hat er selbst eine Affäre angefangen? Aus Trotz, oder warum? Wollte er Sie eifersüchtig machen?«

»Keine Ahnung, kann schon sein. Aber es hat nicht funktioniert. Ich habe mich sehr für ihn gefreut, als er mir es schließlich gesagt hat.«

»Aber warum hat er nicht von Anfang an gesagt, dass er eine andere Frau trifft?«

»Klaus war ... besonders. Ich glaube, er hat Zeit gebraucht, bis er sich das selbst eingestehen konnte.«

»Das kann ich verstehen«, sagte Katja nachdenklich.

»Ich war überrascht über meine Reaktion danach. Denn irgendwie, obwohl ich Klaus nicht mehr geliebt habe, obwohl ich erleichtert war, dass er sich jetzt endlich trennen wollte, habe ich dann doch etwas Eifersucht verspürt. Und ich bin wirklich in mein inneres Kind zurückgefallen, habe ihm noch einen guten Rat mit auf den Weg gegeben.« Beate Kindermann musste lächeln. Sie tippte auf den Rand ihres Glases.

»Und was für einen?«

»Ich hab ihm viel Erfolg gewünscht. Und ihm ein paar Potenzmittel empfohlen und ein Po-Lifting.« Sie musste laut lachen. Über sich selbst. »Wie albern kann man sein.«

»Das ist doch nur verständlich.« Katja nickte. »Dass Sie Eifersucht spürten. Aber mehr war da nicht? Keine Wut, kein Hass? Schließlich hat er Sie ja auch hintergangen.«

»Dürfte ich einen Weißwein bestellen?«, erklang es hinter ihnen. Katja konnte nicht sehen, wer es war. Sie sah nur, wie Leon plötzlich erstarrte. Katja drehte sich um.

Mitten im Raum stand Julia Reiß, ein leeres Weinglas in der Hand.

Katja konnte es nicht fassen. So ein Mist!

Julia Reiß ging zur Theke, lächelte Leon freundlich an und stellte das Glas ab, damit er ihr ein neues, volles geben konnte. Sie drehte sich zu Katja um, die sie natürlich sofort erkannt hatte.

»Ich habe genug davon, alleine auf dem Zimmer zu hocken. Darf ich mich vielleicht zu Ihnen setzen?«

Katja nickte und war wie versteinert.

»Und Sie? Feierabend? Ich muss sagen, der Garten hier ist wirklich wundervoll, das machen Sie großartig.«

Julia Reiß merkte, wie Beate Kindermann Katja irritiert ansah. Schließlich fiel ihr Lügengebäude, dass sie hier Gast war, gerade zusammen. Und das konnte Julia Reiß natürlich nicht wissen. Dass allerdings die Atmosphäre kippte, das spürte sie.

»Oh, störe ich? Sind Sie wieder beim Detektivspielen?«

»Detektivspielen?« Beate Kindermann schaute Katja verblüfft an. Dann sagte sie zu Julia Reiß, ohne den Blick von Katja zu wenden: »Nein, Sie stören keinesfalls.«

»Prima.« Julia Reiß streckte Beate Kindermann ihre Hand hin. »Ich bin Julia. Julia Reiß.«

Beate Kindermann sah sie überrumpelt an. »*Sie* sind Julia Reiß?«, wiederholte Beate Kindermann langsam.

»Und jetzt beruhigen wir uns alle«, sagte Leon schnell, weil er glaubte, die Situation würde jetzt explodieren.

»Warum sollten wir uns beruhigen?«, fragte Julia Reiß irritiert.

Beate Kindermann zuckte mit den Schultern.

»Weiß ich auch nicht«, sagte sie. »Vielleicht, weil ich die Frau von Klaus bin. Beate. Hallo.«

Julia Reiß riss die Augen auf.

# 26

Plötzlich herrschte absolute Stille in der Bar. Selbst die leise Hintergrundmusik, die sonst in Dauerschleife lief, schien einen Moment innezuhalten. Genauso war es mit Leons Atem, der erschrocken stockte. Angespannt sah Leon auf die drei Frauen vor sich: Beate Kindermann, die Julia Reiß fixierte, und andersherum, beiden stand das Erstaunen ins Gesicht geschrieben. Und dazwischen Katja, die unwohl in ihr Glas gestarrt hatte, jetzt aber die Schultern straffte und schließlich sagte: »So. Und jetzt?«

»Das frage ich Sie«, erwiderte Beate Kindermann. »Sie sind keine allein reisende Frau, haben mir etwas vorgespielt, um mich auszuhorchen. Was denken Sie sich eigentlich?«

Katja zuckte lediglich die Achseln.

»Wer, verdammt noch mal, sind Sie?«, wollte Beate Kindermann wissen.

»Sie ist die Gärtnerin«, kam es von Julia Reiß. »Das haben der Barkeeper und das Zimmermädchen bei mir auch schon gemacht. Und der Koch steckt ebenfalls mit drin«, verkündete Julia Reiß.

»Das ist ja widerlich«, erklärte Beate Kindermann kühl.

»Ja, das ist es«, bestätigte Julia Reiß.

»Ich habe gerade meinen Mann verloren«, sagte Beate Kindermann. »Und Sie erdreisten sich …«

Julia Reiß nickte bekräftigend. »Das ist total übergriffig«, meinte sie.

»Nicht nur, was mich betrifft«, erklärte Beate Kindermann. Sie nickte zu Julia hinüber. »Auch für Sie.«

Julia Reiß warf ihr einen verunsicherten Blick zu, aber dann nickte sie.

Leon war so eingeschüchtert, wusste nicht, was er tun und was er sagen sollte. Doch er merkte, dass Katja Übung im Umgang mit Konfliktsituationen hatte.

»Wir hatten keine andere Wahl«, beteuerte sie ganz gelassen.

»*Das* müssen Sie mir vielleicht mal erklären«, verlangte Beate Kindermann.

»Fakt ist, dass hier in unserem Hotel ein Gast, Ihr Ehemann«, sie wandte sich zu Beate Kindermann, dann zu Julia Reiß, »und Ihr Liebhaber ermordet aufgefunden wurde. Das ist für Sie beide erschütternd, und wir alle hier können wohl kaum nachempfinden, wie Sie beide sich fühlen. Aber Fakt ist, dass diese Tat auch Auswirkungen auf uns alle, die hier arbeiten, hat …«

»Es ist Sache der Polizei«, sagte Beate Kindermann, »diesen schrecklichen Mord aufzuklären.«

»Es gibt Gründe, warum wir der Polizei nicht vertrauen können. Aber darauf möchte ich nicht eingehen. Und außerdem, wenn wir relevante Hinweise finden, würden wir die selbstverständlich an offizielle Stellen weitergeben, damit die Sache aufgeklärt wird.«

»Sie spielen Detektiv«, sagte Beate Kindermann abfällig.

»Amateurdetektiv«, ergänzte Julia Reiß, deren Ärger über die Gruppe, die sie so verhört und ausspioniert hatte, jetzt wieder aufflammte.

»Katja war Kriminalkommissarin«, warf Leon ein. »Sie ist ein Profi.«

»Sie ist vor allem Gärtnerin, wenn ich das richtig verstanden habe«, erwiderte Beate Kindermann.

Katja nickte. »Aber das spricht mir ja nicht meine bislang erworbenen Kenntnisse und Erfahrungen ab, oder?«

Beate Kindermann musterte Katja lange, bis sie schließlich fragte: »Und was haben Sie denn bislang herausgefunden?« Der leicht spöttische Ton in ihrer Stimme war nicht zu überhören, genau wie das Vibrieren von Julia Reiß' Handy auf dem Tresen.

»Nun, da wäre die Verbindung von Julia Reiß zu ihrem Professor beziehungsweise Ihrem Mann, Frau Kindermann. Dann wurde Julias Doktorandinnenstelle gestrichen, und die Frage stand im Raum, ob er damit etwas zu tun hatte. Und sie sich womöglich an ihm rächen wollte. Aber wir glauben Ihnen, Frau Reiß. Zumindest ein Teil von uns.«

Katja nahm einen Schluck von ihrem Wein und fuhr dann fort: »Was Sie betrifft, Frau Kindermann: Die gehörnte Ehefrau, die im Übrigen in der Tatnacht nur wenige Kilometer entfernt war und der der Mann zwei Tage zuvor erklärt hatte, dass er sie wegen einer Jüngeren verlassen würde … Diese Ehefrau hat, wenn es wahr ist, was Sie sagen, ebenfalls kein Motiv. Schließlich ist die Trennung für Sie mehr als willkommen. Nun können Sie offiziell Ihre Beziehung zu diesem Patrick eingehen. Auch wenn Sie einen Eifersuchtsmoment hatten.«

Beate Kindermann sah Katja an. »So weit, so richtig«, sagte sie.

»Oder haben Sie noch irgendeinen Streit um Geld mit Ihrem Ehemann gehabt? Steht da bei der Trennung ein finanzieller Verlust ins Haus?«, fragte Leon plötzlich, der bemerkt hatte, dass die Stimmung sich entspannt hatte.

»Sie spinnen ja wohl.«

»Ich frag ja nur«, verteidigte er sich.

»Es ist schon eine berechtigte Frage«, warf Katja ein.

»Nein, ist es nicht. Finanziell ist alles geregelt. Und ja, es gibt eine Lebensversicherung, aber das, was ich bekomme, ist nicht der Rede wert. Wollen Sie das überprüfen, oder glauben Sie mir?«

»In dem Fall setzen wir auf die Arbeit der Polizei«, sagte Katja. »Aber ich glaube Ihnen. Und es tut mir leid, wenn ich Sie reingelegt habe. Und was den Tod Ihres Mannes und Freundes angeht ... Sie haben beide mein Mitgefühl.«

Beate Kindermann und Julia Reiß sahen sich an. Ein stiller, einvernehmlicher Blick, dann ein kurzes Nicken.

»Ich denke, es wäre an der Zeit für einen weiteren Wein«, sagte Beate Kindermann. Und Julia Reiß nickte.

»Vielleicht eine Flasche.«

Während Leon in den Kühlschrank unter der Theke griff, vibrierte Julia Reiß' Handy erneut. Sie blickte genervt darauf. Katja sah ihren Blick.

»Na, Sie sind ja begehrt«, meinte sie.

Julia Reiß verzog das Gesicht und sagte mit Bitternis in der Stimme: »Ja, leider.«

Leon und Katja wandten sich ihr zu, interessiert und gespannt. Denn die Gesichtszüge der jungen Frau waren plötzlich angespannt.

»Wie meinen Sie das?«, fragte Katja.

Julia Reiß nickte zu ihrem Handy rüber. »Wenn es das ist, was ich denke, dann ... ich will gar nicht nachschauen.«

»Vielleicht helfen Sie uns ein bisschen auf die Sprünge?«, bat Beate Kindermann. »Sie scheinen da eine unliebsame Erfahrung zu machen, und wir sind jetzt natürlich etwas neugierig und fragen uns, ob wir Ihnen helfen können.«

Julia Reiß zögerte, dann griff sie mit einer zittrigen Hand zum Handy und entsperrte es. Nun waren ihre »Nachrichten« zu sehen. Alle beugten sich interessiert darüber.

»Mein Ex-Freund ...«, sagte sie. »Max.«

Leon beugte sich schräg über die Theke. Das Handy lag verkehrt herum, und er konnte kaum etwas lesen.

Katja blickte auf die letzte Nachricht.

*Ich liebe dich* stand da. Die davor lautete: *Ich will es vergessen machen. Entschuldige. Du weißt, dass ich mich ändern kann.*

Katja wandte sich an Julia Reiß: »Darf ich?« Julia Reiß nickte, dann scrollte Katja im Nachrichtenverlauf weiter zurück. Max bestürmte Julia Reiß mit den folgenden Nachrichten: *Ich will nur das Beste für dich. ICH bin das Beste, und du weißt das auch. Wir hatten so schöne Zeiten. Wir sind füreinander bestimmt. Du bist die schönste Frau, die ich je gesehen habe. Dein Körper ist un-*

*glaublich. Es ist nur so schade, dass du ihn diesem Widerling gibst. Wie kannst du nur? Ein alter, ekliger Mann. Ein Widerling.*

*Er nutzt dich nur aus. Das kannst du doch nicht ernst meinen.*

*Du Schlampe!*

Katja sah Julia Reiß an und seufzte. »Er hat seine Gefühle nicht wirklich unter Kontrolle, denke ich.«

»Nicht nur das«, sagte Julia Reiß. »Er war immer sehr ... impulsiv. Das ist auch der Grund, warum ich mich getrennt habe.«

»War er aggressiv?«, fragte Katja und scrollte die Nachrichten interessiert weiter. Plötzlich waren da Nacktbilder zu sehen. Ein älterer Mann, der eine junge Frau von hinten penetrierte. Offensichtlich ein Screenshot aus einem Porno. Die Nachricht dazu lautete: *Auf so was stehst du? Ekelhaft!*

Als sie das Foto sah, schluckte Julia Reiß hart. Leon bekam mit, dass sie zu zittern begann.

»Das ist ja fürchterlich«, sagte er mitfühlend.

»Es gibt noch schlimmere Sachen, die er mir geschickt hat«, fügte Julia Reiß hinzu. Tränen traten ihr in die Augen.

»Entsetzlich«, sagte Beate Kindermann. »Das tut mir schrecklich leid.«

»Er lässt mich einfach nicht in Ruhe.« Julia Reiß schluchzte jetzt heftig auf, und dann brach es alles aus ihr raus. »Ich kann nicht mehr.«

Ihre Verzweiflung war mit den Händen zu greifen. Katja strich ihr beruhigend über den Rücken.

»Was für ein Widerling«, sagte sie. »Und was für ein ekelhaftes Arschloch.«

»Seit wann geht das so? Seit wann sind Sie denn getrennt?«, fragte Leon.

Unter Schluchzen antwortete Julia Reiß: »Ach, seit fünf Monaten. Am Anfang war es schlimm, dann ging es wieder. Er hatte sich irgendwie beruhigt, aber dann hatte er mitbekommen, dass ich mit Klaus zusammen bin. Da ist er plötzlich völlig durchgedreht.«

»Wie genau meinen Sie das?«

»Na ja, all diese Nachrichten. Aber das ist nicht alles. Er hat mich gestalkt, ist plötzlich überall da aufgetaucht, wo ich auch hingegangen bin, mit Freunden essen, ins Kino, in den Klub. Ups, ganz zufällig war er dann auch da. Manchmal hat er mich angesprochen, manchmal nur aus der Distanz beobachtet. Und ich glaube, er hat mich auch ein paarmal nachts verfolgt, als ich nach Hause gegangen bin.«

»Aber ... entschuldigen Sie, dass ich frage ... körperlich angegriffen hat er Sie nicht?«

Julia Reiß schüttelte den Kopf.

»Oder hat er gedroht, dass er Klaus angreifen würde?«, hakte Beate Kindermann nach.

»Gedroht schon, irgendwann mal. Aber Max ... der würde nie ...« Julia Reiß hielt inne und sah völlig perplex in die Runde. »Sie glauben doch nicht etwa, dass Max ... dass er etwas mit dem Tod von Klaus zu tun hat?«

# 27

»Was ist denn dieser Max für einer?«, wollte Katja wissen.

»Ganz abgesehen davon, dass er seine Emotionen nicht unter Kontrolle und Gewaltfantasien hat?«, ergänzte Beate Kindermann.

»Max … ist eigentlich ein ganz Lieber. Eigentlich der perfekte Schwiegersohn, hat meine Mutter immer gesagt. Die mochte ihn, weil er Ingenieurswissenschaften studiert und bestimmt eine solide Karriere macht …«

»Sie würde aber bestimmt nicht diese Bildchen mögen, die er Ihnen schickt.«

Julia Reiß nickte traurig.

»Selbstwertkränkung«, erklärte Beate Kindermann.

»Wo wohnt Max? Auch in Essen?«, fragte Katja.

»Ja.«

»Und wusste er, dass Sie hier waren? In Galgen? Zusammen mit Klaus Kindermann?«

Julia Reiß zuckte mit den Schultern. »Ich weiß es nicht. Er hat mich vorher angerufen, wollte sich treffen. Wieder ein Gespräch führen. Ich habe ihm gesagt, dass ich wegfahre. Aber nicht, wohin.«

»Hm, er hat Sie ohnehin gestalkt. Vielleicht ist er Ihnen bis hierher nachgefahren?«

Julia Reiß sah Katja erschrocken an. »Das kann ich mir nicht vorstellen. Max ist eifersüchtig, ja … Aber er ist doch kein Mörder.«

»Er hätte ein Motiv«, sagte Leon. »Die meisten Verbrechen werden aus Leidenschaft oder aus verletzten Gefühlen begangen.«

»Oder aus finanziellen Motiven«, fügte Katja hinzu. »Aber fast nie von einem unbekannten Täter. Eigentlich stammt der Täter immer aus dem Personenkreis des Opfers. Anders gesagt: Die Wahrscheinlichkeit, dass uns in einer fiesen Gegend etwas passiert, ist geringer, als dass wir Weihnachten im Kreis der Familie überleben.«

Julia Reiß sah Katja erstaunt an.

»Das ist Fakt«, erklärte diese. »Also … wie kriegen wir raus, ob Ihr Ex-Freund sich in der Tatnacht hier aufgehalten hat?«

Alle starrten nachdenklich vor sich hin.

»Was, wenn wir ihn einfach fragen?«, kam es schließlich von Leon.

»Was soll das denn bringen? Glaubst du, der sagt die Wahrheit?«

»Wenn er sich Hoffnungen machen kann, vielleicht schon …«

»Ich verstehe es immer noch nicht.« Julia Reiß sah Leon an.

»Wie lautet die letzte Nachricht?«, fragte Leon.

Katja scrollte runter und las vor: »Ich liebe dich.«

»Was, wenn Sie ihm schreiben: Wo bist du?«, schlug Katja vor.

»Auf keinen Fall. Ich mache dem keine Hoffnungen!«, protestierte Julia Reiß vehement.

»Das müssen Sie ja auch nicht. Ist nur eine ganz einfache Frage. Völlig neutral. Aber in seinem Kontext gesehen: Er hat ja gerade gesagt, dass er Sie liebt. Wenn Sie fragen, wo er ist, fühlt er sich vielleicht aufgerufen, vorbeizukommen. Und je nachdem, wie schnell das geht, können wir natürlich erkennen, ob er in der Gegend war.« Leon war wie elektrisiert.

»Das ist manipulativ«, erklärte Beate Kindermann.

»Aber gerechtfertigt«, sagte Katja. »Schreiben Sie's.«

Julia Reiß zögerte.

»Sie können ja immer noch auf seine Antwort mit *Dann bleib, wo der Pfeffer wächst* reagieren.«

»Oder: *Auf dem Mond wärst du mir lieber*«, ergänzte Leon.

»Oder: *Bleib bloß da.*« Beate Kindermann nickte Julia Reiß zu.

»Oder aber, er kommt vorbei«, sagte Leon. »Und dann haben wir eine sehr heiße Spur.«

»Und dann nehmen wir ihn in die Mangel«, war Katja entschlossen. Sie blickte Julia Reiß auffordernd an. »Bitte. Tun Sie es.«

Schließlich fügte Julia Reiß sich und tippte wie gefordert *Wo bist du?* in ihr Handy.

Es dauerte nur wenige Sekunden, dann kam die Antwort: *In München.*

»Scheiße!«, fluchte Katja.

*Willst du, dass ich komme? Können wir reden?*, lautete die nächste SMS von Max.

Katja fragte Julia Reiß: »Darf ich?« Dann nahm sie das Handy und tippte ein: *Was machst du in München?*

*Ein Lehrgang. Ich kann hier nicht weg. Aber ich bin Freitag zurück. Es wäre so schön, wenn wir uns da sehen könnten.*

*Was für ein Lehrgang?*, schrieb Katja und umging die Antwort wieder einmal.

*Kompaktwissen Autonomes Fahren. Es ist grauenhaft. Seit Montag schon.*

Katja sah in die Runde. »Mist! Wenn er da seit Montag ist, dann kann er nicht hier gewesen sein.«

»Es sei denn, er lügt«, warf Leon ein.

»Aber wie kriegen wir das raus?«

»Wir rufen seinen Lehrgangsleiter an und fragen, ob er da gewesen ist.«

Beate Kindermann sah auf die Uhr.

»Aber nicht heute Nacht noch.«

»Leider nicht. Wir müssen uns bis morgen früh gedulden«, sagte Katja. Alle wirkten bedrückt, zu warten war keine schöne Option.

Julia Reiß wirkte ganz geknickt. Als ob sie diesen Nachrichtenaustausch sehr bedauerte.

Katja merkte das. Sie zögerte kurz. Dann tippte sie in Julia Reiß' Handy: *Weißt du, was, am besten du bleibst in München. Oder ziehst noch weiter weg. Halt dich aus meinem Leben raus. Arschloch!*

Julia Reiß blickte Katja entsetzt an.

»Das war *übergriffig*, ich weiß«, sagte Katja schulterzuckend. »Aber vielleicht hätten Sie das vorher schon mal machen sollen.« Sie schob ihr das Handy zurück.

Julia Reiß war überrumpelt. Aber dann sah sie auch, dass Beate Kindermann ihr bestätigend zunickte.

»Stimmt«, sagte Leon. »Wie wär's mit 'ner Runde aufs Haus?«

»Das ist mal eine gute Idee.« Katja nickte zustimmend.

# 28

Am nächsten Morgen hatten sie alle einen schweren Kopf. Der Weißwein hatte richtig zugeschlagen.

Irgendwann in der Nacht war Katja ins Bett gegangen und hatte Leon und die beiden Frauen zurückgelassen. Aber auch Leon hatte sich bald nicht mehr vor Müdigkeit auf den Beinen halten können, hatte die Bar geschlossen und Julia Reiß und Beate Kindermann am Tresen sitzen lassen, wo die beiden sich auf überraschend friedliche Art über den Mann unterhielten, den sie beide mal geliebt hatten. Anscheinend hatte es wohl noch länger gedauert, denn als Leon an diesem Morgen kurz in die Bar spähte, stand dort eine halb leere Weinflasche auf dem Tresen. Und diese hatte er nicht geöffnet gehabt.

»Wie machen wir's?«, fragte Leon Katja, die zu ihm an die Rezeption trat und sich die Schläfen rieb.

»Aspirin, würde ich sagen. Hast du welche?«

Leon kramte in der Notfallschublade unter dem Tresen. Ein gutes Hotel hat solche Sachen immer für die Gäste parat.

»Das mit dem Seminar von diesem Max, meine ich.«

»Ach so … ich ruf da an. Hast du die Nummer rausgekriegt?«

Leon hatte zuvor schon sämtliche Seminarangebote zum fraglichen Zeitpunkt in München durchgeforstet. Er schob Katja eine Nummer rüber. »Die müsste es sein.«

»Danke.« Katja räusperte sich, dann wählte sie. Als die andere Seite sich meldete, sagte sie: »Guten Tag. Ich bin auf der Suche nach Max Breitner, der müsste diese Woche ein Seminar bei Ihnen haben … Ja … ich bin seine Mutter. Ich kann ihn nicht erreichen. Es ist wichtig … ich müsste wissen, ob er die ganzen Tage beim Seminar war oder ob er da gefehlt hat …«

Leon sah Katja gespannt an. Die bekam eine Rückfrage, mit der sie nicht gerechnet hatte.

»Warum ich das wissen will? … Ich kann verstehen, dass Sie das fragen … aber …« Katja überlegte fieberhaft. »… Das muss unter uns bleiben: Max hat psychische Probleme … droht von der Uni zu fliegen … auch weil er oft fehlt und stattdessen wieder in der Spielhölle ist. Und in Rücksprache mit seinem Therapeuten haben wir einen klaren Plan erarbeitet, an den er sich halten muss. Aber da er mir nicht antwortet … Ich mache mir große Sorgen, ehrlich …«

Leon war beeindruckt. Katja war eine hervorragende Lügnerin. Leider bekam sie wohl eine schlechte Nachricht. Sie legte auf und schüttelte den Kopf.

»Er war die ganze Woche im Seminar.«

»Aber … hätte er sich nicht nachts davonstehlen können?«

»Schon, aber er hätte es nie pünktlich zurück nach München geschafft. Die fangen schon morgens um acht an.«

»Scheiße!«, sagte Leon. Und Katja nickte.

»Komm, wir informieren die anderen«, sagte sie. »Die wissen ja noch gar nichts von den neuesten Entwicklungen. Und dann überlegen wir, was die Lage ist.«

»Eine Lagebesprechung?«, fragte Leon und freute sich. »Ich wollte immer schon mal eine machen.«

Katja und Leon fanden die anderen im Personalraum neben der offenen Küche. Igor, der nie etwas sagte, schnippelte Möhren und Sellerie und summte wie so oft vor sich hin.

Carlo saß auf einem Stuhl und löste ein Kreuzworträtsel. Eleni saß vier Stühle weiter und las ein Buch. Es war, wie Leon sofort feststellte, große Literatur und kein Krimi. Schade, dachte Leon. Er fühlte sich Eleni unterlegen. Sie war einfach so viel schlauer als er. Und selbstverständlich so viel hübscher.

»Es gibt Neuigkeiten«, sagte Katja und schob Carlos Füße von einem Stuhl, um sich darauf niederzulassen. Vielleicht hatte sie es etwas zu ruckartig getan, denn Carlo verlor ein wenig das Gleichgewicht.

»Mann!«, schnauzte er.

»Sorry«, sagte Katja, aber es tat ihr offensichtlich nicht leid. Und dann erzählte sie Carlo und Eleni, die ihr Buch überrascht sinken ließ, was sie in der vergangenen Nacht über Beate Kindermann, Julia Reiß und deren eifersüchtigen Ex-Freund Max herausgefunden hatten.

»Damit sind also alle Motive in Kindermanns Privatleben ausgeschlossen«, stellte Eleni nachdenklich fest.

»Glaub ich nicht. Der hat bestimmt Feinde irgendwo«, brummte Carlo.

»Wie kommst du denn dadrauf?«, fragte Katja.

»*Jeder* hat Feinde«, antwortete Carlo. Er wirkte beinahe stolz.

»Ich nicht«, beteuerte Leon verdutzt.

»Na, kein Wunder, wenn du immer jeden anlächelst und nie sagst, was du willst«, sagte Carlo.

Und das vor Eleni. So was von demütigend. Leons Augenbrauen hoben sich wütend. Aber er schwieg, wusste nicht, was er erwidern sollte.

Katja musterte den vor Zorn bebenden Leon, dann wandte sie sich an Carlo. »Na, jetzt hast du einen mehr.«

Carlo zuckte gelassen mit den Schultern. »Nichts für ungut«, sagte er zu Leon.

»Dir fällt es ja offensichtlich leicht, dir Feinde zu machen«, meinte Katja.

»Viel Feind, viel Ehr.« Carlo grinste.

»Aber was Kindermann angeht, da ist das doch nur eine Behauptung ins Blaue. Da hätte ich gerne was Konkreteres, Carlo.«

»Was Finanzielles? Vielleicht war's doch seine Ehefrau, aber nicht aus Eifersucht, sondern weil sie total viel erbt?«

»Sie hat das abgestritten. Und wir glauben ihr.«

»Vielleicht irgendein Konkurrent da an der Uni? Was ist mit dem Dekan?«

»Aber würde so ein Streit einen Mord rechtfertigen? Ein Konflikt am Arbeitsplatz?«

»Nö«, antwortete Carlo. »Ich kann Igor ja auch nicht leiden …« Er warf einen spöttischen Blick zum schweigsamen Beikoch hinüber, der nur kurz aufsah, dann aber kaum merklich und unbeeindruckt mit den Schultern zuckte.

»Aber ich bring den deswegen ja auch nicht um«, schloss Carlo.

»Aber er dich vielleicht?«, sagte Leon. Er war immer noch wütend auf Carlo.

»Und wenn schon«, konterte Carlo. »Hauptsache, er macht vorher das Suppengemüse fertig.«

Igor grinste und sagte nichts.

Die Tür ging auf, und Rolf Bernstein kam herein. Sein Gesicht war sorgenvoll und blass, aber er versuchte, eine heitere Miene aufzusetzen, als er die Belegschaft sah.

»Guten Morgen«, begrüßte Bernstein sie. »Ich hoffe, es geht Ihnen allen gut?«

Alle nickten, mehr oder weniger enthusiastisch.

»Prima, das freut mich. Ich wollte nur kurz Bescheid geben. Ich weiß nicht, ob Sie das schon gesehen haben, Leon?« Der warf seinem Chef einen fragenden Blick zu.

»Die Reisegruppe *Wandervögel*, diese Doppelbusladung von *Becker Reisen* nächste Woche … sie haben storniert.«

»WAS???« Leon war völlig entgeistert. »Aber … aber … wir waren beinahe ausgebucht mit den ganzen Gästen. Das kann doch nicht wahr sein.«

»Leider doch«, sagte Bernstein.

In dem Moment kam Samuel Bernstein in die Personalküche. Er hatte den letzten Satz seines Vaters mitangehört und fügte hinzu: »Das Reiseunternehmen *Becker Reisen* hat auch die kommenden zwei Aufträge storniert und mitgeteilt, dass sie in Zukunft auf Buchungen hier generell verzichten.«

»Das ist … das ist …« Leon fehlten die Worte.

»Sind das diese Rentnergruppen, die immer Eisbein und Sauerbraten wollen? Salzarm?«, fragte Carlo. Da er wenig aus der Küche herauskam, hatte er kaum Kontakt zu den Hotelgästen. Es sei denn, jemand beschwerte sich über das Essen, dann kam Carlo schon mal aus der Küche und wurde ungemütlich.

Rolf Bernstein nickte. »Das sind sie. Beziehungsweise das … *waren* sie.« Er schaute bekümmert drein. »In der Absage haben sie geschrieben, dass unser Hotel nicht mehr den Standards genüge …«

»Was???«, rief Leon empört.

»Das ist natürlich Quatsch«, meinte Samuel.

»Es liegt an dem Verbrechen. Als ob wir jetzt ein … Geisterhotel wären oder so. Ein Spukhotel«, sagte Bernstein traurig. »Niemand will mehr kommen, so als ob ein Fluch auf uns läge.«

»Aber wenn der Mord endlich aufgeklärt wird …«, begann Katja.

»Tja, *wenn*«, sagte Eleni leise.

»Aber das ist nur eine Frage der Zeit«, warf Leon eifrig ein. »Man wird den Mörder finden!«

»Leider hören wir von der Polizei nichts«, erklärte Samuel.

»Ich würde auch nicht zu große Hoffnungen auf die setzen«, sagte Katja.

Samuel warf ihr einen fragenden Blick zu. Aber Katjas Gesicht war wie eine Maske, sie zeigte keine Regung. Nicht den Chefs gegenüber.

»Ich hoffe sehr«, sagte Rolf Bernstein, »dass man bald diesen Mörder findet. Es ist einfach eine Katastrophe für uns. Wenn jetzt auch noch *Stromburg Reisen* absagen würde …« Er hielt kurz inne, dann fügte er hinzu: »Es sieht leider gar nicht gut aus für das *Waldf* …«

»Unsinn«, schnitt Samuel seinem Vater das Wort ab. »Es sind schwierige Zeiten, klar, dieser dumme Mord, aber das ist nur eine Durststrecke. Das ist bald vergessen, und wenn Galgen Kurstadt wird, dann wird eh alles gut.«

»Tja.« Rolf Bernstein sah seinen Sohn bekümmert an. »Wenn wir dann noch existieren.«

Samuel nickte beruhigend und schob seinen Vater langsam aus dem Raum. »Das werden wir. Mit Sicherheit. Lass uns mal über dieses Marketingkonzept reden, das ich entwickelt habe …«

Als sie gegangen waren, herrschte Stille im Raum.

»Wir können nur beten, dass Galgen zum Kurort ernannt wird«, sagte Leon. Er merkte nicht, dass er dabei seine Hände fast zum Gebet geschlossen hatte.

»Was uns zurück zu Kindermann und möglichen Mordmotiven bringt«, erklärte Carlo.

»Aber das haben wir doch alles mehr oder weniger ausgeschlossen. Anscheinend hat es nichts mit dem Privatleben und auch nichts mit der Uni zu tun.« Leon begann, wieder herumzulaufen. Nachdenklich fügte er hinzu: »Geht's doch um die Studie?«

»Kindermann ist an dem Tag getötet worden, bevor die Studie in den Ratsausschuss eingebracht wurde. Vielleicht wollte der Täter das verhindern?«, überlegte Eleni laut.

»Hat er aber nicht. Die beraten ja gerade darüber.« Leon schüttelte den Kopf.

»Genau. Aber vielleicht kam der Täter zu spät?«, meinte Eleni. »Vielleicht hat er gedacht, dass Kindermann die Studie erst im Rat präsentiert …«

»… aber der hatte sie schon vorher abgeschickt«, ergänzte Katja. »Wenn man nur wüsste, was da genau drinsteht. Das Einzige, was ich rauslocken konnte, war dieses *zum Teil positiv*«, sagte Leon.

»Was soll das eigentlich heißen?«, wollte Eleni wissen.

»Ich habe keine Ahnung. Aber es ist anscheinend wichtig. Denn warum wird das Ergebnis der Ratssitzung eigentlich nicht veröffentlicht? Irgendwie wird die Studie doch zurückgehalten«, sagte Leon.

»Wir müssen wissen, was in der Studie steht. Aber wie kriegen wir das heraus?« Katja überlegte angestrengt.

»Ich könnte die Bürgermeisterin fragen«, erklärte Leon mit einem ironischen Unterton. »Die hat sich letztens hier in der Bar betrunken, da war sie in Plauderlaune.«

»Hat sie dich etwa angeflirtet?«, fragte Carlo nach.

»Quatsch!«, empörte sich Leon.

Eleni musste schmunzeln. Sie kannte Philine Binder-Mahnke von dem Foto aus der Zeitung. Sie war eine dünne, durchsetzungsfähige blonde Frau Mitte fünfzig, die eine gewisse Ähnlichkeit mit Ursula von der Leyen hatte. Die Vorstellung war einfach zu lustig, dass sie Leon angeflirtet haben könnte. Und wie Eleni Leon einschätzte, wäre er völlig überfordert gewesen.

Katjas Handy vibrierte. Eine SMS. Sie schaute drauf.

»Was für ein Idiot!«, platzte es aus ihr heraus.

»Was ist?«, fragte Carlo.

»Der Vey. Der schreibt mir doch glatt 'ne Nachricht«, knurrte Katja. Die anderen starrten sie erwartungsvoll an.

Schließlich fragte Eleni nach: »Aber was schreibt er denn?«

»Hey, Katja, wenn du glaubst, ich hätte dich nicht gesehen, täuschst du dich, Zwinkersmiley. Wie wär's, trinken wir 'nen Kaffee zusammen?«, las Katja vor, und ihre dunklen Augenbrauen zogen sich zusammen.

»Also, er steht auf dich«, befand Carlo.

»Pfhhhh, das könnte dir so passen«, schnaubte Katja.

»Mir ist das völlig egal«, sagte Carlo.

Leon musterte den Koch, der Katja schräg gegenüber am Tisch saß und mit seinem Küchenhandtuch spielte. Es wirkte nicht so, als wäre Carlo das egal, vielmehr schien er sehr interessiert. Denn er warf Katja einen heimlichen, forschenden Blick zu, den diese aber nicht bemerkte. Sie legte ihr Handy auf den Tisch und schob es von sich weg, als wäre es irgendetwas Ekliges.

»Woher hat der nur meine Nummer?«

»Von früher?«, fragte Leon.

»Nein, das ist eine neue.«

»Dann wahrscheinlich aus den Hotelunterlagen. Die Polizei hat alle Informationen über uns Angestellte und die Gäste eingesammelt«, erklärte Leon.

Katja brummte verstimmt. Es gefiel ihr nicht, obwohl sie wusste, dass das natürlich das übliche Prozedere der Polizei gewesen war.

»Dass der das für private Zwecke ausnutzt ... eigentlich könnte man ihn dafür anzeigen.«

Leon blieb stehen. Er betrachtete die verärgerte Gärtnerin, die mit ihren Fingergelenken knackte. Er hatte eine viel bessere Idee.

»So weit wollen wir doch nicht gehen. Ganz im Gegenteil, Katja. Wir nutzen das Private: DU triffst dich mit dem Vey und horchst den aus.«

»Das könnte dir so passen«, gab sie barsch zurück.

»Mir auch«, erklärte Carlo. »Keine Widerrede, Katja.« Er stand auf und drehte mit seinem Handtuch eine Schlinge zwischen seinen Händen. »Und wisst ihr, was das Beste ist: Wir greifen von zwei Seiten an. Denn unser Leon hier setzt sich bei der Bürgermeisterin auf den Schoß und tut dasselbe«, entschied Carlo. Er grinste Leon an. »Hol den Verführer in dir raus, Junge.«

Leon schaute den massigen Koch pikiert an. »Das ist doch totaler Unsinn. Und wie stellst du dir das vor?«

»Überleg dir was.« Carlo grinste. »Aber ich kann dir gerne ein paar Tipps geben.«

Katja musste laut losprusten. Auch Eleni lächelte. Die

Vorstellung von Carlo als großem Verführer war einfach schräg. Sein Bauchansatz, seine schwarzen Haare, die an den Seiten schon grau wurden, die beginnende Glatze auf dem Hinterkopf. Das war womöglich nicht so schlimm. Aber Carlo war nun mal reichlich unempathisch und viel zu direkt.

»Du bist bestimmt der geborene Verführer.« Katja schmunzelte, als sie aufstand und sich ihr Handy griff.

»Bin ich auch. Man sieht es mir vielleicht nicht an, aber ich habe ein großes, warmes Herz«, behauptete Carlo. »Und jetzt raus hier. Ich muss arbeiten. Es geht nicht, dass ihr hier dauernd rumhängt.«

Katja ging lächelnd, und auch Eleni schnappte sich ihr Buch und folgte ihr.

Leon blieb einen kurzen Moment zurück, drehte sich dann zu Carlo um, der zu seinen Töpfen ging, und fragte: »Warum hackst du immer auf mir rum. Das ist wirklich unangenehm.« Leon wandte seinen Blick in die Richtung, wo Eleni gesessen hatte, sprach es aber nicht aus.

Carlo lächelte. »Du musst mal aus dir rauskommen. Eier beweisen. Sonst wird das nichts«, sagte er.

»Was wird nichts?«, fragte Leon. Er verstand nicht.

»Na, das mit dir und Eleni.«

»*Was* mit mir und Eleni???«

»Na, dass du auf die stehst, sieht doch ein Blinder«, erklärte Carlo. Leon war überrumpelt.

»Das stimmt doch gar nicht!«, protestierte er laut. »Wie kannst du so was sagen?«

»Selbst deine Reaktion jetzt verrät dich, Kleiner. Aber

ich sag dir eins: Frauen stehen auf echte Kerle. Und nicht auf weichgespülte Dauerlächler. Zeig, dass du ein Mann bist. Und dann schnapp sie dir.«

Leon schüttelte fassungslos den Kopf. »Aus welchem Jahrhundert stammst du eigentlich?«, knurrte er. Dann ging er, ohne sich umzusehen. Allerdings nicht, ohne über Carlos Worte nachzudenken.

# 29

Zwei Stunden später saß Katja Kassowitz ihrem ehemaligen Kollegen Markus Vey gegenüber. Das Café, in dem sie sich trafen, erinnerte an einen alten Oma-Laden, in dem es Unmengen von Sahnekuchen und ausschließlich Filterkaffee gab, der im Kännchen serviert wurde. Es versprühte das Flair der Fünfziger mit polierten Messingstangen und schlichter Einrichtung. Die hinter der Theke leuchtende Neonröhre trug auch nicht gerade zur wohnlichen Atmosphäre bei. Auch die Stimmung zwischen Katja und Vey war unterkühlt. Zumindest von Katjas Seite aus, die ihm einen abweisenden Blick zuwarf, während sie die Speisekarte in den Händen hielt.

Markus Vey grinste breit. »Gut siehst du aus«, sagte er.

»Dir braucht man das nicht zu sagen, du schaust wahrscheinlich immer noch in jeden Spiegel, an dem du vorbeikommst«, konterte Katja.

»Bisschen runder bist du geworden«, stellte Vey fest und grinste noch breiter. »Steht dir.«

»Was willst du, Markus?«, fragte Katja.

»Ach, nur ’nen Kaffee, einen kleinen Plausch um der alten Zeiten willen. Es ist ja ewig her.«

Katja nickte. »Stimmt, aber leider nicht lange genug.«

Eine rundliche Kellnerin erschien. Sie trug eine Schürze, die aussah, als wäre sie aus Zement, völlig faltenfrei und total starr. Genauso wie das Lächeln der Frau.

»Einen Kaffee und eine Stachelbeer-Sahne, bitte«, sagte Katja, obwohl sie keinen Hunger hatte.

»Für mich das Gleiche.« Vey lächelte die Kellnerin charmant an.

Sie ging unbeeindruckt und ohne ein weiteres Wort davon.

Vey zuckte mit den Schultern und wandte sich Katja zu.

»Ach, komm schon, damals ist damals, und jetzt ist jetzt. Das spielt doch alles keine Rolle mehr.«

»Für mich schon. Dass du mich damals ausgebootet hast …«, platzte es aus Katja raus. »Das vergesse ich dir nicht.«

»Bei der Casablana-Sache? Oder wovon sprichst du?«

Bei dem Casablana-Fall war es um einen Auftragsmord gegangen, in den die ’Ndrangheta verwickelt gewesen war. Der Inhaber eines italienischen Restaurants war in seiner Küche erschossen worden. Anfangs hatten sie gedacht, es ginge um Schutzgeld, aber im Laufe der Ermittlungen hatte sich herausgestellt, dass der Mann für die Mafia Geld gewaschen hatte.

»Natürlich spreche ich von dem Casablana-Fall, was denkst du?«

»Das war doch …«, wiegelte Vey ab.

»Du hast alle Lorbeeren eingeheimst. *Alle*. Als ob du den Fall alleine gelöst hättest ...«

»Stimmt ja auch. Fast«, erwiderte Vey. »Aber als Nico damit vor die Presse ging, warst du nicht dabei. Ich konnte ihn nicht zurückhalten.«

Die Kellnerin kam zurück und stellte wortlos zwei Kaffee und zwei Kuchen vor sie hin. Dann verschwand sie ohne ein Lächeln.

Katja griff nach ihrer Kuchengabel.

»Du hast es doch gar nicht versucht«, widersprach Katja. »Aber schlimmer noch: Du hast Nico unter Druck gesetzt. Der hätte nie verschwiegen, dass ich die entscheidenden Beweise gefunden habe ... es sei denn, er wäre erpresst worden.«

»Uiuiui, fieses Wort«, sagte Vey. »Wovon redest du eigentlich? Wir sind Polizisten. Und wen interessiert es da draußen, wer irgendeinen Fall löst? Es sei denn, sie haben einen übertriebenen Geltungsdrang so wie du.«

»Ich??? Das sagst ausgerechnet *du*?!« Katja schmiss die Gabel auf den Tisch. Am liebsten wäre sie aufgestanden.

»Hauptsache, der Mörder wurde gefasst«, sagte Vey.

»Das stimmt. Und du hast recht: Die da draußen interessiert es nicht. Aber die Leute aus der Leitungsetage, Markus. Die hätte es interessiert. Und du wusstest, dass ich auf der Abschussliste stand.«

»Daran bist du selbst schuld«, sagte Vey. »Du hast überreagiert, bist übers Ziel hinausgeschossen. Mehrfach.«

Katja nickte. Sie senkte den Blick. Scham kam in ihr hoch. Sie wusste, dass sie damals keinen souveränen Job gemacht hatte. Sie stocherte nun mit der Gabel in dem Stachelbeer-Sahne-Kuchen herum und sagte leise: »Das weiß ich auch. Ich habe damals überreagiert. Ich war …«

*… ich war nicht ich selbst*, wollte Katja sagen. Das hatte an ihrer unglücklichen Liebe, dieser alles verzehrenden Affäre mit ihrem Chef gelegen, die sie völlig aus der Bahn getragen hatte.

»Was warst du? Daneben? Ja. Und zwar nicht nur ein Mal: Bei der Stolz-Entführung. Bei den Container-Morden. Bei dieser Sexual-Sache. Mit dieser Blonden.«

»Bei dieser *Sexual-Sache*??? Wie redest du eigentlich? Da hat eine junge Frau ihr Leben verloren. Nachdem sie …« Katja hielt inne. Vey ekelte sie an. Seine arrogante, unemotionale Art. Sein beschissener Ehrgeiz.

»Aber weißt du, was? Mittlerweile stehe ich dadrüber. Und ja, eigentlich habe ich dir verziehen. Du konntest damals wohl nicht anders. Du warst genauso getrieben wie ich. Schwamm drüber«, fuhr sie fort, nachdem sie sich ein bisschen gesammelt hatte.

Markus Vey musterte sie. Er überlegte, ob er ihr glauben könnte.

»Seitdem ich ausgestiegen bin, geht's mir besser. Und ehrlich gesagt, es war die beste Entscheidung meines Lebens«, sagte Katja und bemühte sich, ihre Stimme sanft und entspannt klingen zu lassen.

»Gärtnerin, ja?« Vey lachte. »Ich konnte es gar nicht glauben, als ich deinen Namen da las. Du und Garten? Das sind zwei unterschiedliche … Universen.«

»Das stimmt nicht«, wehrte Katja ab.

»Wenn du Kneipenwirtin in einer Raucherkneipe geworden wärst oder in 'nem Spielsalon arbeiten würdest, *das* hätte ich noch verstanden.«

»Tja, Menschenkenntnis liegt dir halt nicht so«, sagte Katja.

»Aber dir«, höhnte Markus.

Arschloch, dachte Katja und nahm einen Bissen von ihrem Kuchen. Die Stachelbeeren zerplatzten säuerlich auf ihrer Zunge. Es schmeckte herrlich.

»Aber deswegen mache ich jetzt auch was mit Pflanzen. Die sind netter«, erklärte Katja. »Aber du, warum bist du hier? In Galgen. Ausgerechnet. Das war schon überraschend.«

»Ich habe mich versetzen lassen. Die Gegend hier ist zwar nicht so spannend, aber dafür bin ich jetzt Leitender Kommissar, drüben in Bietingheim. Ich habe acht Kollegen unter mir«, verkündete Vey stolz.

»Von Frankfurt in die Kreisstadt? Nun gut, dafür bist du befördert worden. Freut mich für dich.«

Markus Vey sah nicht aus, als ob er ihr glauben wollte.

»Doch, wirklich«, beteuerte Katja. »Viel Glück bei dem Mord im *Waldfrieden*. Ich hoffe, du kommst voran.«

Markus Vey lächelte schmal. »Ach, daher weht der Wind.«

»Woher?« Katja tat unschuldig.

»Du triffst dich nur deshalb mit mir, um mich auszuhorchen.«

»Quatsch«, sagte Katja. »Aber warum wolltest du mich

sehen? Hast du gedacht, wir würden noch mal in der Kiste landen?«

»Na ja, dafür haben wir uns ja nicht den romantischsten Ort für das Vorgeplänkel ausgesucht.« Vey schaute sich im Café um, dem in der Tat jedwede Romantik abging. »Gut, damals war es auch nicht sonderlich romantisch.«

»Es war vor allem ein Fehler, Markus«, sagte Katja bestimmt. Und das war es auch wirklich gewesen. Diese eine Nacht, nachdem sie diesen hyperkomplexen und anstrengenden Casablana-Fall gelöst hatten und sich daraufhin voller Emotionen und Erleichterung betrunken hatten. Sie war zu dieser Zeit unendlich verletzt gewesen, denn Nico hielt sie plötzlich auf Abstand, wollte an seiner Ehe arbeiten. Und in dieser Nacht hatte plötzlich eins zum anderen geführt, und ... es war ein schlimmer Fehler gewesen.

Vor allem, weil Nico es auch noch rausbekommen hatte und gar nicht so souverän reagiert hatte, wie er es sonst immer getan hatte.

»Sehe ich anders«, sagte Vey. »Ich fand's gut. Aber sei's drum.«

»Gut fänd ich, wenn du mir mal sagen würdest, wo ihr so steht. Ermittlungstechnisch gesehen.« Noch bevor Vey etwas antworten konnte, fuhr Katja auch schon fort: »Markus, ich weiß, dass du nicht ins Detail gehen kannst und willst, aber ich frage aus rein persönlichem Interesse. Ich arbeite da, Markus. Und dem Hotel geht es schlecht.«

Vey sah Katja lange an.

»Vielleicht hätte ich auch noch die ein oder andere Information für dich«, bot Katja an. »Als Insider aus dem Hotel«

Vey schwieg lange, dann rang er sich durch.

Er berichtete Katja von seinen Ermittlungen – von der langen, spitzen Tatwaffe, die sie bislang aber noch nicht gefunden hatten, obwohl sie auch alle Messer in der Hotelküche überprüft hatten; vom geschätzten Todeszeitpunkt und davon, dass sie davon ausgingen, dass Kindermann vor seiner Zimmertür ermordet wurde. Sie hatten einen Blutspritzer am Türrahmen gefunden. Vey berichtete von Kindermanns Auseinandersetzungen mit dem Dekan und dass er wohl eine Affäre hatte, aber die Ehefrau ebenfalls, und sich das Motiv somit zerschlagen hatte.

»Die Affäre heißt Julia Reiß«, erklärte Katja.

Vey sah sie verdutzt an.

»Sie wohnt im Hotel und hat Kindermann in der Nacht noch getroffen. Aber ich glaube nicht, dass sie als Täterin infrage kommt. Zumindest sagt sie, dass Kindermann mit ihr eine Zukunft aufbauen wollte und das seiner Ehefrau auch schon gesagt hatte. Und die Ehefrau bestätigt das.«

»Die Ehefrau bestätigt das? Sag mal, ermittelst du da etwa?«, fragte Vey nach.

Katja zuckte mit den Schultern. »Wie gesagt, ich habe ein persönliches Interesse. Aber keine Sorge, ich will dich nur unterstützen.«

Vey runzelte die Stirn. Er wollte Katja nicht glauben.

Sie merkte das und schob daher ihre Trumpfkarte nach: »Diese Julia Reiß hat einen Ex-Freund, der sich als extrem eifersüchtig entpuppt hat. Er stalkt sie. Heißt Max Breitner. Den solltest du dir mal ansehen.«

Markus Vey notierte sich alles.

Dass Katja ihn auf eine Spur lockte, die längst kalt war, erfüllte sie mit tiefer Befriedigung. Sie nahm einen Schluck von dem widerlichen wässrigen Filterkaffee. Aber jetzt, wo sie Vey etwas angeboten hatte, konnte sie nachhaken. »Und was ist mit dieser Wasserstudie? Wird Galgen eine Kurstadt?«

»Das darf ich dir nicht sagen«, antwortete Vey.

»Nur eine Richtung?«, bat Katja. »Komm schon, Markus.«

»Hm … die Studie ist nicht uneingeschränkt positiv. Die Wasserqualität ist stellenweise gut, aber anscheinend nicht überall im Ort. Ich weiß nicht, ob sie damit durchkommen.«

»Aha, alles klar. Danke«, sagte Katja. Sie schaute auf die Uhr. »Ich muss los, zum Dienst.«

»Ich hätte schon längst unterwegs sein müssen.« Vey legte einen Zwanziger auf den Tisch und stand auf. »Ich lade dich ein.«

»Danke.« Sie stand auf und zog ihre Jacke an. Auch Vey stand auf und nahm seinen Mantel.

»Ich habe heute Abend Zeit. Wie sieht's bei dir aus?«, fragte er und lächelte charmant.

»Ich wiederhole meine Fehler nicht ein zweites Mal, Markus«, erwiderte Katja kühl.

»Wie schade.« Vey nickte ihr zu und ging zur Tür. Plötzlich drehte er sich um.

»Hast du von Nico noch mal was gehört?«, wollte er wissen.

Diese Frage fuhr Katja in die Knochen. Es tat weh, schlimmer als jeder Hexenschuss.

Sie sah, wie Vey sich abwandte, ein leises Lächeln auf den Lippen. Als ob es ihm große Befriedigung verschafft hatte, sie verletzt zu haben.

Was ihm verdammt noch mal gelungen war.

# 30

Am frühen Abend stand Katja vorn bei Leon am Empfang. Gemeinsam schauten sie auf den Stadtplan, den Leon den Gästen zusätzlich zu ihrem Zimmerschlüssel in die Hand gab. Er hatte schon jeden Weg zu jeder Aussichtsplattform, jedem Brunnen oder Eiscafé eingezeichnet. Bei Katjas Frage jedoch musste er passen.

»Wer denn ein Wasserverschmutzer sein könnte?«, wiederholte Leon. »Wie meinst du das denn?«

»Laut Vey ist in Kindermanns Bericht die Wasserqualität in Teilen gut, aber es scheint Stellen zu geben, wo das nicht so ist. Ich frage mich deshalb, ob es jemanden gibt, der mit seinem Betrieb das Grundwasser verschmutzt. Und der durch Kindermanns Untersuchung Panik bekommen hat, dass man ihm auf die Schliche kommt.«

»Die Neonröhrenfabrik?«

»Wohl kaum.«

»Der Wertstoffhof?«

»Keine Abwässer, und außerdem gehört der der Stadt. Die müssten das wissen und sichern sich da doch eh vorher ab.«

Carlo kam in die Lobby. Er war auf dem Weg vom Personaltrakt in die Küche, blieb aber stehen, als er Katja sah.

»Na, wie war dein Date?«, wollte er wissen.

Katja verdrehte die Augen. »Schön war's. Wir haben voll geknutscht.«

»Hättest du wohl gerne. Also, wie war's?«

»Was könnte in Galgen das Grundwasser stellenweise verschmutzen? Und wer könnte Angst haben, dass man ihm durch Kindermann auf die Schliche kommt?«, fragte Katja nun Carlo.

Carlo überlegte, während er Katja musterte. Sie hatte sich wieder über die Karte gebeugt. Das Haar fiel ihr ins Gesicht. Sie gefiel Carlo, das musste er zugeben.

»Das Autohaus?«, schlug Leon vor. »Die lassen vielleicht das Altöl aus den Autos ab? In eine Sickergrube, oder so?«

»Nee. Wir suchen irgendwen, der etwas produziert, was das Wasser verschmutzen könnte. In großem Maße.«

»Na, ein Bauer«, sagte Carlo. »Mit all seiner Gülle, die er auf die Felder sprüht.«

»Hm, ja ...« Katja dachte nach. Diese Idee war nicht so abwegig.

»Ich hab's!«, rief Carlo. »Der Hauer!« Er klopfte euphorisch auf den Tresen der Rezeption. Tack, tack, tack.

»Der Hauer? Wer soll das sein?« Leon schaute Carlo an, der plötzlich so energiegeladen war.

»Na, der Bauer, der uns das Fleisch liefert. Der Hauer hat draußen vor der Stadt einen Zucht- und Zerlegebetrieb.«

»Moment mal, du redest von dem, dem du deinen Hotelschlüssel gegeben hast, weil du zu faul bist, früher aufzustehen?« Katja riss die Augen auf. In ihrem Gehirn ratterte es.

»Äh … ja. Genau der«, bestätigte Carlo und strahlte. »Wenn ihr mich nicht hättet.«

»Gut, das ist eine interessante Spur«, sagte Katja nachdenklich.

»Ach, Quatsch, das ist die beste Spur!«, korrigierte Carlo. »Der Hauer ist ein Sack, der ist fies zu seinen Angestellten und alles. Und er hat 'nen Schlüssel fürs Hotel.«

»Und wenn er wirklich Gülle verklappt, hätte er auch ein Motiv«, entschied Leon.

Carlo und Katja nickten.

Plötzlich verzog Carlo nachdenklich das Gesicht. »Aber wenn der Hauer im Knast sitzt, woher krieg ich dann mein Fleisch?«

»Na, von irgendwo sonst.« Katja zuckte die Achseln.

»Aber das ist viel teurer.«

»Wieso das denn? Ist das Fleisch vom Hauer so 'n Billigfleisch?« Leon schaute Carlo angeekelt an

»Nee, im Gegenteil. Das ist erstklassig. Aber …« Er grinste. »Ich hatte mal vor Urzeiten Prozente ausgehandelt. Beim Pokern. Der Hauer ist echt 'n mieser Spieler.«

»Na dann schlage ich vor, dass du den mal besuchst und mal schaust, ob der nicht auch sonst ein Falschspieler ist«, sagte Katja.

Carlo zuckte mit den Schultern. »Na gut. Aber knutschen werde ich mit dem im Gegensatz zu dir nicht.«

Am nächsten Morgen stand Carlo auf dem schlammigen Boden eines Bauernhofs, draußen vor den Toren der Stadt. Der Hof von Magnus Hauer bestand aus einem Bauernhaus, drei großen Ställen, die von außen nicht einsehbar waren, und einem etwas kleineren Gebäude, in dem Hauer seine Schweine schlachtete. Eigentlich ungewöhnlich, meist waren Züchter und Zerlegebetriebe getrennte Unternehmen, aber Hauer hatte den Zuchthof und die Fleischerei von seinem Vater übernommen, wie Carlo wusste, und hatte die Zucht über die Jahre ausgebaut.

Nun stand Carlo Hauer in der Mitte des Hofes gegenüber.

Hauer war ein ziemlich erfolgreicher Unternehmer, aber ein ziemlich unansehnlicher zugleich. Er war Ende fünfzig, vierschrötig und hatte nicht nur einen runden Bauch, sondern auch runde Arme und Beine, und vor allem ein rundes Gesicht mit einem großen Muttermal auf der linken Wange. Außerdem war Hauers Gesicht knallrot. Aber das hatte nichts mit der Frage zu tun, die Carlo ihm gerade gestellt hatte. Hauer hatte immer ein rotes Gesicht, ein viel zu hoher Blutdruck war schuld. Vielleicht auch die Biere und Schnäpse, die Hauer abends gerne trank, oder auch gegen Mittag, wenn ein so guter Kunde wie Carlo vorbeikam.

Carlo hatte nichts gegen Alkohol, aber morgens um elf, da musste auch er passen. Nicht nur, weil er nicht gefrühstückt hatte. Alkohol zu der Zeit war einfach unmenschlich.

»Ob das bio ist? Willst du mich eigentlich verarschen?«, knurrte Hauer. »Sieht das hier aus, als würde es hier Feen und Blütenstaub regnen? Nein, das ist ganz normales gutes Fleisch. Bestes Fleisch!«

»Alter, jetzt hab dich mal nicht so«, gab Carlo zurück. »Ich hab dich doch nur auf den Arm genommen.«

»Kannste auch sein lassen. Biste schon betrunken?«

»Nö.«

»Dann hier.« Hauer drückte Carlo ein kleines Glas in die Hand und goss aus der Schnapsflasche ein, bevor Carlo ablehnen konnte. Sich selbst schenkte er auch ein. Hauer stieß an, dann kippte er den Schnaps runter.

»Was ist denn los mit dir?«, fragte Carlo. »Du wirkst so gestresst.«

»Ach was.« Hauer winkte ab.

»Doch, klar. Was ist denn?«

»Nix is«, brummte Hauer. »Aber bei euch ist ja die Hölle los, was? Erzähl mal.«

»Was soll ich da schon erzählen. Das ist großer Mist, was da passiert ist. Der Mord. Warum der Täter die Leiche ausgerechnet in mein Kühlhaus gelegt hat, weiß ich wirklich nicht.« Er betrachtete Hauer, der ihn ungerührt anschaute.

»Vielleicht wollte er sie kühl halten?«

»Aber wozu? Mir fällt da nichts ein. Jedenfalls bin ich froh, dass die Polizei meine Küche wieder geöffnet und mir meine Messer zurückgegeben hat. Die hatten die konfisziert.«

»Weil sie dachten, dass der damit erstochen wurde?«

»Woher weißt du, dass der erstochen wurde?«, fragte Carlo wie elektrisiert. »Das stand gar nicht im Artikel.« Er musterte Hauer intensiv.

Der lächelte abwehrend. »Na ja, wenn die deine Messer konfiszieren, liegt das wohl nahe«, meinte Hauer.

Carlo dachte nach. Ja, stimmt, Hauer hätte allein deswegen darauf kommen können.

»Haben die dich auch verdächtigt?«

»Klar, ich glaube schon. Aber wieso sollte ich den ermorden? Ich kannte den überhaupt nicht.«

»Vielleicht hat der sich zu laut über dein Essen beschwert?« Hauer grinste.

»Hahaha«, machte Carlo grimmig. »Toller Witz, Magnus. Aber Scherz beiseite. Die ganze Sache ist katastrophal. Es kommen immer weniger Gäste. Und es isst kaum noch jemand bei mir.«

»Na ja, besonders appetitlich ist das ja auch nicht, dass da eine Leiche zwischen den Lebensmitteln lag.«

»Besonders appetitlich sieht's in deinem Schweinestall auch nicht gerade aus. Und die Leute essen die Viecher trotzdem.«

»Sag mal, spinnst du? Meine Ställe sind picobello sauber! Das ist hier eine erstklassige Zuchtmanufaktur ...«

»*Manufaktur*? Jetzt übertreibst du aber.« Carlo grinste und musterte Hauer, der wütend wurde.

»Was willst du von mir?! Du kommst hierher und beleidigst meinen Hof, während du meinen Schnaps säufst!«

»Apropos, haste noch einen?«

»Klar«, sagte Hauer, plötzlich wieder entspannt und ruhig, als er ihnen nachgoss. Seine Laune war von einem Moment auf den anderen gekippt. Sie prosteten sich zu.

»Nichts für ungut«, sagte Carlo. »Wahrscheinlich bin ich derjenige, der angespannt ist. Bei dir läuft's aber gut?«

»Es könnte immer besser laufen, oder etwa nicht?«, antwortete Hauer.

»Na ja, ich glaube, wenn Galgen eine Kurstadt wird, dann kommt der Aufschwung. Für die Hotels, die Gastro, und dann auch für dich.«

Hauer nickte mit ernstem Gesicht. »Stimmt wohl.«

»Da ist nur diese Wasserstudie, die der Kindermann gemacht hat.« Carlo beobachtete, wie Hauer reagierte. Doch alles, was der tat, war, einen Blick auf seine Schweineställe zu werfen.

Carlo folgte dem Blick.

»Aber irgendwas ist mit der Studie. Die liegt im Rat, aber keiner sagt was dazu. Irgendein Problem gibt's da anscheinend.«

»Ich hoffe, nicht«, sagte Hauer. Er wirkte ein wenig verbissen.

»Vielleicht ist das Grundwasser doch gar nicht so rein, dass es als Heilquelle anerkannt wird. Und dann ist nichts mit Kurstadt.«

»Das wäre ganz schön ... schlimm«, meinte Hauer.

Carlo setzte verbal zum Schlag an. »Aber was soll schon sein? Ich meine, viel Industrie, die das Grundwasser verschmutzt, haben wir hier ja nicht.« Carlo lächelte und tat so harmlos, wie er nur konnte, als er dann hinzufügte: »Sag mal, wo kippst du denn eigentlich deine ganze Schweinepisse hin?«

Hauer zuckte zusammen. Er wandte sich Carlo zu, sein

rotes Gesicht einen Ton blasser. »Die Gülle kommt auf die Felder. Bis zum amtlich verordneten Wert. Den Rest lasse ich fachgerecht entsorgen«, erklärte er kühl. »Und ich finde deine Unterstellung infam.« Waren Hauers Augen aufgrund des Schnapses eben leicht glasig gewesen, oder war er jetzt schlagartig nüchtern?

»Entschuldige, aber die Tierausscheidungen sorgen einfach für zu viel Nitrat im Boden ... was bei einer Wasserqualitätsuntersuchung nun mal festgestellt würde. Und wenn du da irgendeine Scheiße gebaut hättest, wärst du jetzt wahrscheinlich aufgeflogen.«

Hauer starrte Carlo wütend an.

»Ich sag ja nicht, dass du es warst, aber ...«, sagte Carlo.

»War ich auch nicht.«

»Aber ein Motiv hättest du schon.«

»Bist du völlig geisteskrank?!« Hauer riss die Augen auf. Er kochte vor Wut.

»Du hast sogar einen Schlüssel zum Hotel.« Carlo trat einen winzigen Schritt zurück. Hauer stand ihm jetzt direkt gegenüber, die Fäuste geballt. Er sah aus, als wollte er Carlo gleich anspringen. Aber Carlo gab nicht auf.

»Du wusstest irgendwie von der Studie und wer die anfertigt. Du bist ja gut vernetzt in der Stadt. Und dann bist du ins Hotel und hast dir den Kindermann geschnappt, bevor der am Morgen im Rat seine Untersuchung präsentieren würde. Das musstest du verhindern ...«

Carlo rechnete in jedem Moment damit, dass Hauer ihn anspringen würde. Der Bauer hatte ungefähr das Kampfgewicht von Carlo, auch wenn er zwei Köpfe kleiner war. Aber

Hauer war ein einziger, zusammengeballter Muskel, quadratisch und fest. Hauer starrte Carlo an, und er ähnelte mit seinen kleinen Augen einem Wildschwein, dass seinen Gegner fixiert und gleich brutal angreift.

»Also, ich fänd's logisch«, sagte Carlo und schickte ein harmloses Lächeln hinterher.

Irgendwas machte klick bei Hauer. Die Anspannung wich ein wenig aus seinem Körper.

»Du bist echt schon betrunken, was? Also, du meinst, ich bin nachts ins Hotel, hab mir diesen Gast geschnappt, von dem ich gar nicht weiß, in welchem Zimmer der wohnt, hab den mitten in der Nacht quer durchs Hotel geschleift, um ihn dann in deiner Küche zu ermorden? Oder nee, im Kühlraum.«

»So ungefähr. Mit dem einzigen Unterschied, dass der nicht da, sondern vor seiner Zimmertür ermordet worden ist.«

»Tolle Geschichte, Carlo«, höhnte Hauer. Er musterte Carlo lange und kühl, dann fuhr er fort. »Den Schlüssel kannst du zurückhaben. Den brauchen wir nicht mehr.« Damit drehte er sich um.

»Wie meinst du das denn jetzt?«

»Wir beliefern euch nicht mehr. Und jetzt verpiss dich von meinem Grundstück.« Hauer ging davon, die Schnapsflasche in der Hand und bebend vor Wut.

Schöne Scheiße, dachte Carlo. Wirklich gut hatte das mit der Konfrontationsstrategie ja nicht geklappt. Dabei hatte er sich eigentlich ziemlich souverän gefunden, hatte es doch alles Hand und Fuß. Es war nicht schlimm, dass Hauer nicht mehr mit ihm reden würde. Dass er ihn nicht mehr beliefern würde, das war richtig Mist. Nirgendwo würde er so gute Preise bekommen.

Carlo wandte sich zum Gehen. Aber vielleicht würde das bald ja eh keinen Sinn mehr machen. Wenn das *Waldfrieden* schließen müsste, dann würde er sich einen neuen Job suchen müssen. Und das wollte Carlo nicht. Er mochte das *Waldfrieden*, er mochte den Chef, er mochte die Freiheiten, die er genoss, und dass er sein eigener Herr war in der Küche. Und ja, er mochte auch die anderen, mit denen er in den letzten Tagen so viel Zeit verbracht und so lange Gespräche geführt hatte wie nie zuvor. Carlo mochte den schrägen Nerd von der Rezeption, obwohl der so linkisch und ungeschickt war. Aber Leon hatte ein gutes Herz und war so aufrichtig, das rührte Carlo. Und er mochte das Zimmermädchen, das so zurückhaltend, aber schlau war und irgendein großes Geheimnis verbarg. Und er mochte Katja Kassowitz. Obwohl die mal aggressiv, mal distanziert war. Genau das reizte Carlo. Außerdem fand er sie ziemlich attraktiv. Sie ähnelte Anja. Der Mutter seiner Tochter Carla. Der Gedanke an sie zerriss ihm das Herz. Wie immer. Carlo atmete tief ein. Als er sich zum Feldweg umwandte, spürte er, wie der Schnaps in seinem Kopf eine Pirouette drehte.

Das ist alles nur, weil ich schon einen im Tee habe, dachte Carlo. Dieser ganze emotionale Mist. Er trottete über den schlammigen Feldweg zur Landstraße.

Von dort sah er den Transporter auf sich zukommen.

Carlo kannte den Fahrer Bartoz. Er winkte ihm, und Bartoz hielt neben ihm.

»Morgen«, grüßte Bartoz mit polnischem Akzent. Er war ein freundlicher, schlanker Mann, von dem Carlo sich niemals vorstellen konnte, dass der eine ganze Schweinehälfte stemmen konnte. Aber wie so oft täuschte man sich. Bartoz war ein Kämpfer und nicht unterzukriegen. Das war beim Poker, was sie manchmal gemeinsam mit Hauer spielten, echt ein Problem.

»Hey, Bartoz«, erwiderte Carlo. »Sag mal, ich krieg noch 'ne Lieferung von dir …«

»Ich komme morgen«, erklärte Bartoz.

»Gut, aber du warst vorgestern versprochen.«

»Ich war da!«

»Quatsch!« Carlo starrte Bartoz ungläubig an.

»Doch, aber später. Da war alles abgesperrt. Die Polizei hat mich nicht reingelassen. Was ist denn da los bei euch?«

»Schöner Mist ist da los«, antwortete Carlo. »Aber warum bist du denn später gekommen? Du bist doch sonst pünktlich wie …«

»Ein Deutscher?« Bartoz grinste. »Ich konnte kaum gerade gucken an dem Morgen. Hab gesoffen.«

»Kommt ja mal vor. Aber so heftig?«

Bartoz nickte. »Ich hab jetzt noch Kopfschmerzen. Hab mit dem Chef gebechert. Die ganze Nacht. Bis der überm Pokertisch eingeschlafen ist. Kennst den ja.«

»Echt? Die ganze Nacht?«, hakte Carlo interessiert nach.

»Ja, was weiß ich. Bis fünf oder so. Dann ist der Hauer umgekippt, und ich bin ins Bett.«

»Und der Hauer?«

»Glaub mir, da ging nichts mehr bei dem. Ich bin dann um acht zur Tour, und als ich um elf zurückkam, lag er immer noch quer auf dem Küchentisch.«

Schöne Scheiße, dachte Carlo. Sein Hauptverdächtiger war gerade ausgefallen.

Bartoz grinste. »Ist ja auch nichts Neues mit dem Hauer. Erinnerst du dich an unsere Runde zu Silvester?«

»Ungern«, sagte Carlo. »Sehr ungern.«

# 31

Carlo, Katja und Eleni saßen im ansonsten menschenleeren Speisesaal. Die Sonne, die an diesem Tag zum ersten Mal seit Langem herausgekommen war, ragte gerade über die Spitze des Balkons über der Terrasse. Es war Viertel nach zwei. Die Mittagsgäste wären, wenn es denn welche gegeben hätte, schon längst auf den Zimmern verschwunden gewesen. Es war ein Moment der Ruhe, und Carlo fühlte sich äußerst schlapp. Eleni und Katja warfen sich einen Blick zu, verschworen und belustigt zugleich.

»Da bist du ja sehr subtil vorgegangen, Carlo«, sagte Eleni ironisch.

»Ja, oder?« Carlo nickte. Dann aber fügte er hinzu: »Der Hauer ist Schweinebauer. Der versteht es anders nicht.«

Carlo hatte den beiden gerade die ganze Geschichte erzählt. Dabei hatte er sich mehrfach verheddert, und seine Augen waren leicht glasig gewesen. Es lag an dem Schnaps so frühmorgens.

»Da haben wir ja den Richtigen dorthin geschickt. Gleich und gleich gesellt sich gern«, meinte Katja. Und bevor Carlo protestieren konnte, fügte sie hinzu: »Jetzt stehen wir schon wieder mit leeren Händen da.«

»Ich glaube, nicht.« Leon strahlte über das ganze Gesicht, als er in den Speisesaal kam. »Was gab es bei Hauer?«

Als Carlo es kurz zusammengefasst hatte, nickte Leon zufrieden. Es störte ihn offensichtlich nicht, dass diese Spur kalt war, denn er hatte etwas viel Besseres.

»Ich habe eine neue Spur!«, erklärte er stolz. »Die beste von allen.«

»Na, da bin ich ja mal verspannt«, sagte Carlo. »Gespannt«, verbesserte er sich. Verdammter Schnaps!

»Carina war eben bei mir«, begann Leon.

»Wer ist Carina? Deine Freundin?«, fragte Carlo, mit einem Seitenblick auf Eleni. Leon lief rot an.

»Carina ist meine«, er machte Anführungszeichen mit den Händen, »*Kollegin*, drüben beim *Hück*. Da macht sie die Rezeption.«

»Das ist keine Kollegin, das ist die Konkurrenz«, meinte Carlo.

»Jetzt nicht mehr«, entgegnete Leon zufrieden.

Eleni runzelte die Stirn. »Will der Hück etwa unser Hotel kaufen?«

»Im Gegenteil«, sagte Leon und spürte, wie die anderen ihn wie elektrisiert ansahen. »Der Hück ist fast pleite.«

»Was, echt?« Katja rutschte auf die Stuhlkante vor, so neugierig war sie.

»Woher weißt du das? Von dieser Carina?«, fragte Eleni.

Leon nickte. »Ihr werdet es nicht glauben, aber Carina

kam eben hier vorbei und hat gefragt, ob es hier einen Job gibt. Der Hück hat ihr gekündigt.«

»Krass«, bekräftigte Carlo.

»Find ich auch. Nach sechs Jahren. Einfach so«, sagte Leon mitfühlend.

»Das meinte ich nicht. Also, ja, auch. Aber dass es dem Hück finanziell so schlecht geht?«

»Und der hat noch nicht mal 'nen Toten im Kühlhaus«, warf Katja ein.

»Anscheinend ist das alles seit Jahren auf Kante genäht«, erklärte Leon.

»Ich dachte, die wären immer besser gebucht als wir?«, sagte Katja.

»Zumindest tun sie immer so. Aber anscheinend hat der Hück Schulden. Und er muss einen echt großen Kredit bedienen«, mutmaßte Leon.

»Das muss Bernstein ja auch«, räumte Carlo ein.

»Doch der Hück ist anscheinend schlechter dran«, sagte Leon. »Carina ist nicht die Einzige, der gekündigt wurde. Auch einem Zimmermädchen und einem Koch.«

»Ich bin hier derzeit nicht ausgelastet.« Carlo schmunzelte. »Ich könnte mir drüben was dazuverdienen.«

»Verräter!« Leon war empört.

»Ein Scherz, Junge«, beruhigte Carlo ihn.

»Nenn mich bitte nicht immer Junge. Okay, Carlo?« Leon blickte Carlo entschlossen an. Der hob entschuldigend die Hände. Endlich setzte Leon sich mal durch. Carlo war beeindruckt.

»Jedenfalls machen der Hück und seine Frau, die Anni, jetzt die Rezeption.«

Leon ließ sich auf einen Stuhl direkt neben Eleni fallen.

»Okay, okay … lass uns mal nachdenken, was das jetzt heißt«, sagte Katja nachdenklich.

»Ich denke, das ist doch einfach«, erklärte Eleni. »Das *Hück* und das *Waldfrieden* liegen dicht beieinander und nehmen sich gegenseitig die Gäste weg. Wenn es das *Waldfrieden* nicht mehr geben sollte oder es durch einen Skandal belastet wäre, so wie jetzt, würde das *Hück* zwangsläufig profitieren.«

»Genau«, bestätigte Leon. »Schon am Tag, als die Leiche gefunden wurde, sind die meisten Gäste ausgecheckt und nach gegenüber gezogen.«

»Wenn das *Waldfrieden* schließen würde, spielt es auch gar keine Rolle mehr, ob Galgen Kurstadt wird oder nicht«, ergänzte Eleni.

»Und vor allem würde der Hück den ewigen Konkurrenten ausschalten. Seit Jahren, ach was, Jahrzehnten geht das schon …«

»Was, echt?«, fragte Eleni.

»Schon die Väter der beiden waren verfeindet«, antwortete Leon. »Bernstein und Peter Hück haben das dann fortgesetzt. Obwohl, wenn ich das richtig weiß, wollte Bernstein vor fünfundzwanzig Jahren den Streit beilegen. Er hatte die Nase voll davon, aber …«, berichtete Leon.

»Schaut mal«, unterbrach Carlo ihn. Er nickte in Richtung Garten, und alle anderen schauten dorthin.

Draußen zwischen den Hortensien und den Rosen standen Julia Reiß und Beate Kindermann ins Gespräch vertieft. Beate streichelte dabei nachdenklich über eine Hortensienblüte.

»Die mag halt Hortensien.« Katja zuckte mit den Schultern.

»Dass die beiden plötzlich zusammenglucken, die Ehefrau und die Liebhaberin. Das ist … erstaunlich«, kam es von Carlo.

Eleni schaute nachdenklich zu den beiden Frauen hinaus. »Wieso denn? Sie haben beide gerade jemanden verloren. Ist doch schön, wenn sie einander eine Stütze geben.«

»Sie haben nicht *einen*, sie haben *denselben* verloren«, erinnerte Carlo.

»… und das bringt uns wieder zurück zu Hück und unserem Bernstein«, sagte Leon etwas bekümmert, als er sich an Eleni wandte. »Ja, Bernstein wollte den Streit beilegen, damals, als sein Vater gestorben war und er das hier übernommen hat … aber dann hat der Hück ihm die Freundin ausgespannt …«

»Die Anni?«, fragte Carlo erstaunt.

Leon nickte.

Eleni und Katja sahen ihn verdutzt an.

»Das erklärt vieles«, sagte Katja langsam.

»Das unterstützt vor allem das Mordmotiv«, fügte Leon zufrieden hinzu. »Zwar hat Hück, was die Frau angeht, gewonnen, aber soweit ich weiß, gibt es da drüben immer Streit, wenn die Anni mal mit Bernstein auf der Straße redet. Der Hück ist eifersüchtig.«

»Und jetzt das Hotel in den Abgrund zu reißen, den ewigen Konkurrenten auszuschalten, indem er ihm eine Leiche ins Kühlhaus legt. Was für ein perfider Plan!«, empörte sich Katja.

»Und Hück würde niemals in Verdacht geraten. Schließlich denken alle, es geht um das verdammte Wassergutachten«, meinte Carlo.

»Zwei Fliegen mit einer Klappe«, sagte Katja.

»Drei Fliegen«, berichtigte Leon. Er kippelte mit seinem Stuhl.

»Aber was sollen wir jetzt tun?« Eleni schaute nachdenklich in die Runde. »Ich meine, wie wollen wir rausfinden, ob das der Hück war?«

Katja überlegte lange, dann sagte sie: »Wir haben hier vielleicht keine Kameras im Hotel ... aber vielleicht hat der Hück welche?«

»Auf jeden Fall hat er das. In der Auffahrt habe ich eine gesehen. Und in der Lobby gibt es auch eine«, verkündete Leon.

»Es sei denn, es sind auch nur Attrappen wie bei uns«, sagte Carlo. »Mann, verdammt, das hatte ich erst gar nicht gewusst. Hab immer gedacht, die wären echt.«

»Und, hast du immer den Bauch eingezogen, wenn du dran vorbeigegangen bist?« Katja grinste.

»Ich hab gar keinen Bauch, den ich einziehen könnte«, knurrte Carlo und strich über seinen, leider tatsächlich deutlich sichtbaren Bauch. »Ich bin nur vollschlank.«

Katja grinste breit.

»Du dagegen könntest mal ein paar Kilo zunehmen«, fand Carlo. Katja wollte darauf etwas erwidern, aber Leon unterbrach die beiden. »Ihr benehmt euch wie ein Kindergarten. Konzentriert euch«, forderte er streng. »Also, wenn jemand von uns sich ins *Hotel Hück* schleichen und dort das Kameramaterial von der Nacht des Mordes besorgen könnte, dann würden wir vielleicht den Hück erkennen, wie er mitten in der Nacht das Hotel verlässt. Verstehe ich dich richtig, Katja?«

»So ungefähr«, antwortete Katja. »Dann haben wir zwar noch keinen Beweis, dass er es auch war, aber es wäre ein wichtiges Indiz.«

»Na gut. Prima«, sagte Leon. »Wer macht es?« Er schaute in die Runde und kippelte weiter mit seinem Stuhl.

»Du natürlich«, kam es prompt von Carlo.

»Ich? Wieso ich?« Leons Stuhl krachte zu Boden.

»Du bist derjenige, der die da drüben am besten kennt. Die Carina. Oder auch die Frau vom Hück. Ihr quatscht doch immer miteinander«, befand Carlo.

Das stimmte. Zu Anni Hück hatte Leon ein beinahe freundschaftliches Verhältnis. Eher gesagt, ein mütterliches. So wie der gütige Bernstein etwas Väterliches hatte, war die freundliche und liebevolle Anni Hück so etwas wie das Gegenstück dazu. Leon wusste um die unglückliche Liebe seines Chefs zu Anni, und wenn er sich etwas wünschen könnte, dann, dass diese beiden nach all den Jahren endlich zusammenfanden. Danach sah es aber nicht aus.

Leon kannte Anni Hück von diversen kleinen Botengängen zum *Hotel Hück*. Denn trotz aller Feindschaft und Konkurrenz, man half sich aus, falls gerade etwas fehlte – von Schreibpapier über Stadtkarten bis hin zu irgendwelchen ungewöhnlichen Gästewünschen mitten in der Nacht, wenn man zum Beispiel gerade keine Magnumflasche Champagner, keine Pralinen oder auch keine Kondome mehr hatte. Dann war Leon oft rübergegangen und hatte von Carina oder Anni Hück das Gewünschte bekommen. Und ja, er war auch Bote von Bernstein gewesen, der Anni Hück jedes Jahr zum Geburtstag oder zu Weihnachten eine kleine Aufmerksamkeit zukommen ließ. Leon kannte den warmen, immer etwas melancholischen Blick in Annis Augen, wenn er ihr das Geschenk übergab.

Um Peter Hück machte Leon allerdings immer einen großen Bogen. Der schien gar nicht begeistert, wenn Leon dort auftauchte. Aber Leon konnte ihn ebenfalls nicht leiden.

»Du gehst rein und findest das raus«, erklärte Katja.

»Aber wie soll ich das denn tun?«, fragte Leon.

»Denk dir was aus, du bist doch total einfallsreich.« Eleni lächelte ihn warm an.

Leon wurde ein wenig rot. Das Kompliment erwärmte sein Herz.

»Los jetzt, Leon«, brummte Carlo. »Du hast eine Mission.«

Eine Mission? Das klang beinahe so gut wie das Kompliment von Eleni.

# 32

Als Leon das *Waldfrieden* verließ und sich nach rechts wandte, war er aufgeregt. Die Straße, die die beiden Hotels miteinander verband, schlängelte sich an einem leichten Hang hinunter. Einfamilienhäuser, ein paar Altbauten und dazwischen zwei Architektenhäuser aus den Sechzigern säumten den Weg. Es war eine gute Nachbarschaft, friedlich, ruhig und aufgeräumt. Vögel zwitscherten, hinten wusch ein Mann seinen Wagen. Leon konnte durch eine Häuserlücke den Kirchturm von Galgen unten im Tal sehen.

Nach dreihundert Metern war er angekommen. Als er die Auffahrt zum *Hotel Hück* hochging, bestaunte er ein weiteres Mal die Aufmachung des Hotels. War das *Waldfrieden* ein gemütliches Boutiquehotel, war das *Hück* ungleich eleganter. Peter Hück hatte überall Marmor anbringen lassen. Es gab goldene Statuen, und alles Metall im Haus war aus hochpoliertem Messing. Selbst die Eingangshalle war viel, viel größer.

Leon ging über die roten Pflastersteine zur Eingangstür und schaute auf die Kamera, die dort oben angebracht war. Ein kleines grünes Licht blinkte in regelmäßigen Abständen. Das ist keine Attrappe, dachte Leon zufrieden. Aber er hatte überhaupt keine Idee, wie er an die Speicherkarten der Videos kommen sollte. Leon wiegte den Kopf, dann atmete er tief ein und betrat das *Hotel Hück*.

An der Rezeption war Carina nicht zu sehen. Leon hatte kurz gehofft, dass er sie überzeugen konnte, ihm die Videos zu zeigen. Vielleicht, indem er ihr versprach, ein gutes Wort bei Bernstein für sie einzulegen oder so. Aber in dem Moment fiel ihm ein, dass ihr ja gekündigt wurde und nun Anni Hück hinter dem Tresen saß. Sie lächelte ihm freundlich entgegen. Sie trug einen Pagenschnitt, und man sah ihr an, dass sie früher einmal sehr schön gewesen sein musste. Anni hatte ein nettes Grübchen, und der manchmal leicht melancholische Schleier in ihren Augen machte sie noch viel wunderbarer in Leons Augen.

Wie so oft musste er, wenn er Anni begegnete, an seine Mutter denken. Die war klein, hartherzig und rauchte in einem fort, obwohl Leon und sein Stiefvater alles versucht hatten, sie davon abzubringen. Bei den kleinsten Kleinigkeiten ging sie an die Decke. Ganz anders war Anni Hück.

»Hallo, Leon«, sagte sie und lächelte ihn weiter freundlich, beinahe liebevoll an. »Schön, dich zu sehen.«

»Hallo, Anni. Wie geht es dir?«

Ein kurzer Schatten huschte über ihr Gesicht, aber sie hielt das Lächeln aufrecht.

»Es ist, wie es ist, aber wir machen das Beste draus.« Und bevor Leon nachhaken konnte, fragte sie: »Aber was ist denn da bei euch passiert? Das ist doch grauenhaft. Ich wollte Rolf schon anrufen, aber …«

Sie hatte sich nicht getraut, ahnte Leon.

»Ja, das ist wirklich schlimm«, antwortete Leon. »Alles steht kopf. Die Polizei hatte alles abgesperrt. Mittlerweile ist alles wieder frei, aber die Gäste … na ja, wenigstens profitiert ihr ja ein bisschen davon.«

»Das darfst du gar nicht denken, Leon.« Anni klang fast empört. »Klar haben wir die gerne aufgenommen, das gehört sich doch so unter Nachbarn. Aber wir würden doch nie …«

»Nein, nein, nein«, wehrte Leon schnell ab. »Das war kein Vorwurf. Nein, ich freue mich für euch. Aber wie ich hörte …«, Leon hielt inne, »geht es euch ja auch nicht so blendend?«

Anni sah ihn erschrocken an, dann sagte sie: »Ach, es ging schon besser.«

Leon sah, wie ihr Blick auf ein Gerät fiel, das neben ihr auf dem Rezeptionstresen lag.

»Was ist das denn?«, fragte Leon unschuldig.

»Ach …« Anni zögerte, dann fuhr sie mit besorgtem Blick fort: »Das ist ein mobiles EKG.«

»Oh!« Leon war erschrocken. »Ich hoffe, dass es nicht für dich ist.«

»Nein, das ist von Peter.«

»Geht's ihm nicht gut? Das tut mir leid.« Eigentlich tat er Leon nicht leid, Anni war es, die er nicht unglücklich sehen wollte.

Anni wiegte den Kopf. »Es ist der ganze Stress, weißt

du? Peter hat seit Längerem Herzprobleme. Und der Arzt hat ihm dieses Langzeit-EKG verordnet.«

»Ich kenne mich da nicht so aus. Da wird der Herzrhythmus überprüft? Über ein paar Tage, oder was?«

Anni nickte. »Peter hat das jetzt vier Tage lang. Es muss jetzt zurück zum Arzt, damit der es auswertet ...«

»Und er hat das die ganze Zeit getragen?«, fragte Leon, dem plötzlich eine Idee kam.

»Tagsüber nicht durchgängig. Das Gerät nervt schon, mit all den Kabeln. Peter ist ein paarmal hängen geblieben. Aber nachts trägt er es immer.«

Leon versuchte, sein Strahlen zu unterdrücken, denn Anni warf ihm einen schiefen Blick zu.

»Das tut mir sehr leid. Ich hoffe, das gibt sich schnell«, beeilte sich Leon zu erwidern.

»Aber warum bist du eigentlich hier? Was kann ich für dich tun?«, wollte sie nun von Leon wissen.

Leon druckste herum und überlegte fieberhaft.

»Uns sind ... uns sind die Stadtpläne und die Broschüren vom Theater ausgegangen. Und ich wollte fragen, ob ihr so nett sein könntet, uns ein paar zu leihen. Ich fahre heute Nachmittag in die Stadt und besorge welche, aber ein Gast fragte gerade danach, und ...« Er lächelte Anni bittend an.

»Aber klar, Leon. Warte, ich hole dir welche.« Anni verschwand mit ihrem mütterlichen Lächeln in dem Zimmer hinter der Rezeption.

Leon starrte auf das EKG. Als Anni zurückkam und ihm die Pläne und Broschüren gab, bedankte sich Leon freundlich.

»Wenn ich später in die Stadt gehe, bringe ich sie dir zurück. Aber …« Er machte eine kurze Pause. »Soll ich bei der Gelegenheit das EKG mitnehmen und beim Arzt vorbeibringen? Sozusagen als Dankeschön?«

Anni sah ihn zweifelnd an.

»Es macht mir nichts aus, wirklich. Ich mache das gerne.«

# 33

Als Leon mit dem EKG-Gerät zurück ins *Waldfrieden* kam, tänzelte er fast vergnügt über den dicken Lobby-Teppich. Sein breites Grinsen wich auch nicht aus dem Gesicht, als er die Küche betrat und Carlo ihn mit einem »Du siehst aus, als hättest du ein Honigkuchenpferd gegessen« begrüßte.

»Wer sagt heutzutage noch Honigkuchenpferd?«, fragte Leon. »Was *ist* überhaupt ein Honigkuchenpferd?«

Carlo überlegte kurz. »Keine Ahnung, ehrlich gesagt. Aber was ist das, was du da in der Hand hältst?« Er deutete mit seinem Kochlöffel, mit dem er in einer Consommé gerührt hatte, rüber. Brühe tropfte auf den Boden.

»Das ist das Langzeit-EKG von Peter Hück«, klärte Leon ihn auf und lächelte stolz.

»Wie schön, herzlichen Glückwunsch ... aber ... was sollen wir damit anfangen?« Carlo sah Leon fragend an.

»Dieses Gerät könnte belegen, ob Peter Hück in der Mordnacht die Chance gehabt hat, Kindermann zu töten ...«

Carlo sah Leon verständnislos an.

»Das Gerät misst ständig den Herzschlag. Und der Hück trägt es vor allem nachts. Wenn er es also ausgerechnet in der Mordnacht abgeschaltet hat, um hierherzuschleichen und Kindermann zu töten, dann werden wir das sehen«, erklärte Leon.

»Schöner wäre 'ne Videoaufnahme«, meinte Carlo.

»Ich habe gefragt. Bei denen sind das auch nur Attrappen«, schummelte Leon. Er wusste selbst nicht recht, warum.

»Na toll. Aber das Gerät da ... wenn es ausgeschaltet war, heißt das noch lange nicht, dass Hück der Mörder war.«

»Das stimmt. Aber was, wenn er es während des Mordes getragen hat?! Dann müssten seine Herzschläge deutlich in die Höhe geschnellt sein ...«

»Du Fuchs.« Carlo lächelte und hielt Leon den Löffel hin: »Willst du mal probieren?«

»Später. Ich will mir erst mal dieses Ding ansehen. Ich habe keine Ahnung, wie das funktioniert.«

Leon schaute skeptisch auf das Gerät, das einen kleinen Monitor hatte, diverse Knöpfe, und aus dem einige Kabel heraushingen. Er betätigte den »On«-Knopf. Das Gerät begann, leise zu surren, und fuhr hoch. Carlo ließ den Löffel in die Consommé fallen und trat zu Leon.

In dem Moment kam Eleni herein.

»Puh, ich bin durch für heute«, sagte sie und ließ sich erschöpft auf einen der Stühle fallen. Sie legte ihre schmerzenden Füße hoch, nickte zu Leon und Carlo rüber, die sich über das EKG-Gerät beugten.

»Was ist denn das? 'ne tragbare Spielekonsole?« Eleni konnte es nicht sehen, da die beiden ihr die Sicht nahmen.

»Viel besser. Ein EKG, und zwar das von Peter Hück.«

Eleni stand auf und trat zu ihnen.

»Woher hast du das?«, erkundigte sie sich.

»Ich hab es ... geliehen. Vielleicht können wir damit das Alibi vom Hück überprüfen! Wenn ich nur wüsste, wie das hier funktioniert ...« Leon war nervös.

»Lass mich mal!« Eleni nahm Leon das Gerät aus der Hand, und mit wenigen Handgriffen war sie im richtigen Anzeigemodus gelandet.

»Woher weißt du das?«, fragte Leon verwundert.

»Meine Oma hat auch so eins«, erklärte Eleni. »So, was wollen wir wissen? Vor drei Tagen nachts ...« Sie klickte und spulte an die richtige Stelle. Gemeinsam blickten Carlo, Leon und Eleni auf die Sinuskurven. Es gab durchgängige Ausschläge.

»Er hat es die ganze Nacht getragen, von zehn Uhr abends bis acht Uhr morgens ...«, fasste Leon enttäuscht zusammen.

»Und gibt es einen Peak irgendwann nachts? Wo sein Herz total durchgedreht ist?«, wollte Carlo wissen, dem ebenfalls schon nichts Gutes schwante.

»Nein, diese Werte sind völlig normal. Hier und hier«, Eleni deutete mit dem Finger auf einige Stellen, »ist die Sinusarrhythmie echt erhöht, und die atriale Fibrillation bewegt sich sprunghaft zwischen 99,3 und 89,1 Prozent, aber das weist nur auf eine Herzrhythmusstörung bei Peter Hück hin und nicht auf ein besonderes emotionales wie angespanntes Ereignis. Der Hück hat halt kleine Aussetzer, sein Arzt wird ihn medikamentös einstellen, und dann hat sich das.«

Leon und Carlo sahen Eleni sprachlos und verdutzt an.

Eleni legte das Gerät zurück auf den Tisch. Erst dann bemerkte sie die Blicke. »Was ist?«

»Und *das* hast du alles von deiner Oma?«, fragte Leon misstrauisch nach.

»Auch.« Eleni zuckte mit den Schultern und setzte ein harmloses Gesicht auf. Eine Strähne fiel ihr in die Augen. Sie sah entzückend aus, fand Leon.

»Nun sag schon, Eleni«, bat Carlo, »woher kennst du dich so gut damit aus?«

Eleni zögerte, dann seufzte sie leise. »Ich habe Medizin studiert. Wenn ihr's genau wissen wollt.«

»Ich dachte, du wärst Physiotherapeutin gewesen?«, sagte Leon. Er war beeindruckt.

»Das auch.«

»Und jetzt bist du Zimmermädchen?«, wunderte sich Carlo, der das Ganze nicht in einen geordneten Zusammenhang bringen konnte.

»Freiwillig nicht«, gab Eleni zu. »Entschuldigt, dass ich euch enttäusche«, schob sie schmunzelnd nach.

»Enttäusche?« Leon war fasziniert. »Im Gegenteil. Ich finde das ... wow ... ich weiß gar nicht, was ich sagen soll.«

»Beeindruckend findet er das«, antwortete Carlo für ihn.

Leon musste nicken, und sanft fügte er hinzu: »Ich merke, du willst da nicht wirklich drüber reden ... Aber was ist passiert?«

Eleni blickte ihm in die Augen und gab sich einen Ruck.

»Nein, es ist ja kein Geheimnis. Es ist nur nicht so eine tolle Geschichte. Es gibt Länder wie meins, in denen die Zukunftsaussichten nicht so rosig sind, sodass man manchmal Umwege gehen muss. Ich konnte das Studium nicht abschließen, weil ich plötzlich Geld verdienen musste ... und dann sind einfach Dinge passiert ... na ja, und jetzt bin ich hier.«

»Aber das ... wusste ich alles ... gar nicht«, stammelte Leon.

»Es gibt 'ne Menge Sachen, die du nicht weißt«, erwiderte Eleni lächelnd. »Zum Beispiel, wie man ein EKG-Gerät bedient.«

»Wie gut, dass wir dich haben.« Leon lief rot an.

»Jetzt hast du bei Leon erst recht einen Stein im Brett«, stichelte Carlo.

Leon wurde prompt noch röter, aber diesmal vor Empörung. Aber er sagte nichts, denn nun kam ihm Eleni noch viel unerreichbarer vor. Sie war Ärztin! Also beinahe. Aber ihm um so viel mehr überlegen ... Er würde niemals eine Chance bei ihr haben. Leon nahm mit ernstem Gesicht das Gerät hoch und wandte sich ohne ein weiteres Wort zur Tür.

»Wohin willst du?«, fragte Eleni, der Leons Stimmungswandel nicht entgangen war.

»Ich muss das Ding zurückbringen oder vielmehr zum Arzt«, sagte er und verließ traurig den Raum.

Carlo sah ihm nach. Leon tat ihm leid.

»Also: Hück ist raus?«, vergewisserte er sich, an Eleni gewandt.

»Sofern er nicht der beinharteste Killer ist, dem ein Mord so gar nichts ausmacht, dass er nicht mal eine erhöhte Herzfrequenz kriegt? Ja.«

»Schade. Ich hätte es gut gefunden. Ich kann den nicht leiden«, sagte Carlo. »Hast du Hunger?«

Eleni nickte müde.

# 34

Abends nach dem Personalessen saßen Katja, Carlo, Leon und Eleni schweigend am Personaltisch. Igor, der Beikoch, räumte hinten die letzten Sachen zusammen. Carlo hatte sich wirklich Mühe gegeben: Rinderfilet mit Pilzsoße und Serviettenknödel, eine Trüffel-Consommé vorweg und danach ein Waldfrucht-Sorbet. Eigentlich ein viel zu üppiges Essen für das Personal, aber es hatte nur zwei Gäste zum Abendessen gegeben. Und selbst Beate Kindermann und Julia Reiß, die immer noch im Hotel weilten, hatten sich nicht blicken lassen. Da sie so wenig Gäste hatten, musste Carlo die Sachen verwerten, bevor sie verdarben.

»Sehr lecker war es«, lobte Eleni, bevor sie ihren Löffel in die leere Schüssel legte. Es war der Versuch, die deprimierte Stimmung zu vertreiben, die hier in der Luft hing.

In die Stille hinein sagte Leon bekümmert: »Alles, was wir versuchen, ist erfolglos.«

Katja nickte. Sie war erschöpft. Irgendwie war alles sinnlos gewesen.

»Wir haben das private Umfeld und die berufliche Situation von Kindermann durchforstet. Wir haben geschaut, wer dem *Waldfrieden* schaden könnte und wer ein Interesse hätte, dass die Wasserstudie veröffentlicht wird. Jetzt weiß ich nicht mehr weiter, echt nicht.«

»Warum die die Studie immer noch zurückhalten, frage ich mich«, sagte Carlo nachdenklich.

»Die Mühlen der Stadt mahlen langsam«, meinte Eleni. »Wenn ich an meine Aufenthaltsgenehmigung denke und wie lange das gedauert hat …«

»Dabei ist die Binder-Mahnke doch sonst so fix«, warf Leon ein.

»Du hättest die doch fragen können, als sie dich hier letztens angebaggert hat«, meinte Carlo.

»Stimmt«, sagte Leon trocken. »Aber da wusste ich noch nicht, dass ich hätte fragen können, müssen oder sollen. Kindermann ist ja erst am nächsten Morgen tot aufgefunden worden.«

Katja runzelte interessiert die Stirn. »Willst du damit sagen, dass die Bürgermeisterin in der Tatnacht hier war?«

Auf einmal herrschte wieder Stille im Raum. Der Satz von Katja blieb noch ein wenig im Raum hängen.

»Wirklich? Das hatte ich gar nicht so verstanden«, hakte Katja schließlich nach.

»Worauf willst du hinaus?«, fragte Carlo.

»Nun, dieses ganze Ding, ob Galgen jetzt eine Kurstadt wird, das ist ja nicht nur für das Hotel wichtig, sondern für die Stadt und die Einwohner generell, oder? Und erst recht für die Leute an der Spitze, die das marode Galgen retten und wiedergewählt werden wollen …«, sagte Katja.

»Es ist die *Bürgermeisterin!*«, protestierte Leon. »Willst du ihr einen Mord unterschieben?«

»Warum nicht?«

»Die macht so was nicht«, wehrte Leon ab.

»Gerade die Bürgermeisterin hat vielleicht Interesse, eine solche Studie zu verhindern? Falls sie negativ ausfällt?«, räumte Katja ein.

»Nicht die Binder-Mahnke! Spinnst du? Die tut so was nicht!«, protestierte Leon.

Doch Carlo zuckte mit den Schultern und fügte hinzu: »Sie ist eine Politikerin. Die tun alles.« Er deutete auf die Tageszeitung, die vor ihm auf dem Tisch lag. Auf dem Titelblatt stand ein weiterer Artikel über den Mord im *Waldfrieden*. Carlo hatte ihn am Nachmittag gelesen und nichts Neues darin entdeckt. Aber jetzt, wo der Artikel wieder vor ihm lag, störte er ihn kolossal. Denn diese Nachrichten bedrohten das *Waldfrieden*. Carlo riss das Titelblatt heraus und zerknüllte es.

»So viele Vorurteile wie du möchte ich auch mal haben«, spottete Katja. »Wie lebt es sich mit so einem eingeschränkten Weltbild?«

»Ganz gut eigentlich«, gab Carlo grinsend zurück. Er drehte sich zu Leon. »Die Binder-Mahnke war also an dem Abend hier. Mit wem hat die sich getroffen? Etwa mit Kindermann?«

Carlo warf die Kugel, die er aus der Zeitungsseite zusammengeknüllt hatte, quer durch die Küche. Er verfehlte den großen offenen Mülleimer, der gut fünf Meter weiter neben dem Herd stand, deutlich. Carlo knurrte unzufrieden.

»Das habe ich nicht gesehen. Aber der war ja auch oben auf dem Zimmer mit Julia Reiß ...« Leon dachte einen Moment lang nach. »Moment mal. Ich erinnere mich, dass der Kindermann irgendwann am Abend kurz in die Bar kam. Der hat zwei Drinks bestellt und ist damit dann wieder hoch aufs Zimmer ... Und Kindermann und die Binder-Mahnke haben sich angeschaut und beide kurz genickt. Gesagt haben die nichts. Und ich weiß auch ehrlich gesagt nicht, ob das nur ein ganz normales Nicken war, oder etwas ... Geheimnisvolles.«

»Warum hast du denn nicht aufgepasst?«, fragte Carlo. Er riss ein weiteres Zeitungsblatt ab und zerknüllte es zu einer Kugel.

»Weil ich Drinks mischen musste! Und weil ich nicht wusste, dass ich aufpassen musste. Das war ein ganz normaler Hotelgast. Und quicklebendig.«

»Hm, okay, okay.« Katja überlegte laut. »Es gab eine kurze Begegnung von der Bürgermeisterin und Kindermann in der Bar. Keine Ahnung, wie wir diese benennen sollen, aber es gab zumindest eine. Und was hat die Binder-Mahnke dann gemacht?«

»Nichts. Die stand oder saß die ganze Zeit an der Bar«, sagte Leon.

»Mit wem?«, hakte Katja nach.

»Mit ... niemandem«, erinnerte sich Leon. »Die hat an der Bar gesessen und was getrunken und oft auf ihrem Handy rumgetippt ...«

»Wie lange war die denn da?«

»Ewig. Sieben Moscow Mules lang.«

»Sieben??? Das ist sportlich«, fand Carlo. »Ich könnte dann nicht mehr gehen.« Er warf die Papierkugel. Und wieder deutlich daneben. »Mir fehlt das Zielwasser«, grummelte er.

»Die ersten drei Drinks waren alkoholfrei«, sagte Leon. »Aber dann hat sie plötzlich angefangen, welche mit Alkohol zu bestellen. Und später noch das Gulasch, um ein Uhr oder wann das war.«

»Klar, wenn man sich betrinkt, bekommt man irgendwann Hunger.« Carlo nickte.

»Aber das Ganze ist doch seltsam«, fand Eleni. »Was macht die Frau so lange alleine in einer Bar?«

»Vielleicht wollte sie jemanden aufreißen?«, vermutete Katja.

»Und dann geht man als Bürgermeisterin in eine Hotelbar im Ort?« Leon fand das wenig überzeugend. »Hier kennt einen doch jeder.«

»Ich habe keine Ahnung, wo Politiker sonst Menschen aufreißen. Das ist ja auch nicht einfach, wenn du prominent bist«, erwiderte Katja.

»Na ja, prominent ... aber gut, jeder in der Stadt kennt dich. Da wäre eine Hotelbar tatsächlich der beste Ort. Schließlich sind da eher Leute von außerhalb und nicht die Leute aus der Stadt, oder?«

Das war ein gutes Argument, das Leon vorbrachte.

»Ich glaube dennoch nicht, dass die jemanden aufreißen wollte. Im Gegenteil, das war meiner Meinung nach Frusttrinken und dann Frustfressen«, sagte Eleni.

»Wieso?«, wollte Leon wissen.

»Es sieht so aus, als hätte sie auf jemanden gewartet und wäre dann aber versetzt worden«, meinte Eleni. »Und dann hat sie sich betrunken.«

»Das kenne ich«, sagte Katja leise.

Erst als sie aufschaute, merkte sie, dass die anderen sie anblickten.

»Was ist?«, fragte Katja. »Seid ihr noch nie versetzt worden?«

»Nein«, sagte Leon.

»Das kommt daher, weil du noch nie ein Date hattest«, spottete Carlo. Eleni musste lachen, und das schmerzte Leon am meisten.

»Das stimmt auch überhaupt nicht!«, zischte er.

»Bei dir würde das bestimmt anders laufen, stimmt's, Eleni?«, warf Carlo ein.

»Wer würde sie schon versetzen«, sagte Leon leise, und sofort schämte er sich. Die anderen, auch Eleni, glucksten leise. Leon griff sich verdrossen die Zeitung, riss ein Blatt ab und zerknüllte es. »Und auf wen, meint ihr, könnte die Binder-Mahnke gewartet haben?«

»Das könnte jeder sein.« Carlo zuckte mit den Schultern.

»Jemand von den Gästen, oder?«, wollte Katja wissen.

»Da waren ja nur, lass mich überlegen, dieses junge Ehepaar Mitte zwanzig auf seiner Hochzeitsreise, das Rentnerpaar, das zu der Beerdigung gekommen war. Dann natürlich Julia Reiß, diese Dozentin Bamberger und diese Frau Busch ...«, zählte Leon auf.

»Aber sag mal, war da nicht auch dieser Mann, der das Zimmer gebucht hatte und gar nicht gekommen war?«, fragte Eleni nachdenklich. Sie erinnerte sich daran, als sie mit Leon die Buchungen durchgegangen war.

Leon warf ihr einen überraschten Blick zu und schmiss seinen Zeitungsball in Richtung Mülleimer ... und traf.

»Respekt, Leon.« Carlo nickte anerkennend.

Katja, Carlo, Eleni und Leon drängten sich hinter die Rezeption. Zu viert war es viel zu eng. Aber sie wollten alle auf Leons Computer schauen, der die Buchungsseite anzeigte.

»Jens Wenner«, sagte Leon. »Neunundvierzig Jahre alt, kommt aus Gütersloh. Hatte im Voraus bezahlt und wollte das Geld auch nicht erstattet haben, obwohl er nicht gekommen ist. Zumindest hat er bis jetzt nicht um Erstattung gebeten.«

»Das ist eine Information, die uns überhaupt nicht weiterbringt«, fand Carlo. »Ob der nun zahlt oder nicht.« Er straffte seinen schmerzenden Rücken. Vornübergebeugt zu stehen tat ihm nicht gut. Aber er hing ja ständig über den Töpfen. Sein Arzt hatte ihm zu Yoga geraten, doch Carlo hatte abgelehnt. Nicht sein Ding.

Katja musterte Carlo, der sich mit der Hand an die schmerzende Stelle im Rücken griff.

»Vielleicht solltest du mal Sport machen. Gegen die Rückenschmerzen ...«, schlug Katja vor.

»Danke, aber ...«

»Yoga wirkt Wunder«, ergänzte Katja.

»Danke, dass du mich bemutterst, aber nein.« Carlo war entschieden dagegen.

»Aber es tut gut. Glaub mir.«

»Nein!«, protestierte Carlo viel zu heftig. Er hasste es, bemuttert zu werden.

Eleni und Leon tauschten einen Blick: »Vielleicht ist das der Mann, auf den die Binder-Mahnke gewartet hat. Vielleicht ist das ihre Affäre?«, überlegte Eleni laut.

»Es können nicht *alle* Leute Affären haben«, meinte Carlo.

»Stimmt. Aber viele«, erwiderte Katja.

»Du musst von dir nicht auf andere schließen«, brummte Carlo. Er merkte erst jetzt, dass er einen wunden Punkt bei Katja getroffen hatte, als sie ihn anzischte.

»Und du musst gar nicht so auf dem hohen Ross sitzen!« Katjas Augen waren zu Schlitzen zusammengezogen.

Eleni wandte sich an Leon: »Darf ich mal?« Leon wich zur Seite, und Eleni schob sich zwischen Carlo und Katja hindurch und tippte in die Computertastatur.

Über Elenis Rücken hinweg wandte sich Carlo an Katja. »*Ich* bin eine treue Seele«, behauptete er.

»Aber du bist trotzdem geschieden«, erwiderte Katja trocken.

»Woher weißt du, dass ich geschieden bin?«, zischelte Carlo und funkelte sie grimmig an.

»Ist das ein Geheimnis?«

»Nö. Aber dennoch! Woher?«

»Leute!« Leon schaute Katja und Carlo strafend an. »Beruhigt euch!«

Aber die beiden starrten sich weiter unversöhnlich an.

»Die Binder-Mahnke kommt auch gebürtig aus Gütersloh«, stellte Eleni fest, die in der Zwischenzeit gegoogelt hatte.

Carlo und Katja wandten ihre Blicke überrascht zu Eleni und dem Bildschirm.

»Vielleicht ist dieser Jens Wenner ein alter Freund?«, mutmaßte Leon.

»Oder ihre Jugendliebe, die sie wiedertreffen wollte?«, schlug Eleni vor.

»Romantikerin«, befand Carlo.

»Du ja offensichtlich nicht«, gab Katja zurück.

»Klappe jetzt!«, verlangte Leon. »Wie könnten wir das herausfinden?«

»Und was bringt es uns, frage ich mich«, unterbrach Carlo. »Offensichtlich ist Jens Wenner nicht aufgetaucht. Aber was hat das mit dem Mord an Kindermann zu tun? Ich will viel lieber wissen, wie lange die Binder-Mahnke da war. Das ist doch viel wichtiger.«

»Hm, so gegen halb zwei oder so? Ich war im Keller, und als ich zurückkam, war ihr Hocker leer. Sie hatte Geld hingelegt und war verschwunden.«

»Vielleicht hat sie genau darauf gewartet, dass du gerade nicht da bist. Und dann hat sie sich irgendwo im Hotel versteckt und später Kindermann abgepasst, als Julia dessen Zimmer verließ, und ihn dann hinterrücks ermordet …«, nahm Carlo an.

»Vorderrücks«, verbesserte Leon ihn. »Ich weiß zwar nicht, ob es dieses Wort überhaupt gibt, alle Stiche kamen jedenfalls von vorne.«

»Danke, aber noch mal: Was interessiert mich dieser Jens Wenner?«, fragte Carlo.

»Vielleicht bekommen wir über ihn Informationen über die Bürgermeisterin. Auch darüber, wie sie zum Wassergutachten steht. Oder zumindest, ob die beiden die ganze Nacht über gechattet haben«, meinte Katja.

»Anstatt Beweise zu finden, wie wir der Bürgermeisterin einen Mord nachweisen, bemühen wir uns, ihr Alibi zu bestätigen? Das müsste doch andersrum sein!«, fand Carlo.

»Oh, du kannst gerne zur Binder-Mahnke gehen und erklären: Sie waren es, gestehen Sie!«, sagte Katja spöttisch.

»Könnte ich machen«, war Carlos trockene Antwort.

»Wir wissen ja mittlerweile, was bei deinen Konfrontationsstrategien rauskommt«, entgegnete Katja bissig.

»Bei dir läuft's auch nicht besser, meine Liebe«, erwiderte Carlo.

»Besser als bei dir immer noch«, fand Katja.

»Denke nein.«

»Denke doch.«

Plötzlich brachen Leon und Eleni, die den Wortwechsel der beiden verfolgt hatten, in Lachen aus.

»Was ist?«, fragten Carlo und Katja unisono.

»Ihr seid wie Kinder.«

»Gar nicht«, protestierte Carlo.

»Wenn ihr ein Date wollt, warum verabredet ihr euch denn nicht einfach mal?« Eleni lächelte.

»Anstatt uns mit euren ewigen Neckereien zu nerven«, ergänzte Leon grinsend. Er wandte sich wieder dem Bildschirm zu und rief die Buchung von Jens Wenner auf, um an dessen Telefonnummer zu kommen. Dabei beugte er sich halb über Eleni, und ihr Parfüm stieg ihm in die Nase.

Carlo und Katja schwiegen ertappt. Denn irgendwie hatten der Concierge und das Zimmermädchen ja recht. Carlo wich Katjas Blick aus, und sie tat dasselbe. Beide traten einen halben Schritt zurück. Während Katja in die Eingangshalle starrte, blickte Carlo betreten auf den Tresen vor sich. Dort lag Leons Brieföffner. Carlo grübelte. Schließlich fragte er: »Lang, schmal und spitz war die Mordwaffe, oder?«

# 35

»Und sie haben sie noch nicht gefunden«, sagte Leon, ohne vom Bildschirm aufzusehen.

In seinem Rücken wanderte Katjas Blick von der Lobby zum Tresen, auf den Carlo noch immer nachdenklich starrte. Gleiches tat auch Eleni. Alle schwiegen, bis Leon endlich die Stille um sich herum bemerkte. Er drehte sich um, folgte den Blicken der anderen und starrte auf den Brieföffner.

»Nein«, sagte Leon völlig entgeistert.

»Warum nicht?«, fragte Carlo.

»Auf keinen Fall!« Leon wurde kreidebleich. »Nicht mein Brieföffner.« Er liebte den kleinen Dolch mit seiner schmalen, ganz am Ende spitz zulaufenden Klinge. Der Brieföffner hatte einen goldenen Griff und kleine verschnörkelte Ornamente an der Seite. Er war sicherlich gut hundert Jahre alt.

»Er ist ein Erbstück«, erklärte Leon.

»Ja, und?«, sagte Carlo.

»Bernstein hat ihn mir an meinem ersten Tag gegeben.«

Leon erinnerte sich an den feierlichen Moment. Rolf Bernstein hatte ihm die Rezeption und ihre Funktionsweise erklärt. Dann hatte Bernstein Leon den Brieföffner in die Hände gelegt, und Leon hatte ihn empfangen wie ein sagenumwobenes Schwert, flach auf beiden Handflächen. Es hatte nur noch gefehlt, dass er sich hingekniet hätte. Und ja, der Brieföffner *war* so was wie das Artusschwert für ihn!

»Es war wirklich etwas Besonderes. Er stammt von Bernsteins Opa. Das ist ein Gegenstand, der emotional und geschichtlich mit dem *Waldfrieden* verbunden ist ...«

»Es ist nur ein *Brieföffner*«, sagte Katja beruhigend. Aber natürlich verstand sie, dass er Leon wichtig war.

»Ihr liegt falsch. Ganz bestimmt!«, versicherte Leon aufgeregt. Das Ganze ging ihm gegen den Strich.

»Hm, die Form des Dolchs passt zu den Einstichwunden ...«, erklärte Eleni.

»Die Kollegen haben alle Messer aus der Küche untersucht und danach ausgeschlossen ...«, sagte Katja.

»Zum Glück«, unterbrach Carlo sie. »Es wäre echt grauenhaft gewesen, wenn der Täter eins meiner Messer benutzt hätte.«

»Vielleicht haben die Kollegen den Brieföffner nicht beachtet?«, fuhr Katja fort und starrte auf den Dolch vor sich.

»Du merkst, dass du mittlerweile von *den Kollegen* sprichst, oder?« Carlo betrachtete sie spöttisch.

Katja reagierte nicht, wandte den Blick nicht vom Brieföffner. »Wir sollten ihn dringend in Betracht ziehen«, meinte Katja.

Leon wollte reflexhaft nach dem Brieföffner greifen und ihn an sich ziehen.

»Ich würde den vielleicht nicht anfassen«, warnte Eleni.

Leon sah sie hilflos an.

»Ich arbeite jeden Tag damit. Seit dem Mord habe ich ihn bestimmt fünfzigmal in der Hand gehabt. Da sind überall meine Fingerabdrücke drauf.« Er schauderte. »Nachher werde ich noch für den Mörder gehalten!?«

»Das ist gut möglich«, erklärte Carlo trocken.

Sie alle starrten stumm auf den Brieföffner, der funkelnd im Licht der grünen Schreibtischlampe vor ihnen auf dem dunklen Holz des Tresens lag.

»Was wollen wir machen? Ihn aushorchen, ob er ein Alibi hat?« Carlo grinste.

»Meinst du Leon?« Eleni musterte Carlo verdutzt.

»Den Brieföffner«, sagte Katja.

»Leon auch«, fügte Carlo hinzu.

Leon stupste ihn empört in die Seite.

Carlo musste grinsen. »Also was machen wir denn jetzt mit dem Ding?«

»Nun, eine Blutspurenanalyse, DNA-Test und so weiter«, erwog Katja.

»Wie sollen wir denn einen DNA-Test machen???«, fragte Eleni entgeistert.

»Wir könnten den Öffner auch einfach dem Vey geben«, schlug Carlo vor.

»Niemals!«, widersprach Katja brüsk. »Also, zumindest solange wir nicht wissen, ob da tatsächlich Blut dran ist. Klar, irgendwann müssten wir es tun, falls es das Mordwerkzeug ist. Sonst machen wir uns der Unterschlagung von Beweismitteln schuldig.«

»Aber erst dann geben wir ihn Vey«, sagte Carlo.

»Genau. Sonst ist ja unser Vorsprung weg«, gab Katja mit zusammengebissenen Zähnen zurück.

»Ach, das ist das also für dich«, fragte Carlo, »ein Wettrennen?«

Katja zuckte mit den Schultern.

»Ich dachte, du machst das aus edlen Motiven, wegen der Wahrheitssuche, aus Gerechtigkeitsempfinden und so«, stichelte Carlo.

»Könnt ihr mal aufhören«, bat Eleni. »Es nervt. Also, wie kommen wir weiter?«

»Wir könnten den Brieföffner mit Luminol behandeln, dann sieht man, dass da Blut dran gewesen ist«, schlug Leon vor. »Was natürlich nicht so sein wird!«, fügte er noch schnell an.

»Woher weißt du so was denn?« Eleni schaute Leon beeindruckt an.

Er strich sich eine Strähne aus der Stirn und richtete sich auf.

»Recherche«, antwortete Leon ein bisschen angeberisch.

»Und wo kriegen wir Luminol her?«, wollte Carlo wissen.

»Ich würde sagen, wir gehen in die Apotheke«, meinte Leon. »Luminol ist eine in Wasser unlösliche feste chemische Verbindung, die aus Anilin, Phthalsäure und Hydrazin besteht. Das kann man sich da bestimmt zusammenmischen lassen.«

Eleni starrte ihn beeindruckt an. »Und das weißt du auch aus ...«

»Aus seinen Krimis«, antwortete Katja für Leon.

Leon zuckte mit den Schultern. Sie hatte ja recht.

Zwei Stunden später standen sie zu viert über den Personaltisch in der Küche gebeugt, vor ihnen lag auf einem Geschirrtuch der Brieföffner.

Eleni bepinselte den Öffner mit der Luminol-Lösung, die Leon aus der Apotheke für 63,90 Euro besorgt hatte. Sein Monatsbudget war jetzt noch angespannter. Aber er war zu stolz gewesen, die anderen zu fragen, ob sie etwas beisteuern würden. Dass Eleni jetzt den Pinsel und die Untersuchung übernommen hatte, war nur folgerichtig. Nach ihrer Enthüllung, Medizin studiert zu haben, schrieben ihr alle die Rollen der Ärztin, Pathologin, Laborwissenschaftlerin und so weiter zu. Carlo hatte ihr einfach den Pinsel in die Hand gedrückt und gesagt: »Mach!«

Eleni hatte gerade den Brieföffner fertig eingepinselt und trat nun einen Schritt zurück.

»Und jetzt?«, fragte sie.

»Jetzt schauen wir uns das an«, antwortete Leon. Er war angespannt und aufgeregt zugleich, als er eine Blaulichtlampe heranzog, die er zuvor im Keller entdeckt hatte. »Obwohl da natürlich nichts sein wird!«

Leon beugte sich über den Brieföffner und nickte zu Carlo hinüber, der daraufhin das Licht in der Küche ausschaltete. Es wurde dunkel.

»Hey«, sagte Igor empört, der hinten vor einem Eimer Zwiebeln schälte. Bis auf das schwache Licht, das aus einem eingeschalteten Ofen hinter ihm drang, war die Küche völlig dunkel.

»Nur einen Moment«, sagte Carlo. »Und Zwiebeln schälen kannst *du* doch blind.«

Igor sagte nichts, schüttelte den Kopf und schälte im schummrigen Halbdunkel weiter.

Das bläuliche Licht, das Leon über den Brieföffner gleiten ließ, zeigte es deutlich: Blutspuren! Große dunkle Flecken an der Spitze und am Schaft, selbst am Griff auf den Ornamenten waren noch Tropfen zu sehen.

»Ich habe die ganze Zeit Blut von dem Toten angefasst …« Leon schluckte.

»Wir haben die Mordwaffe.« Carlo schaltete zufrieden das Küchenlicht wieder an.

Sie alle starrten stumm auf den Brieföffner. Nur Igor schälte hinten unbeeindruckt weiter Zwiebeln.

»Und jetzt?« Leon stellte perplex die Lampe ab und runzelte die Stirn.

»Ich glaube, wir müssen ihn Vey geben«, erklärte Eleni bedrückt.

»Spinnst du?«, platzte Leon entgeistert heraus. Er war völlig fertig.

»Lass uns doch erst mal überlegen, was das überhaupt bedeutet«, sagte Katja und begann, nachdenklich um den Tisch herumzugehen.

»Also: Der Brieföffner stammt aus dem Hotel. Wenn es ein Täter von außerhalb war und der den Plan hatte, Kindermann zu ermorden, dann hätte der doch sicherlich seine Mordwaffe mitgebracht. Du gehst doch nirgendwohin und schaust dann spontan, was da so rumliegt …«, mutmaßte Leon.

»Es sei denn, es wäre eine Affekthandlung«, hielt Eleni dagegen.

»Stimmt. Aber können wir davon noch ausgehen? Affekthandlungen kommen meist aus privaten Motiven. Und die hatten wir bislang doch alle ausschließen können«, bemerkte Katja.

»Es sei denn, wir haben etwas übersehen«, überlegte Eleni laut.

»Das kann ich mir nicht vorstellen«, fand Katja. »Wir haben gut und ordentlich recherchiert.«

»Worauf willst du dann hinaus?«, fragte Carlo.

Katja blieb mit auf dem Rücken verschränkten Händen stehen.

»Ich will sagen, dass der Mörder bestimmt ein Insider ist, jemand hier aus dem Hotel«, war Katja überzeugt.

Die Erkenntnis traf die anderen, unsicher blickten sie einander an.

»Was macht ihr denn hier?« Der irritierte Rolf Bernstein stand plötzlich im Personalraum.

# 36

Alle fuhren herum und starrten den Chef an. Katja war so geistesgegenwärtig und schlug das Handtuch über dem Brieföffner zusammen. Er war zumindest teilweise verdeckt, der Griff allerdings schaute noch hervor. Leon versteckte schnell die Blaulichtlampe hinter seinem Rücken.

»Ach ... nichts«, stammelte Eleni.

»Wir haben nur ... überlegt. Zusammen«, druckste Leon herum.

Aber Rolf Bernstein schien das nicht zu interessieren. Hinter seinem weichen Lächeln verbarg sich eine tiefe Traurigkeit. Er schüttelte sanft den Kopf, war irgendwie in Gedanken versunken. Nicht ganz auf dieser Welt. Dann sagte er: »Schön, dass ihr alle hier seid. Setzt euch doch bitte.«

In seiner Stimme lag etwas Trauriges. Leon warf Eleni einen unsicheren Blick zu, die wusste auch nicht, was sie dazu sagen sollte. Sie zuckte mit den Schultern, griff sich einen Stuhl und setzte sich. Auch Carlo und Katja tauschten Blicke, dann setzte sich Katja an ihren angestammten Platz und Carlo an den am Kopfende, in der Nähe seiner Herde.

Er runzelte ernst die Stirn. Bernsteins bekümmerte Miene machte ihm Sorgen.

»Igor? Kommen Sie auch hierher?«

Bernstein winkte den Beikoch heran. Der Russe wischte sich langsam die Hände an seiner Schürze ab und trat von hinten zu dem Personaltisch. Bernstein wartete, bis Igor sich ebenfalls gesetzt hatte, dann rang er unruhig die Hände und setzte schließlich mit ernster Miene zu einer Erklärung an.

»Wie ihr wisst, haben wir in letzter Zeit Probleme. Ich hatte das ja schon einmal gesagt. Die Buchungen waren ohnehin rückläufig dieses Jahr, aber dieser Leichenfund hier ... das hat uns schwer getroffen. Viele Gäste haben storniert.« Er machte eine Pause. Leon rutschte unruhig auf seinem Stuhl hin und her.

Bernstein fuhr fort: »Ich hatte euch erzählt, dass *Becker Reisen* ja bereits alle Buchungen storniert hatte. Soeben hat sich *Stromburg Reisen* gemeldet. Und sie haben alle Termine bis ins übernächste Jahr abgesagt ...« Bernstein hielt inne, konnte kaum weiterreden.

Leon, Eleni, Katja und Carlo tauschten besorgte Blicke. Sie ahnten alle allmählich, was kommen würde und warum der Chef so verzweifelt wirkte.

»Aber wenn Galgen ein Kurort wird ...«, setzte Leon an.

»Nun, diese Wasserstudie ist wohl nicht so eindeutig«, sagte Bernstein. »Ich habe schon nachgefragt, ein bisschen rumgehorcht. Es sieht nicht so aus, als würden wir tatsächlich ein Kurort werden ...«

»Aber … das ist doch noch gar nicht entschieden!«, bemühte sich Katja, Hoffnung zu verbreiten.

Doch Bernstein wischte ihre Bemerkung weg. »Es spielt letztlich auch keine Rolle. Bis diese Ernennung durch wäre und das Stadtmarketing anlaufen würde, das dauert. Und wir haben nicht mehr die Kraft, so lange durchzuhalten. Leider.«

Betroffenheit machte sich im Raum breit.

Bernstein räusperte sich. Dann sagte er mit Grabesstimme: »Ich wollte euch darauf vorbereiten, dass wir das *Waldfrieden* demnächst schließen müssen.«

Der Satz hallte lange nach. Niemand sagte etwas. In diesem Moment war jeder bei sich. Leon sank in sich zusammen. Eleni spürte, dass Tränen in ihre Augen stiegen. Katja starrte stumm auf die weiße völlig leere Wand vor sich. Und Carlo griff zu der Zeitung vor sich auf dem Tisch und riss eine Seite heraus. Das Reißgeräusch schmerzte laut in den Ohren aller. Wohl auch, weil hier insgesamt ein tiefer Riss durch alles ging, was Leon, Eleni, Carlo und Katja wichtig war.

Bernstein räusperte sich noch mal. »Ich habe alles versucht, glaubt mir. Aber … es geht nicht. Falls ihr euch vielleicht schon irgendwo umhören wollt, nach einer anderen Beschäftigung irgendwo, dann wäre das sicherlich sehr sinnvoll …«

Bernstein nickte traurig, schaute nacheinander jeden von ihnen dabei an. Dann fiel sein Blick auf den Brieföffner, der halb verdeckt unter dem Handtuch lag.

»Da ist ja der Brieföffner«, sagte er müde. »Ich habe ihn schon gesucht.«

Bernstein wollte danach greifen, aber Katja hielt ihn ab, den Brieföffner zu berühren. Bernstein schaute irritiert auf ihre Hand, die seinen Arm gepackt hatte.

»Das … würde ich nicht tun«, riet Katja. »Das ist die Mordwaffe.«

Bernsteins Gesichtszüge gefroren. Es war sichtlich ein Schock für ihn, und Leon konnte sehen, wie der Chef kalkweiß wurde.

»Die Mordwaffe?«, wiederholte Bernstein tonlos. Er zog seine ausgestreckte Hand zurück und starrte weiter auf den Brieföffner. Es war, als würde ihm in diesem Moment eine schreckliche Erkenntnis kommen. Bernsteins sonst so warme Augen wurden klein und dunkel. Seine dicken Augenbrauen zogen sich zusammen, und sein weicher Mund war nur noch ein einziger schmaler Strich.

Niemand wusste, was er sagen sollte.

Schließlich drehte sich Bernstein um und ging wortlos hinaus. Seine Schultern zuckten verräterisch. Es sah aus, als ob er weinte.

# 37

Katja, Carlo, Leon, Eleni und selbst Igor saßen perplex da, nachdem Bernstein den Raum verlassen hatte. Das war eine äußerst irritierende Reaktion gewesen. Und die Nachricht der drohenden Schließung war noch besorgniserregender.

Niemand sagte etwas. Es gab nichts zu sagen.

Irgendwann, nach einer langen Weile, stand Carlo schweigend auf. Er ging zu dem offenen Konservenschrank und kam mit einer Flasche Schnaps zurück. Er stellte fünf Gläser dazu und schenkte ein. Dann gab er jedem ein Glas. Sie tranken schweigend.

»Ich fasse es nicht«, sagte Leon.

»Es war unausweichlich«, meinte Katja betroffen.

»Es ist so ungerecht«, sagte Eleni.

»Unfassbar«, fand Leon.

»Eine Riesenscheiße!«, sagte Carlo.

Er schenkte nach. Dann trank er sein Glas in einem Zug aus. An anderen Tagen, an denen sie elektrisiert und getragen vom Gemeinschaftsgefühl beseelt waren, an denen sie sich voller Energie und Elan in die Aufklärung dieses Mordfalls gestürzt hatten, da hätten sie sich zugeprostet, in die Augen geschaut. Nun dachte niemand von ihnen daran. Sie alle waren mit ihrer Trauer, ihrem Entsetzen, ihrer Wut allein, obwohl sie doch beisammensaßen. Es war niederschmetternd.

Keiner fand mehr Worte, Schweigen breitete sich in der Küche aus. Nur das Ticken der Wanduhr war zu hören und das Köcheln irgendeines Gerichts in einem der großen Töpfe.

»Vielleicht solltest du mal nach dem Eintopf sehen«, sagte Igor schließlich zu Carlo. Der warf ihm einen betroffenen Blick zu und meinte: »Lohnt sich doch auch nicht mehr.«

Dass selbst der sonst so stabile und energische Carlo das Bild eines unglücklichen kleinen Kindes abgab, war erschreckend zu sehen.

Leon betrachtete die Gesichter der anderen. Waren da wirklich ein paar kleine Tränen in Elenis Augen? Und er verspürte den Wunsch, ihre Hand zu nehmen. Oder vielmehr, sie in den Arm zu nehmen. Aber er blieb bleischwer sitzen.

»Sagt mal«, begann Igor schließlich, »habt ihr mal darüber nachgedacht, warum der Tote in den Kühlraum gelegt wurde?«

»Natürlich«, antwortete Carlo, der sich über den plötzlich so gesprächigen Beikoch wunderte. Sonst sagte Igor ein Wort im Monat, wenn es hoch kam.

»Ich will darauf hinaus«, fuhr Igor fort, »dass das ja reichlich ungewöhnlich ist. Der Mann wurde vor seiner Zimmertür ermordet, hab ich das richtig verstanden?«

»Ja, hast du. Aber woher ...«, fragte Leon.

»Igor hat die ganze Zeit zugehört«, unterbrach Katja ihn. Sie musterte den stämmigen Igor, der schlechte Zähne hatte und ein leicht vernarbtes Gesicht mit dunklen tief in den Höhlen liegenden Augen. Sie hatte Igor die ganze Zeit nicht beachtet. Er hatte stets schweigend hinten in der Küche gearbeitet und den Eindruck gemacht, als würde ihn das alles hier gar nicht interessieren. Aber offensichtlich war es anders gewesen, und er hatte jedes ihrer Gespräche belauscht.

»Worauf willst du hinaus, Igor?«, fragte Katja.

»Nun, wenn ich jemanden ermorde, warum mache ich mir die Mühe und schleppe ihn weg? Warum lasse ich ihn da nicht einfach liegen? Warum tue ich mir diesen Stress an?«

»Weil du nicht willst, dass er vor seinem Zimmer gefunden wird«, erklärte Carlo.

»Und warum nicht? Was bringt es mir, wenn ich ihn in die Kühlkammer transportiere? Quer durchs Hotel. Ich riskiere, dabei gesehen zu werden. Warst du nicht nachts unterwegs, Carlo, weil du nicht schlafen konntest?«

Carlo nickte. »Ich habe an der Gartentür eine Kippe geraucht.«

»Wann war das noch mal?«, fragte Katja nachdenklich.

»Weiß nicht. So Viertel vor sechs? Warum?«

»Na ja ... ich war im Garten, so ab fünf. Aber ich habe dich nicht gesehen.«

»Kommt ja auch drauf an, wo du im Garten bist. Aber wieso warst du so früh da? So viel Arbeitseifer hätte ich dir gar nicht zugetraut«, sagte Carlo.

»Du bist nicht der Einzige mit Schlafstörungen«, erwiderte Katja. Aber diesmal war ihr Ton weniger angriffslustig, sondern betrübt. Sie wandte sich an Leon: »Und du, wann hast du deinen Job angetreten? Das war doch ebenfalls sehr früh?«

Leon nickte stumm. In seinem Kopf ratterte es.

»Ihr hättet den Mörder mit seiner Leiche doch sehen können …« Igor hielt kurz inne. »Und vielleicht habt ihr das ja auch fast.«

»Du willst darauf hinaus, dass …«, begann Leon, aber Igor sprach weiter: »Habt ihr euch mal die Frage gestellt, ob der Kühlraum vielleicht nur eine Art Zwischenlager war? Dass der Täter ihn eigentlich aus dem Hotel bringen wollte? Aber wahrscheinlich ist er dann irgendwie überrascht worden, oder vielleicht wollte er auch erst oben am Zimmer die Spuren beseitigen. Dann wollte er die Leiche holen und wegschaffen. Und das ist ihm dann nicht mehr gelungen, weil plötzlich zu viele Leute unterwegs waren. Nur deshalb ist die Leiche im Kühlraum liegen geblieben …«

Alle schwiegen und dachten nach.

Leon konnte nicht mehr sitzen. Die Bleischwere war verschwunden. Er stand auf und begann, auf und ab zu gehen. Auch Katja hielt es kaum noch auf ihrem Stuhl.

»Kindermann wäre einfach verschwunden gewesen. Irgendwann hätte man die Leiche wohl gefunden, aber man hätte die Tat wahrscheinlich nicht mit dem Hotel in Verbindung gebracht«, mutmaßte Leon. Igor nickte.

»Die Frage also, die ihr euch stellen müsst, ist: Wer könnte ein Interesse daran haben, die Leiche verschwinden zu lassen? Damit kein Verdacht auf das Hotel fällt, damit kein Skandal entsteht?«, sagte Igor. Dann nahm er sein

Schnapsglas und hielt es Carlo hin, damit er es füllte. »Würdest du?«

Carlo goss ein, nur zu gerne. Was Igor gerade hier alles auspackte, erstaunte Carlo. Nie hätte er ihm das zugetraut. Wenn er ehrlich war, hatte Carlo sich nie mit Igor beschäftigt. Der war einfach ein stummer, profilloser Gehilfe gewesen, niemand, mit dem Carlo viele Worte gewechselt hatte, den er höchstens einmal geneckt hatte. Und Carlo hatte plötzlich ein schlechtes Gewissen.

Igor hob sein Glas, lächelte Carlo an und exte den Schnaps. Dann fuhr er fort: »Und habt ihr euch mal die Frage gestellt, wie der Mörder eigentlich Kindermann aus dem Zimmer gelockt hat? Hat er geklopft? Dann würde man das auch in den anderen Zimmern hören. Vor allem in dem Zimmer gegenüber, dem von Julia Reiß. Das Hotel ist ja nun mal ziemlich hellhörig.«

»Das stimmt.« Leon nickte.

»Was, wenn der Mörder einen Schlüssel hatte und damit leise Kindermanns Tür aufgeschlossen hatte?«, fügte Igor hinzu.

Carlo, der sich gerade selbst einen Schnaps einschenken wollte, hielt perplex inne.

Leon sah Igor fassungslos an.

»Du meinst wirklich, es war einer von uns?« Leon erschauderte.

»Natürlich«, war Igor fest überzeugt.

# 38

Der Abend war hereingebrochen. Im Speisesaal saß ein Gast, eine ältere Frau, die ein Kalbsgulasch bestellt hatte. Offensichtlich hatte sie Redebedarf und fühlte sich einsam, denn sie verwickelte die genervte Louise immer wieder in ein Gespräch. Als Louise zum dritten Mal zurück in die Küche kam, knallte sie den leeren Teller auf den Tresen.

»Jetzt erzählt die mir noch von ihrem dritten Enkel. Ich halt das nicht mehr aus. Ein Tiramisu, bitte.«

Louise lehnte sich an die Speiseausgabe und schaute zum Personaltisch hinüber, wo sich Leon, Eleni und Katja über ein Stück Papier beugten. Sie hatten einen Zeitplan gemacht:

Julia Reiß zurück in ihr Zimmer wegen Schnarchen: 4:30 Uhr.
Katja im Garten: von 5 bis 8 Uhr.
Carlo Terrassentür: 5:45 Uhr.
Leon Dienstbeginn: 6:20 Uhr.
Hamid Dienstbeginn: 6:30 Uhr.
Leichenfund: 6:32 Uhr.

Leon starrte auf den Zettel. »Wahrscheinlich ist der Mord also zwischen halb fünf und halb sechs passiert. Dann hat er sich die Leiche geschnappt und wollte sie hinten durch den dunklen Garten rausbringen. Aber er hat gesehen, dass da jemand war. Er konnte nicht an dir vorbei, Katja. Deshalb hat er die Leiche erst mal in die Kühlkammer gebracht und ist zurück auf das Zimmer, um dort die Spuren zu beseitigen. Als er zurückkam, um die Leiche wegzubringen, stand Carlo in der Terrassentür. Oder vielleicht hat er auch mich gesehen. Wir wissen es nicht. Aber er konnte nicht raus und auch nicht mehr zurück in die Kühlkammer. Er kam also nicht mehr an die Leiche ran.«

»Er musste unverrichteter Dinge abziehen.« Katja nickte.

»Was macht ihr denn da?«, fragte Louise, die nicht nur heute durch diese alte Dame, sondern eigentlich immer genervt war.

»Ein Mörderrätsel«, antwortete Eleni.

»Darf ich mitmachen?«, bat Louise.

Katja setzte ein Lächeln auf. »Wenn du willst.«

»Worum geht's?«, wollte Louise wissen.

»Den Toten hier im Hotel. Hast du irgendwas von ihm mitbekommen?«, fragte Eleni.

»Rohkostteller, vegetarische Nudeln und eine Weinschorle. Sonst weiß ich nichts«, erzählte Louise.

»Ich glaube, Louise können wir vom Täterkreis ausschließen«, sagte Carlo trocken und stellte ihr das Tiramisu auf die Ausgabe.

»Was bitte? Ich?« Louise war entgeistert. »Spinnt ihr?« Sie schnappte sich empört das Tiramisu und ging hinaus.

Katja zuckte mit den Schultern. Louise war einfach kompliziert.

»Maria können wir auch ausschließen«, erklärte Eleni. »Ich kann mir nicht vorstellen, dass die ein Motiv hat, Kindermann zu töten. Und außerdem hätte sie niemals eine ausgewachsene Männerleiche durch das Hotel transportieren können. Maria stöhnt schon, wenn sie Bettdecken hochheben und beziehen muss.«

»Wer bleibt denn dann noch?«, fragte Leon, obwohl er die Antwort schon wusste.

»Rolf Bernstein und Samuel Bernstein«, sagte Katja leise.

Alle sahen sich an. Leon schluckte nickend. Er mochte die beiden Bernsteins, vor allem den Chef. Den liebte er auf eine kindliche Art und Weise.

»Beide hätten ein Motiv«, sagte Eleni mit gewichtiger Stimme. »Und der Chef hat sogar gesagt, dass er sich wegen der Wasserstudie umgehört hat. Wie hat er das noch mal formuliert? Er hatte Beziehungen spielen lassen?«

»Und habt ihr seine Reaktion bemerkt, als er den Brieföffner gesehen hat? Sein Schock, als er gemerkt hat, dass wir die Tatwaffe gefunden haben?«, erinnerte Carlo.

»Vielleicht, weil es ... *seine* Tatwaffe war? Und er dachte, dass wir ihm auf die Schliche gekommen sind«, sagte Eleni düster, als wollte sie das nicht glauben.

»Wessen Tatwaffe?« Carlo, Katja, Leon, Eleni und Igor fuhren herum. Und auch Igor, der hinten ein paar Küchenutensilien zusammenräumte, hielt inne und sah auf.

# 39

Markus Vey stand plötzlich im Raum, hinter ihm ein weiterer Beamter, ebenfalls in Zivil.

Katja schaute Vey überrascht an. Schnell verfinsterte sich ihr Gesicht. Auch Carlo schaute grimmig drein. Leon drückte sich ein wenig mehr zurück auf seinen Stuhl. Er hatte ein bisschen Schiss vor Vey. Die Einzige, die ungerührt blieb, war Eleni. Obwohl sie eigentlich wegen ihrer unklaren Arbeitserlaubnis den meisten Grund hatte, ihn zu fürchten. Niemand sagte ein Wort, bis Vey wiederholte: »Wessen Tatwaffe?«

»Was willst denn du hier, Markus?«, fragte Katja und sah ihren Ex-Kollegen sauer an.

Vey nickte in Richtung Brieföffner, der immer noch in der Mitte des Tisches lag.

»Das da«, sagte er, entschieden und kühl.

Leon hatte den Impuls, seine Hand nach dem Brieföffner auszustrecken, und zuckte kurz, aber auf Veys vorwurfsvollen Blick hin zog er die Hand sofort zurück.

Vey nickte seinem Kollegen zu.

»Würdest du ...?«

Der Kollege, ein rundlicher Mann mit einem fahlgrauen Gesicht, dessen Farbe so gar nicht zu seinen runden Backen passte, die doch eigentlich rot und gesund sein wollten, trat einen Schritt vor und zückte einen großen Klarsichtbeutel, dazu blaue Medizinerhandschuhe, die er sich dann überstreifte, bevor er den Brieföffner samt Handtuch in dem Beutel verschwinden ließ und den Zip-Verschluss zuzog.

Carlo konnte es nicht ertragen, dass man ihnen jetzt *ihre* Mordwaffe stahl.

»Wollen Sie noch ein paar Messer dazu?« Carlo nickte spöttisch rüber zu seiner Küchenbatterie. »Sie hätten die Gelegenheit, die Küche noch mal lahmzulegen. Das würde Ihnen doch gefallen?«

»Stimmt«, bestätigte Vey. »Später vielleicht. Ich hätte gerne jetzt Ihre Fingerabdrücke.«

»Was???«, platzten Leon und Eleni entgeistert los.

»Ihre Fingerabdrücke«, forderte Vey.

»Aber … aber …«

»Ist das nicht übertrieben, Markus?«, fragte Katja.

»Deine auch, bitte.«

»Die habt ihr noch im AFIS-System, Markus«, erwiderte Katja.

»Zur Sicherheit«, sagte Vey.

»Du Arschloch!« Katja konnte sich kaum zurückhalten.

»Na, na, na!« Vey blickte sie vorwurfsvoll an. »Das ist Beamtenbeleidigung, das weißt du. Aber ich drücke noch mal ein Auge zu, weil wir Kollegen waren.« Er lächelte Katja überheblich mit einem kalten, fiesen Blick an. Als er sah, dass Katja in die Luft gehen würde, hob er warnend die Hand und warnte sie: »Übertreib es nicht!«

Dann nickte Vey seinem Kollegen auffordernd zu. Es war nicht nötig, denn der Kollege hatte im Hintergrund schon längst sein Instrumentarium ausgepackt und war schon fast damit fertig, Igor die Fingerabdrücke abzunehmen.

Igor betrachtete seine knorrigen, dicken Finger, die nun schwarze Kuppen hatten. Man sah ihm an, dass er innerlich kochte.

Der Beamte wandte sich an Eleni. »Dürfte ich Sie als Nächste bitten?«

»Zuerst die Ausländer, was?« Carlo schüttelte empört den Kopf.

Der Beamte zuckte mit Schultern. »Ist uns völlig egal, Hauptsache, wir haben alle.«

Er blickte Eleni auffordernd an. Sie streckte ihm nach einem kurzen Zögern die Hand hin. Während der Beamte die Fingerabdrücke nahm, schaute Leon entgeistert zu. Dass sie alle anscheinend unter Verdacht standen, war empörend. Aber bevor er etwas sagen konnte, wandte sich Eleni an Markus Vey und fragte: »Wenn Sie uns alle hier erkennungsdienstlich behandeln ... heißt das, dass Sie uns als potenzielle Tatverdächtige wahrnehmen?«

Vey nickte. »Natürlich, sonst würde ich keinen guten Job machen.«

»Das tust du auch sonst nicht«, zischte Katja leise.

»Noch einmal, Katja!!«, schnauzte Vey sie an. Er hob drohend den Finger, es sah beinahe so aus, als würde er sie schlagen wollen. Grund genug für Carlo, der mit einem

Ruck aufstand. Sein Stuhl kippte nach hinten um und knallte laut zu Boden.

»Raus aus meiner Küche!!«, schrie er.

Vey warf ihm nur einen Blick zu und hielt es nicht mal für notwendig, darauf zu antworten. »Den als Nächstes«, sagte er zu seinem Kollegen und nickte in Richtung Carlo.

Der aschfahle Kollege war mit Elenis Abdrücken fertig und wandte sich Carlo zu. Der wollte protestieren, aber Katja warf ihm einen verneinenden Blick zu: *Lass es!*

Dass Carlo sich für sie in die Bresche geworfen hatte, dass er sie verteidigen wollte, das hatte sie durchaus bemerkt.

Carlo warf ihr einen Blick zu, dann fügte er sich Katjas Anweisung. Er hob seinen Stuhl wieder auf und setzte sich. Dann hielt er dem Beamten gelangweilt seine Pranke hin.

»Wenn Blut dran ist, ist das noch vom Rind eben«, sagte er cool.

»Übrigens, gibt es denn noch etwas zu essen?«, fragte Vey. Er warf einen Blick auf die Wanduhr. Es war zehn nach neun. »So eine Spätschicht kommt überraschend ... ich habe noch nichts gegessen.«

»Küche ist zu«, erklärte Carlo kühl.

»Es gibt nichts mehr«, ergänzte Igor, der, im Verhältnis zu seinen Wortbeiträgen in all den Jahren zuvor, beinahe geschwätzig geworden war.

Vey verzog sein Gesicht. Er wusste, dass sie logen.

Der Beamte war mit Carlo fertig und wandte sich jetzt zu Leon.

»Bitte ...?« Er sah ihn auffordernd an.

Leon hatte die Hände unter dem Tisch gefaltet und rieb sie unruhig. Er war nervös und nickte zu dem Brieföffner in dem blauen Plastikbeutel hinüber.

»Äh, also ... da sind meine Fingerabdrücke drauf. Aber das nur, weil ich den Brieföffner jeden Tag benutze, vorne an der Rezeption. Es ist mein Brieföffner.« Leon hielt erschrocken inne. »Also, nicht dass Sie denken ... also es ist nicht meine Mordwaffe ...«

»Die Hände bitte«, sagte der Beamte ungerührt.

»Nachher werde ich für den Mörder gehalten!?«, stöhnte Leon.

»Die Hände.«

Leon seufzte und streckte dem Beamten geschlagen seine Hände entgegen.

»Apropos: Wo waren Sie denn in der Nacht?«, wollte Vey wissen.

Leon zuckte zusammen. »Wie bitte??? Sie denken doch wohl nicht ...«

»Du hast uns alle schon dazu befragt, Markus. Was soll der Scheiß?«, fragte Katja ungehalten.

»Neue Lage, neue Optionen«, erwiderte Vey.

»Ich habe meiner Aussage nichts hinzuzufügen«, sagte Carlo.

»Ich auch nicht«, kam es von Eleni.

»Ich auch nicht«, bekräftigte Leon.

»Ich werd den Teufel tun«, erklärte Katja.

»Ich kann euch auch alle vorladen«, sagte er und seufzte genervt.

»Vielleicht überprüfst du erst mal die Fingerabdrücke, Markus«, schlug Katja vor.

»Außerdem haben wir nicht die Pflicht, dort zu erscheinen«, sagte Leon, der das letztens in einem Krimi gelesen hatte. »Und sowieso, ich bin unschuldig!«

Er schaute auf seine rechte Hand, deren Fingerkuppen schwarz von der Farbe waren. Er war nun tatsächlich Teil eines Kriminalfalls. Bis kurz zuvor war das alles noch beinahe ein Spiel gewesen. Und jetzt war es bitterer Ernst.

Der Beamte wandte sich Katja zu. Die verschränkte die Arme vor der Brust und versteckte ihre Hände.

»Sag mir erst, woher du das weißt? Dass das die Mordwaffe ist?«, fragte sie an Vey gewandt.

»Von Rolf Bernstein«, erklärte Vey gelassen.

»Was???«, rief Carlo perplex.

Auch Leon blieb der Mund offen stehen. Der Chef???

»Herr Bernstein hat angerufen und uns darüber informiert, dass ihr hier offenbar die Mordwaffe gefunden habt. Diese Information hätte ich eigentlich von dir erwartet, Katja.«

»Pech gehabt«, gab sie schnippisch zurück.

Der Beamte machte eine auffordernde Geste. Katja öffnete ihre Hände nicht, sondern schüttelte den Kopf.

»Auch da Pech gehabt. Wenn du mir beweisen kannst, dass ich nicht im AFIS stehe, dann ja. Vorher nicht.«

»Das ist doch Kindergarten, Katja.«

»Musst du gerade sagen.«

Markus Vey wandte sich seinem Kollegen zu und nickte gen Ausgang. Der Beamte packte seine Sachen zusammen.

Als die beiden in der Tür standen, sagte Vey: »Okay, das war's dann auch mit den Informationen meinerseits, Katja.«

»Ich bin nicht auf dich angewiesen«, entgegnete sie.

»Denkst du.« Vey wandte sich zu Leon. »Und über Ihr Alibi und Ihr mögliches Motiv, Herr Fußangel, sprechen wir, sobald wir die Fingerabdrücke überprüft haben.«

Leon war geschockt. Vey und sein Kollege gingen hinaus.

»Der meint doch nicht wirklich, dass ich ...«

»Er hat gegrinst, als er gegangen ist«, beruhigte Eleni ihn. »Das meint der nicht ernst. Der will dir nur Angst machen.«

Es herrschte Stille, als die Beamten gegangen waren. Alle hingen ihren Gedanken nach.

Schließlich sagte Katja: »Dass Rolf Bernstein selbst die Polizei gerufen und über die Mordwaffe informiert hat, enthebt ihn ziemlich wahrscheinlich des Verdachts, der Mörder zu sein.«

Eleni nickte. »Ich kann mir eh nicht vorstellen, dass der Chef die schwere Leiche durch das Hotel tragen könnte.«

»Der mit seinem Rheuma«, ergänzte Leon. »Man sieht doch, wie gebückt der immer steht.«

»Aber ... was ist mit seiner seltsamen Reaktion auf die Waffe? Ich meine, habt ihr gesehen, dass er geweint hat, als er rausgegangen ist?« Leon war wie immer mitfühlend.

»Vielleicht stand das nicht damit im Zusammenhang, sondern damit, dass er das Hotel schließen muss ...«, vermutete Carlo. Plötzlich war das Thema wieder da. Sie hatten es alle in den letzten Minuten ausgespart.

»Oder vielleicht ... hat er in diesem Moment begriffen, wer der Täter sein könnte. Jemand, der ihm am Herzen liegt ...«

»Samuel«, sagte Leon.

Die anderen starrten ihn lange an.

# 40

»Das würde Sinn machen«, sagte Eleni.

»Aber wir haben keinen einzigen Beweis, nur einen Verdacht«, erklärte Katja.

»Wir stellen ihm eine Falle!« Leon sah die anderen auffordernd an.

»Na prima, aber wie?«, fragte Katja.

»Wir ... wir erklären, dass wir die Tatwaffe gefunden haben. Und dann wird er versuchen, sie zu stehlen, um die Spuren zu verwischen ...«

»Die hat doch der Vey konfisziert, und das weiß Samuel auch«, erklärte Carlo.

»Man merkt, dass es schon fast Mitternacht ist und dass du drei Schnäpse intus hast, Leon«, spöttelte Katja.

»Sechs waren es«, verbesserte Eleni grinsend.

»Führst du Buch?« Carlo schmunzelte.

»Ich hab einfach nur auf Leon geachtet«, sagte sie.

Leon fühlte sich geschmeichelt. Sie beobachtet mich, dachte er. Sie interessiert sich für mich. Er konnte ein Lächeln nicht unterdrücken.

»Ah, da kommt wieder das Honigkuchenpferd angaloppiert.« Carlo musterte ihn belustigt.

Leon setzte sofort eine ernste Miene auf. »Wir haben alle Schnäpse getrunken, und wir sind alle müde. Was also meinst du, warum sollte das dumm sein?«, wandte er sich an Katja.

»Überleg doch mal: Wo haben wir den Brieföffner gefunden?«

»An der Rezeption«, sagte Leon.

»Genau. Der Tatablauf muss doch so gewesen sein: Der Täter – womöglich Samuel – hat Kindermann getötet. Dann hat er ihn durchs Hotel geschleppt und wollte ihn rausbringen. Das hat aus den uns bekannten Gründen nicht geklappt. Er hat ihn sozusagen zwischengeparkt, ist dann hoch ins Zimmer, hat dort die Spuren beseitigt und hat dann die Mordwaffe gesäubert …«

»Zumindest oberflächlich, wir haben doch das Blut gefunden …«

»Genau. Aber dann hatte er, wahrscheinlich auf dem Weg zur Leiche, die er endlich wegbringen wollte, weil er hoffte, der Weg wäre frei, den Brieföffner wieder an die Rezeption gelegt. Hätte er das getan, wenn er sich nicht sicher gewesen wäre, dass da keine Fingerabdrücke von ihm drauf waren?«

Leon seufzte. »Eher nicht.«

»Genau. Selbst wenn die Polizei ihn nicht längst konfisziert hätte, wir könnten ihm den Brieföffner vor die Nase halten wie einem Esel eine Möhre, das würde ihn gar nicht interessieren.«

»Verdammt!«, sagte Carlo.

»Ich würde es anders formulieren, aber: ja.« Katja nickte.

Carlo stand auf und griff sich den Rest der Zeitung, die er bislang schon arg in Mitleidenschaft gezogen hatte. Er knüllte diesmal die ganze Zeitung zu einer großen Kugel zusammen. Und er warf diesmal nicht, sondern kickte sie mit seinem harten Schuss quer durch den Raum in Richtung Mülleimer. Aber meterweit daneben. Die Kugel prallte gegen die Wand und landete dann im Spülbecken.

Carlo knurrte wütend.

»Nichts klappt!« Und er trat gegen das Tischbein. Der gesamte Tisch bebte, alle wichen zurück.

»Jetzt beruhige dich!«, bat Katja, sanfter, als man es von ihr erwartet hätte.

Eleni sah auf die Wanduhr. Es war zehn nach zwölf. »Wo ist denn Samuel eigentlich?«

Das war eine gute Frage. Samuel war Unternehmensberater und arbeitete bei Klienten vor Ort. Er kam manchmal für ein paar Tage oder Wochen vorbei und arbeitete dann des Öfteren auch vom *Waldfrieden* aus.

»Ich habe ihn heute noch gar nicht gesehen«, stellte Katja fest.

»Ich sowieso nicht«, meinte Carlo. »Hier in der Küche kriegt man nix von dem da draußen mit.«

»Am Spätnachmittag ging er an der Rezeption vorbei. Er war auf dem Weg zu einem Klienten. Also, denke ich mal. Er trug einen Anzug und hatte seine Aktentasche dabei«, sagte Leon.

»Ist er schon zurück?«, wollte Eleni wissen.

Leon zuckte mit den Schultern. »Ich sitze hier seit Stunden mit euch zusammen, woher soll ich das wissen?«

Eleni stand auf und ging zur Tür.

»Was machst du?«, fragte Leon.

»Ich gehe zur Toilette«, antwortete Eleni.

Leon sah ihr nach, als sie hinausging.

Carlo stellte sich an den Herd. Er griff sich ein Schneidebrett und ein großes Messer und begann, Knoblauch zu hacken. Eigentlich war es unnütz, die Küche war tatsächlich geschlossen, und niemand der Anwesenden hatte Hunger, aber die monotone Tätigkeit des Hackens entspannte Carlo.

Nach einer Weile, in der Leon nachdenklich zu Boden gestarrt, Katja die Maserung des Tisches und Igor seine schwarzen Fingerkuppen begutachtet hatte, schlug Carlo vor: »Was, wenn wir uns Samuel schnappen und ihm erklären, wir hätten Beweise dafür, dass sein Vater der Mörder von Kindermann ist …«

»Was denn?«

»Ist doch gerade egal. Irgendein Indiz. Was wir der Polizei übergeben werden. Dann wird er vielleicht versuchen, das, was immer es ist, zu stehlen, um seinen Vater zu schützen …«

Leon schüttelte den Kopf.

»Selbst wenn wir ihn dabei ertappen würden, was wäre das für ein Beweis? Doch nur dafür, dass er seinen Vater schützen wollte. Und nicht dafür, dass er ein Mörder ist.«

»Richtig«, fand Katja.

»Okay. Dann mach du doch mal einen Vorschlag«, fand Carlo etwas patzig.

»Wie wär's erst mal mit noch 'nem Schnaps?« Igor hielt sein Glas Carlo entgegen.

Der nickte. »Das ist auch eine gute Idee.«

Eleni ließ die Toiletten neben dem Speisesaal links liegen und ging durch das kleine Foyer. Sie trat aus der Vordertür und schaute auf den Parkplatz draußen. Dort stand der Wagen von Rolf Bernstein, der von Samuel allerdings fehlte. Er war wohl immer noch unterwegs. Wie lange wohl noch? Eleni blickte auf ihre Uhr. Wenn sie schnell war ...

Sie drehte sich um und durchquerte das Foyer. Es war menschenleer, wie fast das gesamte Hotel. Die letzten drei Gäste, Beate Kindermann, Julia Reiß und die alte Dame, die Louise zuvor beim Abendessen so genervt hatte, waren auf ihren Zimmern. Louise wohnte außerhalb und hatte sich längst verabschiedet. Elenis Kollegin Maria war auf ihrem Zimmer hinten in dem Minitrakt, in dem einige der Angestellten wohnten, zumindest Carlo, Leon, Maria und Eleni. Die beiden Frauen hatten es besser getroffen, sie wohnten im Erdgeschoss des Anbaus. Carlo und Leon hausten im dunklen Souterrain.

Als Eleni das Foyer durchquerte, das nur durch das kleine, warme Licht der Lampe auf der Rezeption erhellt war, fiel ihr auf, wie still es eigentlich war. Sie kannte das Hotel in- und auswendig, sie mochte den alten, leicht staubigen Geruch, der in der Luft hing, den Duft der alten Gemälde und der alten Polstersessel, die auf jedem Stockwerk in den Flurecken standen. Niemand nutzte sie je, aber sie verliehen dem *Waldfrieden* etwas Gemütliches, Warmes.

Etwas, das jetzt fehlte, als Eleni die Treppe zum ersten Stock hinaufstieg. Es war ihr, als hätte das Hotel auf einmal etwas Unruhiges, beinahe Geheimnisvolles. Aber es war sicher nur die Aufregung, die Eleni verspürte, als sie nun zum dritten Stock hinaufstieg. Es war vollkommen still. Sie konnte das leise Knarzen der Holztreppen unter ihren Füßen hören, und als ob sie selbst davon erschrocken war, bemühte sie sich, noch leiser zu gehen. Ihre weißen Turnschuhe, die sie zu ihrer Zimmermädchenkleidung, einem weiten blauen Rock und einer weißen Bluse, trug, machten ihr das einfacher.

Eleni betrat den dritten Stock. Hier unter dem Giebel gab es nur noch drei Gästezimmer, und der Flur führte nach links in den Anbau. Dort hatte Rolf Bernstein seine Privatwohnung und Samuel ein großes, geräumiges Zimmer am Ende des Flurs.

Eleni blieb kurz stehen. Unter der Türritze von Rolf Bernsteins Wohnung drang schwaches Licht hervor. Wahrscheinlich las er, oder, was noch möglicher schien, er saß über den roten Zahlen des Hotels und machte sich Gedanken über die deprimierende Zukunft.

Unter der Tür von Samuels Zimmer drang kein Licht hervor. Eleni schlich sich langsam heran, bemüht, wirklich keinen einzigen Laut von sich zu geben. Sie legte das Ohr an das dunkle Holz der Tür und lauschte. Nichts.

Ohnehin schien es hier oben keine Geräusche zu geben, da der dicke Teppich alles schluckte. Es war vollkommen still. Und, wie Eleni plötzlich fand, ziemlich unheimlich. Sie atmete tief ein. Es half schließlich nichts. Sie holte ihren

Hoteluniversalschlüssel aus der Tasche, mit dem sie jede Tür im Haus öffnen konnte, und steckte ihn ins Schloss. Sie hoffte inständig, dass sie sich nicht geirrt hatte. Was, wenn Samuel seinen Wagen auf einem anderen Platz vor dem Haus abgestellt hatte? Oder was, wenn er jetzt zurückkommen und sie erwischen würde? Sie wollte nicht einmal daran denken. Eleni drehte den Zimmerschlüssel und öffnete die Tür.

Im Zimmer war es völlig dunkel. Nichts regte sich. Eleni atmete erleichtert aus, dann knipste sie das Licht an. Sie war selten in Samuels Zimmer gewesen. Eigentlich war die Reinigung der Privaträume der Inhaber die Sache von Maria, Elenis Kollegin. Eleni sah sich um. Das Zimmer lag unter einem Spitzdach, man sah alte Holzbalken, die oben aufeinander zuliefen. Sie waren dunkel lasiert und gaben dem Raum etwas Warmes, es wirkte wie ein englisches Landhaus. Eigentlich hatte das *Waldfrieden* auch etwas Britisch-Landadeliges, nur dass es eben in Galgen, Deutschland, stand. Aber auch hier fanden offensichtlich *Murder Mysteries* statt, dachte Eleni. Sie fröstelte kurz, nicht weil es kalt war, sondern vor Anspannung.

Samuel war weit gereist. Überall standen Erinnerungen und Mitbringsel aus seinen Trips in ferne Länder – Statuen aus Bali, ein mexikanischer Wandschmuck, dazu ein paar Trophäen, die Samuel aus seiner Jugend hatte. Er war ein begeisterter Tennisspieler gewesen. Sein Lieblingsschläger hing an der Wand. Hinten stand ein Holzschiff auf einem Tischchen neben einem Sessel. Es war mit seinen Masten fast einen halben Meter hoch, eine Nachbildung einer Fregatte oder so etwas Ähnliches. Samuel war auch ein begeisterter Segler. Eleni hatte den Eindruck, eine Kapitänskajüte zu betreten. Aber irgendwo hier würde sie einen Beweis finden dafür, dass Samuel Bernstein ein Mörder war.

Eleni machte sich auf die Suche.

# 41

»Sagt mal, wo bleibt eigentlich Eleni?«, fragte Leon unruhig.

»Die ist auf der Toilette«, antwortete Carlo.

»Aber so lange?«

»Na, manchmal braucht man eben länger«, meinte Carlo.

Leon sah ihn leicht angewidert an. Das war nicht ein Thema, über das er gerne sprach.

»Ich verrate dir mal ein Geheimnis: Auch Frauen gehen aufs Klo. Auch wenn du das nicht wahrhaben willst, mein Junge.«

»Aber ich meine, es ist echt schon lange her, oder?« Leon schaute auf die Wanduhr. Er konnte sich nicht erinnern, wann Eleni gegangen war, aber es mussten bestimmt schon zehn Minuten vergangen sein. Leon rutschte unruhig auf seinem Stuhl hin und her.

»Ich verrate dir noch ein weiteres Geheimnis, Leon«, sagte Katja. »Man muss Frauen immer ihren Freiraum geben. Wenn du sie einschränkst und kontrollierst, wirst du sie verlieren, weil du ihnen die Luft abschnürst.«

Leon sah sie pikiert an. »Ihr seid genau die beiden Menschen, von denen ich mich über das Leben aufklären lassen möchte. Weisheiten von einem geschiedenen Koch, der zu viel trinkt und raucht und eine Aggressionsstörung hat. Und eine gescheiterte Kommissarin, die ihren Burn-out damit kompensiert, dass sie jetzt Gartenarbeit macht. Trotzdem hat sie Schlafstörungen und schlechte Laune. Zwei Leute, die sich benehmen wie Kleinkinder, wenn sie zusammen sind. Na, vielen Dank auch.« Leon blickte die beiden scharf an. Er war plötzlich selbst überrascht, dass er so hart reagiert hatte.

Carlo und Katja offensichtlich auch. Sie schauten beide betreten weg, so als ob Leon ihren wunden Punkt getroffen hatte.

Leon wäre nicht Leon, wenn es ihm nicht sofort leidtun würde.

»Entschuldigt«, sagte er und stand auf.

»Was machst du?«

»Ich schaue nach, wo Eleni ist.«

Katja wollte etwas sagen, aber Leon kam ihr zuvor. »Und während ich weg bin, vielleicht redet ihr beide mal miteinander. Und gesteht euch endlich mal, dass ihr euch mögt. *Das* wäre erwachsen. Und nicht eure Besserwisserei.«

Leon ging hinaus.

Katja und Carlo blieben sitzen. Es war entsetzlich peinlich. Sie taten alles, um sich nicht anschauen zu müssen. Niemand sagte etwas.

Schließlich war es Igor, der sich räusperte. »Ich gehe auch mal auf die Toilette.« Damit ging er hinaus.

Katja sah ihm entsetzt hinterher. Er konnte sie doch

nicht mit Carlo allein lassen, nicht nach dem, was Leon gesagt hatte. Auch Carlo schaute unglücklich drein, verfolgte, wie Igor aus der Küche verschwand, dann blickte er unsicher auf die Wand gegenüber. Danach auf die Holzplatte des Tisches und dann auf die Schnapsflasche, in der kaum noch etwas war. Schließlich auf die kleinen Gläser, die darum gruppiert waren. Er tat alles, um Katja ja nicht ansehen zu müssen.

Als er dann doch einen schnellen Blick hinüberwarf, auf die Ex-Polizistin mit den langen schwarzen Haaren, die er so mochte, und ihren Pony, der sie wie ein junges Mädchen aussehen ließ, auf ihren schmalen Hals, der so grazil und zerbrechlich wirkte, auf ihre feingliedrigen Hände, mit denen sie ihr Schnapsglas hielt ... erhaschte er plötzlich einen Blick von ihr. Carlo konnte ihn nicht deuten, wusste nicht, was sie sagen wollte. Deswegen öffnete er den Mund und sagte schnell: »Was für ein unfassbar vorlauter Junge, oder?«

Katja nickte. »Was für ein Besserwisser.«

Sie war unfassbar erleichtert, dass Carlo nichts anderes gesagt hatte.

Eleni war seit anderthalb Jahren Zimmermädchen, und sie hatte in ihrem Job schon überraschende Dinge in Hotelzimmern gefunden, wusste, wo Menschen Sachen versteckten, von denen sie nicht wollten, dass sie gefunden wurden. Eleni hatte Kondomverpackungen in der Bettwäsche gefunden, kleine Flachmänner in der Bettritze, Pornohefte hinter einem Bilderrahmen und einmal eine vollgeschissene Unterhose im obersten Fach des Wandschranks.

Immer hatte sie sich die Frage gestellt, warum die Menschen so etwas taten. Warum sie nicht einfach ihren Kram und Müll und Dreck und die ganzen Überreste ihrer Laster in den Mülleimer warfen, dort, wo sie hingehörten.

Eleni wusste nicht genau, was sie in Samuels Zimmer eigentlich suchte, aber sie hatte das Gefühl, dass sie es nicht im Mülleimer finden würde. Sie öffnete die Schubladen von Samuels Schreibtisch. Darin lagen Papiere, Handyladekabel und einiger Krimskrams. Sie schaute durch die Papiere, dann durch die Akten, die auf dem Schreibtisch lagen. Es waren vornehmlich Zahlen und Geschäftsberichte, aber nichts, was in irgendeinem Zusammenhang mit dem Hotel stand. Sie beschloss, dass sie das nicht weiterbringen würde.

Samuel hatte einen Menschen getötet. Mit einer Waffe, die sie schon gefunden hatten. Dabei musste es blutig zugegangen sein. Es war doch also viel wahrscheinlicher, dass er irgendwo auf seiner Kleidung Blutspritzer gehabt hatte. Wenn sie also irgendwo ein Kleidungsstück fand, das Flecken hatte, dann ...

Eleni schaute in den Wäschekorb, der in einer Ecke stand. Er war leer bis auf eine Unterhose und zwei Socken. Sie öffnete Samuels Kleiderschrank. Unfassbar, dass dieser Mann so viele Klamotten hatte. Vor allem Anzüge und Hemden. Eleni wühlte sich auch durch die Unterwäsche und die andere Oberbekleidung. Aber alles war geordnet und sauber, nichts sah benutzt aus.

Eleni lauschte. War da etwas gewesen, hatte sie etwas gehört? Aber da war nichts als Stille. Sie setzte ihre Suche leise fort. Doch der Schrank gab nichts Interessantes her. Sie wandte sich um, scannte das Zimmer. In der Kommode links fand sie auch nichts. Also blieb nur noch das Bett. Natürlich, das Bett. Eleni hob die Bettdecke, schaute in die Bettritzen, hob die Matratze an. Nichts. Eleni atmete gefrustet durch, dann kniete sie sich hin und schaute unter das Bett. Außer Staubflusen war hier nichts zu sehen. Maria musste hier wirklich mal sauber machen.

In der anderen Ecke des Bettes, am Kopfende, hatte das Spannlaken eine seltsame Wölbung. Eleni runzelte die Stirn. Dann kniete sie sich neben das Bett und versuchte, das, was unter dem Spannbettlaken eingeklemmt war, herauszuziehen.

»Eleni?«, ertönte es plötzlich hinter ihr.

# 42

Leon hatte in den Speisesaal geschaut, er war durch das Foyer gegangen und hatte seinen Kopf sogar in die Damentoilette gesteckt und leise *Eleni* gerufen. Nichts. Er hatte in das Hinterzimmer der Rezeption und dann unschlüssig zwischen der Treppe und dem langen Flur zum Anbau hin- und hergeschaut. Wo mochte Eleni nur sein? War sie auf ihr Zimmer gegangen? Leon hatte sich entschlossen, dort nachzusehen. Wo sollte sie sonst sein?

»Was machst du hier?«

Eleni erstarrte.

Denn es war Samuel, der plötzlich in der Zimmertür stand.

»Ich … nichts«, sagte Eleni. Was eine mehr als offensichtliche Lüge war.

Samuels Gesicht war finster. Ein harter Zug lag darin, den Eleni nie zuvor bei ihm bemerkt hatte. Sie bekam Angst. Samuel war groß und stattlich, seine Sportlerkarriere sah man ihm noch immer an.

Als er dann hinter sich griff und die Zimmertür zum Flur

langsam zuzog, bekam Eleni Panik. Sie waren allein. Ganz allein.

Sie stand vorsichtig auf und machte eine Geste, als wollte sie sich den Staub von den Knien wischen.

»Was willst du hier?«, fragte Samuel noch mal.

Eleni wich seinem Blick aus.

»Lass mich gehen.«

Samuel sagte nichts, es arbeitete in ihm. Dann schüttelte er kaum wahrnehmbar den Kopf, machte einen Schritt auf Eleni zu und packte sie am Arm.

Leon war in den Anbau gegangen, vielmehr geeilt. Denn je länger er Eleni in dem verlassenen dunklen Hotel nicht fand, umso größer wurde seine Sorge, dass sie irgendetwas Leichtsinniges tat oder dass ihr irgendwas zugestoßen war. Er raste die Treppe zu Elenis Etage im Anbau hoch, klopfte an ihre Tür und rief: »Eleni?!«

Er hämmerte gegen die Tür. So laut, dass irgendwann Maria, das andere Zimmermädchen, ihren Kopf aus ihrem Zimmer streckte. Die kleine, alte Spanierin sah Leon verärgert an. »Was soll das, Leon?«

»Hast du Eleni gesehen?«

»Mitten in der Nacht?«

»Hast du sie gesehen? War sie hier?«

»Schau doch nach«, sagte Maria.

Sie hatte recht, wozu hatte Leon den Universalschlüssel? Er fummelte am Schloss herum, dann flog die Tür zu Elenis Zimmer auf, und Leon stand in dem Zimmer, das er nie zuvor betreten hatte. Viele Bücher lagen herum, und Fotos hingen an den Wänden, die er nicht beachtete, weil er nur einen gehetzten Blick ins Zimmer warf. Eleni war nicht da. Wo könnte sie sein?

Leon dachte kurz nach. Sie würde doch nicht… sie würde doch nicht …

Mit einem Satz war Leon aus dem Zimmer, stürmte die Treppe hinunter, spurtete durch das leere Foyer und rannte die Stufen der anderen Treppe in die oberen Stockwerke hoch. Seine Lunge brannte, Panik erfasste ihn.

Samuel packte Eleni.

»Lass mich!«, stieß sie hervor, bevor er ihr den Mund zuhielt.

Eleni wehrte sich, strampelte und versuchte den Mann, der gut einen Kopf größer war als sie und immer noch sportlich und kräftig, zu boxen. Es gelang ihr nicht. Samuel parierte den ersten Schlag, packte ihre Handgelenke und stieß sie aufs Bett. Mit all seinem Gewicht warf er sich auf Eleni. Er umfasste ihren Hals und drückte zu. Eleni strampelte wild, wand sich, um Samuel zu entkommen. Sie griff nach seinen Handgelenken und versuchte, sie von ihrem Hals zu reißen. Die Luft ging ihr aus. Ihr Gesicht schwoll rot an.

Plötzlich stand Leon im Raum. Als er sah, wie Samuel über Eleni hing und sie kämpften, drehte er durch. Mit einem Satz riss Leon Samuels Tennisschläger von der Wand. Mit zwei Schritten war er am Bett und holte aus. Mit einem harten Volleyschlag, in dem all die Kraft von Leons schmalen Armen lag, schlug er Samuel den Holzrahmen des Schlägers auf den Kopf. Es knallte, dazu gab die Nylonbespannung ein seltsames Geräusch von sich. Lauter war aber der Schmerzensschrei von Samuel, der Eleni losließ und seitlich vom Bett fiel.

Eleni kam mit einem krächzenden Seufzer hoch, hielt sich die Hand an die schmerzende Kehle. Sie hatte Tränen in den Augen. Leon war sofort bei ihr, wollte sie umarmen, sie rauszerren, ihr das Haar aus dem verweinten und verschwitzten Gesicht streichen und vieles andere mehr und alles gleichzeitig. Aber er bekam nicht mit, dass Samuel neben dem Bett wieder aufstand.

Er war zwar nicht unwesentlich größer als Leon, aber viel breiter und kräftiger. Leon hatte keine Chance, als Samuel ihn angriff. Die beiden stürzten zu Boden, rangelten miteinander. Leon versuchte, irgendwie seine Beine um Samuel zu schlingen, aber das war keine überzeugende Technik. Samuel holte zum Schlag aus und traf Leon an der Schläfe.

Eleni ging dazwischen. Sie stürzte sich auf Samuels Rücken und versuchte, ihn von Leon wegzuziehen. Aber Samuel stieß sie hart zurück. Eleni verlor das Gleichgewicht, zu heftig war der Stoß, und sie fiel nach hinten und knallte mit dem Kopf an den Schreibtisch.

Eleni sackte zusammen und rutschte an der schweren Schreibtischwand herunter, die Augen geschlossen.

War sie … tot?

Leon, der sich von Samuel frei gestrampelt hatte, als Eleni ihn angegriffen hatte, stieß einen markerschütternden Schrei aus. Mit einem Schritt war er bei der Anrichte, packte die Holzfregatte, fuhr herum und knallte sie Samuel an den Kopf. Der ging zu Boden. Aber Leon konnte nicht anders, er hieb immer weiter mit dem Holzschiff auf Samuel ein, wieder und wieder, bis das Schiff schließlich in mehrere Teile zerbrach. Dann stürzte Leon zu Eleni. Er versuchte, sie irgendwie wach zu rütteln, gab ihr kleine Klapse ins Gesicht und rief immer wieder panisch: »Eleni?«

Leon merkte nicht, dass Samuel sich aufgerappelt hatte. Der tastete nach den Holzteilen auf dem Boden neben sich und griff sich schließlich den abgebrochenen, spitzen Mast. Und gerade, als er auf Leon losgehen und mit dem Mast auf ihn einstechen wollte, schleuderte ihn plötzlich ein heftiger Bodycheck mehrere Meter durch den Raum an die Zimmerwand.

Carlo hatte sich mit seinem ganzen Gewicht auf Samuel geworfen. Der blieb ausgeknockt liegen. Katja, die mit Carlo hereingekommen war, ging zu Samuel, der ohnmächtig mit geschlossenen Augen auf dem Boden neben der Wand lag. Sie drehte ihn gekonnt auf den Rücken, nahm seine Hände zusammen und fesselte sie. Es war eine einzige, fließende Abfolge von Bewegungen und hätte extrem professionell ausgesehen, wenn sie nicht zum Fesseln das altmodische Gardinenband genommen hätte, das sie kurzerhand abgerissen hatte.

Carlo war bei Leon und Eleni. Leon hatte Tränen in den Augen und hörte nicht auf, immer wieder *Eleni* zu sagen und ihr sanft die Wangen zu tätscheln. Carlo fühlte Eleni den Puls. Auch das war ein geübter Griff, schließlich war er Ex-Soldat.

»Beruhige dich, Leon. Sie lebt. Es ist alles gut«, versicherte er Leon.

Plötzlich stand Rolf Bernstein im Zimmer. Er blickte auf das verwüstete Zimmer, auf die Bettdecke, die vom Bett gefallen war, den demolierten Tennisschläger, die Reste des Holzschiffes. Er sah seine Angestellten und seinen Sohn, der gefesselt auf dem Boden lag.

Leon, Carlo und Katja hielten inne. Sie starrten ihren Chef an.

»Es ist …«, sagte Leon. »Samuel ist …« Er schwieg, wusste nicht, wie er es seinem Chef beibringen sollte. Leon sah, wie Bernsteins so warme Augen einen silbrigen Schimmer bekamen. Bernstein nickte: »Ich weiß.«

Und dann, nach einem nervenzerreißenden Moment, in dem niemand wusste, wie Bernstein reagieren würde, sagte er: »Danke.«

Leon sah seinen Chef überrascht an. Der alte Mann wirkte gebrochen, aber gleichzeitig erleichtert. Als hätte man ihm eine schwere Entscheidung abgenommen.

»Ich rufe jetzt die Polizei«, erklärte Bernstein, drehte sich um und ging.

Seine Angestellten blieben verdutzt zurück.

Verdutzt und beeindruckt zugleich.

# 43

Am nächsten Tag lag das Hotel friedlich und ruhig da. Es war noch leerer als sonst, denn Julia Reiß und Beate Kindermann waren abgereist. Jetzt, wo der Mörder ihres Mannes und Liebhabers gefunden war und sich als Mitinhaber des Hotels entpuppt hatte, konnten und wollten sie hier nicht länger bleiben. Als sie ausgecheckt und vor Leon gestanden hatten, gab der ein derangiertes Bild ab. Leon hatte dicke Ringe unter den Augen, eine Schramme auf der Stirn und eine Beule an seiner rechten Augenbraue.

»Es tut mir leid«, hatte er mehrfach gesagt. Es fiel ihm schwer, andere Worte zu finden. Das Unbehagen in ihm wühlte ihn auf, irgendwie fühlte er sich schuldig, schließlich war in *seinem* Hotel Schreckliches passiert. Gleichzeitig aber war Leon auch stolz auf das, was sie geleistet hatten.

Sie hatten den Mörder gefasst.

Als Beate Kindermann mit einem letzten, leicht vorwurfsvollen Blick zurück und Julia Reiß mit Tränen in den Augen gegangen waren, blieb nur noch die alte Dame, die Louise immer mit ihren Familiengeschichten nervte. Und da es mittlerweile Mittagszeit war und sie sich mit Louise während des Lunches offensichtlich nicht ausgesprochen hatte, kam sie zu Leon und erzählte ihm lang und breit die absolut uninteressante Geschichte ihrer Enkelin, die irgendwas studieren wollte, aber offenbar Probleme hatte, ihren Heimatort zu verlassen.

Leon stand die Geschichte mit einem mühsam aufrecht gehaltenen Lächeln durch. Währenddessen wartete er auf irgendwelche Anrufe, betete dafür, dass Menschen anriefen und im *Waldfrieden* ein Zimmer buchten. Sein Wunsch wurde nicht erfüllt, das Telefon klingelte kein einziges Mal.

Leon dachte an Eleni, die oben in ihrem Zimmer lag und hoffentlich schlief. Er hatte ihr an diesem Morgen einen Tee vorbeigebracht, dazu eine Schale Obst, die Carlo mit viel Mühe und Zuneigung besonders geschmückt hatte, und zwei Scheiben Toast, die schon kalt geworden waren, als Leon mit seinem Tablett vor Elenis Zimmer gestanden hatte. Eleni war schwach und sehr müde gewesen. Das Ereignis der letzten Nacht arbeitete in ihr. Leon hatte gefragt, ob Eleni darüber reden wolle. Aber sie hatte nur den Kopf geschüttelt und gleich wieder die Augen geschlossen. Sie war eingeschlafen, bevor Leon sich hatte verabschieden können.

Die alte Dame starrte Leon intensiv an, während sie erklärte, dass es natürlich kein Wunder war, dass ihre Enkelin solche Probleme hatte.

»Ich hab meiner Tochter immer gesagt: Cordula, hör auf, das Kind zu bemuttern. So wird sie nie selbstständig. Du erdrückst sie. Aber Cordula wollte ja nicht hören ...«

Leon fühlte sich ebenfalls erdrückt von dem Wortschwall und den insistierenden Blicken der alten Frau. Umso erleichterter war er, als er plötzlich hörte, wie die Eingangstür sich öffnete. Gäste?

Leider nein, es waren die beiden Journalisten Günter Bossmann und Annika Bela. Der grimmige Bossmann ging zwei Schritte voraus, als wollte er sich einen Vorsprung vor seiner Kollegin verschaffen. Er baute sich vor Leon auf, ignorierte die alte Dame und fragte: »Ist es wahr?«

Leon schluckte. Er wusste nicht, was er antworten sollte.

»Ich bin hier noch im Gespräch«, sagte er und deutete auf die alte Dame. Die warf Bossmann einen pikierten Blick zu. Dass er es wagte, sie zu stören?

»Hat Samuel Bernstein, der Mitinhaber des *Waldfriedens*, den Mord begangen?«, wollte Bossmann wissen.

Die alte Dame riss erschrocken die Augen auf.

Leon wurde rot, es war entsetzlich unangenehm.

Annika Bela trat zu ihnen und erklärte Leon: »Sie können ganz offen sprechen.«

Leon druckste herum. »Woher … also, wie kommen Sie darauf?«

»Also, stimmt es?«, hakte Bossmann nach.

»Ist Samuel Bernstein der Mörder?«

Leon starrte die beiden Journalisten an. Er wollte nicht antworten, aber irgendwas in ihm konnte nicht anders, schließlich nickte er.

»Wunderbar«, sagte Bossmann. »Erzählen Sie!«

Annika Bela zückte ihren Schreibblock.

Die alte Dame starrte Leon fassungslos an. Dann verkündete sie: »Ich möchte abreisen. Die Rechnung bitte. Sofort.«

Nach diesem auf mehrfache Art und Weise bewegenden Tag versammelte sich die gesamte Belegschaft in der Küche am Personaltisch. Auf dem Herd brutzelten diverse Dinge. Leon konnte sehen, dass Carlo und Igor wohl eine Fischbrühe kochten, sie eine ganze Lachsseite gebeizt hatten und in den anderen Töpfen Kartoffeln, Prinzessbohnen und eine dicke dunkle Bratensoße vor sich hin köchelten. Der Duft eines Lammbratens im Ofen erfüllte den ganzen Raum.

Hunger hatte Leon nicht. Er starrte gemeinsam mit Eleni, Carlo, Katja, Igor, Louise und Maria Kommissar Markus Vey an, der ihnen gegenübersaß und recht aufgeräumter Stimmung war. Er war dabei, die Ermittlungsergebnisse zusammenzufassen.

»Unser Stand derzeit ist folgender. Samuel wurde von seinem Vater am Abend des Mordes darüber informiert, dass Kindermann derjenige ist, der die Wasserqualitätsuntersuchung in der Stadt durchgeführt hatte. Ihr Chef Rolf Bernstein hatte zuvor ein paar Kontakte genutzt und durch ein Mitglied des Ratsausschusses herausbekommen, dass die Studie wenig Erfolg versprechend aussah.«

»Aber die war doch noch gar nicht offiziell eingereicht?«, fragte Leon. »Also, soweit wir wissen.«

»Dennoch waren die Ergebnisse durchgestochen worden. Die Bürgermeisterin hatte vorab eine Tendenz haben wollen ... Jedenfalls hat Rolf Bernstein seinen Sohn informiert. Und was die Wichtigkeit dieser Studie betrifft: Sie alle wissen, was die Ernennung von Galgen zur Kurstadt für alle hier bedeuten würde. Und für ein Hotel wie Ihres, das sich in den vergangenen Jahren mit dem Bau eines Wellnessbereichs übernommen hat, der zudem auch nicht dazu geführt hat, dass die Gästezahlen relevant gestiegen sind, war das noch von viel größerer Importanz.«

»Importanz?«, fragte Katja. »Schönes Wort.«

»Du weißt, was ich meine«, erwiderte Vey bissig.

»Samuel wollte diesen Wellnessbereich unbedingt«, sagte Leon. »Er war es, der seinen Vater überzeugt hatte.«

»Eher wohl gedrängt, finde ich«, meinte Carlo.

Leon nickte.

»Genau«, sagte Vey. »Diese Mitschuld an der Schieflage trug wohl auch dazu bei, dass Samuel in dieser Nacht, die er schlaflos verbracht hatte, irgendwann den Entschluss fasste, Kindermann dazu zu bringen, die Studie verschwinden zu lassen.«

»Indem er ihn umbringt?«, fragte Leon, der sich noch immer nicht richtig vorstellen konnte, dass sein Co-Chef ein kaltblütiger Mörder war. Und das, nachdem er selbst Zeuge eines versuchten Mordes geworden war.

»Nun, Samuel sagt, er habe den Brieföffner nur zur Sicherheit mitgenommen, als Druckmittel.«

»Wahrscheinlich will er sich nur vom Vorwurf des Mordes freisprechen und es so aussehen lassen, als wäre es nur Totschlag gewesen«, warf Katja ein.

»Mag sein.« Vey nickte. »Aber dann sei die Situation eskaliert. Kindermann hat empört auf den Vorschlag reagiert, die Studie nicht einzureichen. Dass er sie längst am Abend schon an Binder-Mahnke gemailt hatte, hat er Samuel wohl verschwiegen.«

»Das hat ihn das Leben gekostet«, sagte Carlo bitter.

»Richtig. Samuel Bernstein hat dann versucht, die Leiche aus dem Haus zu schaffen. Er wusste, dass es einen Skandal geben würde, den das Hotel womöglich nicht überlebte. Kindermann wäre dann irgendwo im Wald gefunden worden. Und für das Hotel wäre das ein tragischer Fall gewesen, aber einfach nur ein Gast, dem etwas Unglückliches zugestoßen war ...«

»Aber dann ist Samuel davon abgehalten worden, weil ständig jemand von uns ...«, begann Leon.

»... Schlafstörungen hatte«, vervollständigte Vey den Satz. »Oder was auch immer ihr hier alle nachts so treibt. Samuel Bernstein hat die Leiche in der Kühlkammer sozusagen zwischenparken müssen, hat dann die Mordwaffe gesäubert und den Tatort oben im Zimmereingang. Aber als er zur Leiche zurückkehrte, war ihm wieder der Weg versperrt. Er hat nicht mit eurem Küchenjungen gerechnet, der schon seinen Dienst angetreten hatte.«

»So weit, so gut«, sagte Katja und sah ihren Ex-Kollegen an. »Aber das wissen wir alles schon.«

»Na ja, ich wollte euch nur mal auf den Stand bringen. Du weißt, dass ich das nicht müsste. Aber schließlich ... ich möchte mich für eure Mitarbeit bedanken.«

Katja runzelte die Stirn.

»Mitarbeit?«, fragte Eleni zu Recht.

»Ich glaube nicht, dass das die passende Bezeichnung ist«, fügte Leon hinzu.

»Nennt es, wie ihr wollt«, sagte Vey generös. »Es ist jedenfalls geschafft.«

Die Belegschaft sah ihn stumm und durchbohrend an. Vey tat so, als würde er es nicht merken, und schaute zu den dampfenden Töpfen.

»Wie sieht's denn mit 'nem Snack aus?«, fragte er. »Wir hatten einen vollen Tag, und ich bin zu nichts gekommen. Ich habe gehört, die Küche im *Waldfrieden* soll ziemlich gut sein.«

Carlo tauschte mit Igor einen Blick, und dann sagten beide unisono: »Die Küche ist zu.«

Markus Vey starrte die beiden an, seine Miene verfinsterte sich.

»Wenn ihr so kindisch sein wollt ...?«, sagte er. Und da niemand antwortete und das eisige Schweigen selbst für jemand wie Markus Vey irgendwann unangenehm wurde, stand er auf, schnappte sich seine Jacke und ging wortlos.

Carlo blickte ihm kopfschüttelnd nach. »Mithilfe? Das ist ja ein Hohn. WIR haben ihn geschnappt.«

»Er ist ein Arschloch, ich hab's euch ja gesagt«, kam es von Katja.

Carlo klatschte in die Hände. »Okay, wollen wir? Igor und ich brauchen noch fünf Minuten, aber irgendjemand sollte den Chef holen.«

Carlo wuchtete seinen schweren Körper hoch und nickte Igor zu. Der wischte sich die Hände wie immer an der Küchenschürze ab und stand ebenfalls auf.

Eleni wollte aufstehen, offensichtlich, um den Chef zu

holen, aber Leon hielt sie zurück. Er warf ihr einen liebevollen Blick zu und sagte: »Ich mache das. Bleib ruhig sitzen.«

Leon war froh, dass Eleni sich wieder erholt hatte. Den ganzen Tag hatte sie im Bett gelegen. Jetzt waren die Röte in ihre Wangen und das Blitzen in ihre Augen zurückgekehrt. Und ihre lange, schmale Nase sah schöner aus denn je. Zumal sie die Rötungen, die vom Kampf zurückgeblieben waren, offensichtlich überschminkt hatte. Leon machte sich auf den Weg, um Bernstein zu suchen.

# 44

Rolf Bernstein war sichtlich bewegt, als Leon ihn in die Küche führte. Dort blieb Leon irritiert stehen. Denn während er weg gewesen war, hatten die anderen das ganze Geschirr und Besteck herausgetragen und im Speisesaal angerichtet.

»Kommen Sie«, sagte Eleni und hakte sich bei dem Chef ein. Sie führte ihn in den Saal und dann zu dem großen runden Tisch am Fenster, an dem meistens Familien und Freundeskreise saßen, wenn sie einen runden Geburtstag oder ein Familienfest begingen. Es war selbstverständlich der beste Tisch.

Eleni bugsierte Bernstein auf einen Platz in der Mitte, mit Blick zum Garten. Er wusste immer noch nicht so recht, was hier geschah.

»Was macht ihr? Was soll das?«

Während sich Katja, Eleni und Leon schon setzten, kamen Louise, Maria, Igor und Carlo aus der Küche und trugen Platten mit den unterschiedlichsten Gerichten heran. Es war ein Festessen.

»Wir wollten uns bei Ihnen bedanken«, begann Eleni.

»Für die tolle Zusammenarbeit«, fügte Katja hinzu.

»Für Ihre Rücksicht«, sagte Carlo.

»Dafür, dass Sie uns unterstützt haben«, sagte Louise.

»Dass wir uns immer auf Sie verlassen konnten«, sagte Igor.

»Und ...«, begann Leon, und plötzlich kam der traurige Gedanke wieder hoch, der ihn für einen Moment das Wort verschlucken ließ. Dann aber rang er sich doch durch und sagte: »... na ja ... weil das *Waldfrieden* ja wohl schließen muss, wollten wir so was wie ein ...«

Bernstein schluckte. »... ein Abschiedsessen machen?«

Niemand sagte etwas, bis Katja schließlich nickte.

Bernstein schlug die Augen nieder. Es arbeitete in ihm. Dann drückte er den rheumageplagten Rücken durch, richtete sich auf seinem Stuhl auf und sagte schließlich mit fester Stimme: »Ich werde es verhindern. Egal, was es kostet.«

Leon starrte den Chef überrascht an.

»Wie denn?«, fragte Katja.

»Nun, ich habe mit der Bürgermeisterin gesprochen und sie über eure Ermittlungsergebnisse informiert. Und auch drüber, dass offensichtlich unser Fleischlieferant Hauer einen Großteil an Schuld an den schlechten Wasserwerten trägt. Die Bürgermeisterin hat umgehend die Polizei informiert. Hauer hat eine einstweilige Verfügung bekommen. Sie hat auch direkt ein zweites Gutachten angeordnet, das in Kürze erstellt wird und das viel bessere Werte aufweisen wird, denn Hauers illegale Praxis der Gülle-Entsorgung ist hiermit gestoppt.«

Carlo fiel die Kinnlade herunter. »Krass.«

Auch Katja nickte beeindruckt. »Wow, da ist … viel passiert.«

»Der Antrag auf Kurstadt wird in zwei Monaten eingereicht. Und Binder-Mahnke hat vorgefühlt. Es ist seitens der Landesregierung politisch gewollt, dass Galgen Kurstadt wird. Und da das Gutachten deutlich positiver ausfallen wird, steht dem mit achtundneunzig Prozent Sicherheit kaum noch was im Wege. Ab nächstem Frühjahr ist es so weit.«

»Das ist ja unfassbar«, freute sich Leon und musste breit lächeln. Wie ein Honigkuchenpferd.

»Aber …«, sagte Katja. »Bis zum nächsten Frühjahr …«

Bernstein nickte. »Bis dahin müssen wir einfach irgendwie durchhalten. Wenn also jemand eine Idee hat, wie wir das Hotel verändern könnten …« Er blickte fragend in die Runde.

Alle überlegten.

Dann richtete sich Eleni auf. »Ich könnte Physiotherapie und … so was wie medizinische Versorgung und Beratung anbieten.«

Leon starrte sie bewundernd an.

Elenis Augen blitzten, sie war Feuer und Flamme.

Carlo nickte. »Wenn Galgen eine Kurstadt wird, dann kochen wir halt gesund. Vegan und so und mit wenig Salz. Schmeckt dann zwar kacke, aber …«

»Aber du brauchst doch Herausforderungen«, sagte Katja.

Carlo grinste. »Stimmt auch wieder.«

Er lächelte Katja an. Zum ersten Mal warm, offen und,

wenn sich Leon da nicht täuschte, durchaus liebevoll. Katja sah es offensichtlich genauso, sie wirkte zwar für einen Moment überrascht, dann lächelte auch sie.

Alle sahen Leon an. Er spürte die auffordernden Blicke und wand sich. Ihm fiel überhaupt nichts ein, was er dazu beitragen könnte. Schließlich sagte er: »Na ja, ich kann noch mehr arbeiten. Und da Samuel ja ausfällt, mache ich halt Doppelschichten. Tagsüber Rezeption, abends die Bar.«

»Die kann ich dir abnehmen«, erklärte Katja. »Ich hab 'nen Hang zu harten Drinks.«

»Ich würde Stammkunde werden«, rutschte es Carlo heraus.

Leon wirkte ein wenig enttäuscht. »Na gut, dann bleibt es bei der Rezeption für mich. Vielleicht können wir auf einen Teil unseres Gehalts verzichten ...«

Bernstein nickte ernst. »Darauf wird es vielleicht hinauslaufen müssen. Übergangsweise zumindest.«

Alle nickten.

»Ich muss dich dennoch enttäuschen, Leon«, sagte Bernstein. Er machte eine Pause. Leon zuckte erschrocken zusammen. Würde Bernstein ihn rauswerfen? Weil er verzichtbar war? Bernstein könnte ja selber hinter der Rezeption stehen ...

»Ab dem Moment, in dem wir Kurstadt werden und endlich wieder Mittel da sind ... dann wirst du Co-Manager des Hotels.«

»Was???« Leon schaute verblüfft drein.

»Schließlich ist der bisherige Co-Manager ausgefallen.« Bernsteins Gesicht verdüsterte sich schmerzvoll.

Katja wollte etwas sagen, aber Bernstein hob die Hand. Er räusperte sich und sagte dann: »Jedenfalls kann ich das nicht alleine machen. Und ich sehe doch, wie du für das *Waldfrieden* brennst. Ihr alle. Und ich bin euch unendlich dankbar dafür.«

Alle schwiegen ergriffen. Es war ein bewegender Moment. Und fast so etwas wie eine Liebeserklärung.

# 45

Am nächsten Morgen, nach einer durchwachten und schlaflosen Nacht, stand Leon vor Elenis Zimmertür und klopfte. Den einen Teil der Nacht hatte er wach gelegen, weil ihn Bernsteins Angebot völlig überfordert und gleichzeitig unfassbar stolz gemacht hatte. Leon hatte tausend Ideen und Pläne entwickelt, hatte sich Marketingmaßnahmen überlegt und sich entschlossen, seine »guten« Kontakte zur Presse besser zu nutzen.

Den anderen Teil der Nacht hatte er schlaflos verbracht, weil ihn die Euphorie in einen Zustand versetzt hatte, endlich all seinen Mut zusammenzunehmen und Eleni zu fragen, ob sie mit ihm ausgehen würde.

Als Eleni ihm öffnete, fragte er sie geradeheraus: »Gehst du heute Abend mit mir aus?«

Leon stieß die Worte so schnell hervor, dass es ein undeutliches Gebrabbel war. Eleni sah ihn fragend an, Leon wiederholte sich. Eleni lächelte. Aber dann schüttelte sie den Kopf. »Ich kann leider nicht.«

Leon wurde blass. War er zu weit gegangen? Hatte er sich

darin getäuscht, dass er dachte, sie mochte ihn? War das alles ein Fehler gewesen? O Gott!

Eleni wandte sich zu ihrem Bett um. Dort lag ein großer Koffer, denn sie war offensichtlich gerade dabei, zu packen. Kleidungsstücke lagen herum, ein paar Bücher, ihre Kosmetiktasche.

»Was machst du?«, fragte Leon entgeistert.

»Ich fliege heute Abend nach Hause. Ich mache erst mal einen Monat Pause.«

Leon schluckte hart. »Okay«, sagte er dann. »Natürlich, das verstehe ich. Das könnten wir alle gut gebrauchen.« Er nickte traurig.

Eleni merkte es. Sie sah ihn warmherzig an.

»Ich war Ewigkeiten nicht mehr auf Zypern bei meiner Familie. Ich konnte hier ja nicht weg. Und ...«, sie hielt inne und sah Leon an. »Da gibt es jemanden ... zu Hause ...«

Leon spürte, wie ihm die Knie weich wurden. Er musste sich irgendwo festhalten und griff nach dem Türrahmen.

»Das ... das hatte ich mir schon beinahe gedacht«, sagte er leise und versuchte, nicht die Fassung zu verlieren.

»Meine Tochter, Leon.« Eleni schaute ihn aufmerksam an und beobachtete seine Reaktion.

»Deine Tochter???«

»Ja. Das wusstest du gar nicht?«

»Du bist, also ... du bist eine *Mutter*?«, fragte Leon perplex. Mit einem Mal kam ihm Eleni unerreichbar vor. Sie war ihm so viel voraus. Nicht nur, dass sie einige Jahre älter und gestandener war, auch dass sie ein Studium absolviert und eine zweite Berufsausbildung abgeschlossen hatte. Sie stand so viel mehr im Leben als er. Es traf ihn hart.

»Das ist ziemlich logisch, wenn ich eine Tochter habe.« Sie schmunzelte.

»Das stimmt wohl«, sagte Leon.

»Hey.« Eleni lächelte ihn an. »Ich muss mich bei dir bedanken. Du hast mir das Leben gerettet ...«

»Aber das war doch nichts«, winkte Leon ab und tat so, als würde sein Arm, den er sich beim Kampf verletzt hatte, nicht so fürchterlich wehtun. »Kein Ding.«

»O doch«, versicherte Eleni. »Ein großes Ding.«

Und dann trat sie zu Leon, nahm ihn bei den Schultern und küsste ihn. Ein sanfter, leiser Kuss voller Wärme und Gefühl.

Leon wusste nicht, wie ihm geschah. Davon hatte er immer geträumt. Als Eleni zurückwich, war ihm kochend heiß.

Sie spürte seine Gefühlsexplosion.

»In einem Monat bin ich wieder da. Mit Mavi. Die bringe ich mit.«

»Ich kann es kaum erwarten«, sagte er.

Und er versuchte, dieses dämliche Honigkuchenpferdlächeln aus dem Gesicht zu kriegen.

# EINE LEICHE KOMMT MANCHMAL LEIDER ALLEIN

Das Bestattungsunternehmen Pabst in Bielefeld-Jöllenbeck schreibt rote Zahlen, denn der Billig-Bestatter Asgaard gräbt Familie Pabst das Wasser ab. Zum Glück landet die neueste Leiche bei Jochen Pabst im Keller: Start-up-Gründer Markus Beckemann ist ungebremst mit seinem Wagen gegen ein Stromhäuschen geknallt. Der Airbag war ausgeschaltet, alles deutet auf Selbstmord hin. Doch Betty Pabst sieht sich die Leiche genauer an und entdeckt Ungereimtheiten. Weil wieder niemand auf sie hören will, ermittelt sie auf eigene Faust im Hafermilch-Start-up »Fika«. Dort ist alles so nachhaltig, jung, dynamisch und woke, dass Betty sich schon vorkommt wie ein alter weißer Mann. Verbergen sich hinter der glatten Fassade etwa miese Methoden? Betty weiß nur eins: Irgendjemand geht hier über Leichen. Doch sie wird ihm ein Bein stellen.

Paul Lüdicke

**Sarg jetzt nichts**

Betty Pabst ermittelt

Klappenbroschur

Auch als E-Book erhältlich

www.ullstein.de